高校事変 Ⅸ

松岡圭祐

角川文庫
22380

人生なる学校においては
幸福より不幸こそがよき教師となる
——ウラジミール・フリーチェ（1870—1929）

1

川崎《かわさき》市のなかでも、川崎区に家を買うと夫がいいだしたとき、三十九歳の長谷部《はせべ》恭《きょう》子《こ》は反対した。五年前、多摩《たま》川の河川敷で男子中学生が殺害された、そんな報道の直後だったからだ。

けれども現地を訪ね、分譲戸建てのきれいに整備された区画を眺めるうち、少しずつ気持ちが変わっていった。実際に目にしてみれば、全国どこにでもある閑静な住宅地、それも駅まで歩いて十分の距離だ。殺人事件の現場まで直線距離で一・五キロ、そうきいたときは慄然《りつぜん》としたが、そちらに歩を進めることはまずないだろう。臨海の工業地帯にも用はない。川崎駅までの道沿いに、とりたてて危険があるようにも思えなかった。

品川《しながわ》区の電機部品メーカーで課長を務める夫と、中二になる娘とともに、恭子は川崎区の一軒家に住んだ。都内へのアクセスが便利なうえ、駅に隣接する商業施設も充実している。そのあたりに不満はない。

とはいえ周辺環境が少しずつ心配になってきた。夜中に暴走族のようなエンジン音が轟《とどろ》く。ふいに甲高い絶叫が響き渡ることもある。

駅近くにはイタリアの街並みを模した、テーマパーク風の洒落《しゃれ》た一帯がひろがる。ラ・チッタデッラと名づけられていた。休日には家族三人で、中心部にあるチネチッタという映画館に足を運ぶ。同じビル内のイタリアンレストランで昼食をとる。

ある日ラ・チッタデッラの外も散策したいと、夫の典文《のりふみ》がいいだした。ふだん行かない裏手に向かい歩きだす。川崎に住みだして五年近く、恭子にとっても未知のテリトリーだった。

とたんに不安にさいなまれた。いきなりソープランド街にさまよいこんだからだ。典文はあわてぎみに道路を渡り、とりあえずなにもなさそうな住宅街に逃げこんだ。

だがそこも異様な気配に包まれていた。昼間というのに、一升瓶をぶら下げた酔っぱらいが、千鳥足で生活道路をうろつきまわる。児童公園に目を向ければ、同種の男たちが酒盛りをしている。娘の琴奈《ことな》が怯《おび》える反応をしめした。

高架下をくぐった先に、ずいぶん年季の入った木造集合住宅が連なっていた。軒下の蜘蛛《くも》の巣が微風に揺れる。外壁はトタン板で修繕してあった。簡易宿泊所の看板がでている。一泊三千円。

自転車に乗った制服警官が声をかけてきた。どちらへおいでですか、警官はそうきいた。典文が応じた。近くに住んでいるんですが、この辺りには初めてきたんです。警官によれば、ここの地名は日進町《にっしんちょう》。日雇い労働者が多く住む区域で、用もなく寄りつくべきではないという。ラ・チッタデッラ裏のソープ街は南町《みなみまち》といい、地元の暴力団の本拠がある。一帯はその縄張りらしい。警官が神妙な顔で告げてきた。お子さんを連れてこられるような場所じゃないですよ、駅の近くまで一緒に行きましょう。

家に帰ると、典文はビールをすすりながらいった。あんなのはごく局地的な、昔の名残にすぎないよ。いずれ整備される。川崎はベッドタウンとして発展してるんだし。

それは川崎市の話だろうと恭子は思った。問題は川崎区だった。恭子はネットの検索で新たな事実を知った。多摩川河川敷で殺人事件があったのと同じ年、日進町で簡易宿泊所二棟が不審火で全焼した。死者は十一名。

もちろん川崎区も大半は平和が保たれている。琴奈の通う公立校に問題はなく、進学率も高い。昔より安全圏は確実に広がったようだ。

だがいかに小規模であろうと、治安の悪い一帯と隣接している、その事実は否定できない。暴力団の本拠があると警官がいった。不動産業者はおくびにもださなかった話だ。

恭子はひとりダイニングルームの椅子に腰かけていた。憂鬱《ゆううつ》な気分だった。仕事を辞め、専業主婦になったが、適切でなかったかもしれない。ずっと家に引きこもっていると、暗く落ちこむばかりになる。

武蔵小杉《むさしこすぎ》か、せめて新川崎に引っ越すことを、夫に相談してみるべきだろうか。いや、武蔵小杉にも田代《たしろ》ホールディングス本社がある。見かけほど安全ではないのかもしれない。

チャイムが鳴った。宅配だろうと恭子は思った。インターホンで応答する手間を省き、直接玄関に向かった。３ＬＤＫの三階建てだが、土地面積は三十坪ていどしかない。この辺りに住む庶民の戸建てとしては、ごくふつうのサイズといえる。

解錠し、ドアを開けた。とたんに恭子は凍りついた。

ひとけのない路地にたたずむのは、痩《や》せ細った少年だった。ロング丈のコーディガンはぼろぼろで、Ｔシャツの胸もとに赤い染みがひろがり、苦しそうに右手を這《は》わせる。ズボンは黒スキニーだが、両膝《りょうひざ》が破れ、のぞく肌はすりむけていた。体臭はない。ひどい見かけのわりには、ふしぎと清潔感が漂う。

短く刈った頭髪の下、端整な小顔は煤《すす》にまみれ、痣《あざ》もできている。日本人とは異なる黒々とした大きな瞳《ひとみ》、肌も地黒だった。スリムながら鍛えられた身体つき。以前に会ったときのままだ。

ベトナム籍のころの名はグエン・ヴァン・チェット。日本に帰化して以降、田代勇《ゆう》次《じ》と改名した。信じがたいことに、いま恭子は連日ワイドショーが話題にする少年と向きあっている。

招かれざる訪問者など閉めだすべきだ。自分のなかで警告が生じた。だができなかった。田代勇次は背を丸め、肩で息をしている。血の気が引き、目もうつろだった。いまにも倒れこんでしまいそうだ。

かつてバドミントンのオリンピック選手候補として、日本じゅうにブームを巻き起こし、国民的アイドルと持て囃《はや》された。そんな健全なイメージは見る影もない。報道を信じるなら、彼は十七にして、ふたりの女性を殺した極悪人だった。

田代勇次の両親も闇社会と密接なつながりがあった。数日前ふたりとも死んだ。東京湾沖で航路を外れたフェリーが沈没、船内から遺体が回収されたという。国外逃亡を図ろうとしたものの、同乗する半グレ集団に内乱を起こされたらしい。勇次は行方不明と伝えられていた。いま生存があきらかになった。

恭子は激しい動揺を禁じえなかった。「あのう、どうして……。なんでここに」

勇次が外国訛《なま》りのない言葉を発した。「長谷部さん、ですよね。パーティーの席で、一緒に写真を撮ったことをおぼえてます。琴奈さんからのプレゼントも嬉《うれ》しかった」

娘の名まで記憶しているのか。たしかに去年、勇次と会った。武蔵小杉高校事変の被害者救済基金に寄付し、パーティーに招待された。会場には大勢の田代勇次ファンが詰めかけていた。勇次は順繰りにテーブルをまわり、参加者らに挨拶《あいさつ》した。のちに田代家のスキャンダルが報じられたとき、多くの国民と同じく、恭子もショックを受けた。あの笑顔は虚飾だったのかと、裏切られた気持ちになった。娘の琴奈は勇次の熱烈なファンだったが、しばらく不登校におちいった。

いまも反感を拒みえない。同時に恐怖もおぼえる。だが自分のなかにあるのはそれだけではない、恭子はふとそんな思いに気づかされた。

「あのう」恭子はおずおずときいた。「病院か、警察へは……？」

勇次が力なく首を横に振った。「港に流れ着いて、しばらく埠頭《ふとう》に隠れてました」

「なんでうちに……。わたしたちのことをおぼえてたの？」

「あのとき寄付してくれたみなさんのお名前は、できるだけ頭にいれるようにしていました。直接お礼を申しあげたくて。こんなふうになっちゃいましたけど、近くを通りかかったので」

どう対処すればいいのだろう。恭子はいったん家のなかに引っこもうとした。「まってて。救急車を……」

勇次が呼びとめるようにいった。「長谷部さん。おっしゃってくださいましたよね。琴奈さんは僕をテレビで観てから、バドミントン部に入る決心を固めたって。とても嬉しかった」

恭子は驚いた。パーティーの参加者は数百人、なのにそんなことまでおぼえているとは。

とはいえ心を許せるものではない。路地の通行は途絶えていた。昼間はクルマの往来もほとんどない。誰にも助けを求められない。

すると勇次は穏やかな表情のまま後ずさった。「僕のことをどう思ってもかまいません。でも救済基金へのご協力に心から感謝してます。それだけお伝えしたかったんです」

勇次は立ち去りだした。胸もとを手で押さえながら歩き去る。丸めた背が徐々に遠ざかっていく。

ふいに体勢を崩し、勇次は突っ伏しそうになった。かろうじて転倒をまぬがれ、路上に片膝《かたひざ》をつく。

恭子はあわてて駆け寄った。「だいじょうぶなの？　怪我してるんでしょ。見せて」

「いえ」勇次はうずくまったまま応じた。「平気ですから」

「そんなわけない。ああ、でも、どうしよう」恭子は困り果て、辺りを見まわした。

近所のどの窓も固く閉ざされている。

病院に行けば警察が駆けつける。勇次は逮捕される。彼がそれを恐れているのはあきらかだった。

関わりあうべきではない。しかし黙って見過ごせない。勇次は負傷している。謙虚で控えめな態度は以前と同じだ。報道されていることが、すべて真実とは思えない。鵜《う》呑《の》みにはできない。

「ねえ」恭子はしゃがんで、勇次の肩にそっと手をかけた。「なにがあったの？」

勇次はうつむいていた。「ニュースを観ましたか」

「フェリーにご両親が……。あなたも乗ってたって」

「そのとおりです」

「だけど……それなら……」

「誰かを殺したかって？」勇次が息も絶えだえにささやいた。「そんなことしてません」

恭子は胸を打たれる気がした。「ならなおのこと、警察で事情を説明しないと」

「どうせわかっちゃくれません。僕ら元ベトナム人は排斥されてる。警察に嵌《は》められたんです」勇次は立ちあがろうとした。「僕が来たことは忘れてください」

勇次は歩きだしたものの、胸部に激痛が走ったのか、呻《うめ》きながらまた身をかがめた。ほうってはおけない。恭子は思わず寄り添った。どうすべきかわからず途方に暮れる。「通報せずに診《み》てくれるお医者さんは……」

「嶋倉《しまくら》先生」勇次がささやいた。

「誰？」

「僕の主治医です、バドミントン選手時代の……。連絡先のメモがあります」

右手がコーディガンのポケットをまさぐろうとした。しかし指先は丸まったまま、しだいに力を失い、ただ投げだされた。勇次は全身を弛緩《しかん》させ、仰向《あおむ》けに倒れかけた。

恭子はあわてて抱きとめた。

やむをえず恭子は勇次のポケットを調べた。皺《しわ》だらけの紙片に、血痕《けっこん》らしき染みがこびりついている。走り書きがかろうじて読みとれた。０８０で始まる携帯電話番号だった。

勇次はわずかに身体を起こした。だいぶ苦しげだが、失神してはいなかった。

「立てる？」恭子はきいた。

「ええ」勇次は恭子の手を借り、ふらつきながらも立ちあがった。

迷いが生じた。けれども勇次の横顔を眺めるうち、決心が固まっていった。

完全に潔白の身ではないにせよ、それだけで非行少年ときめつけるのは早計だ。なにか複雑な事情を抱えているのかもしれない。

恭子はうながした。「家に入って」

「駄目ですよ」勇次が抵抗をしめした。「迷惑がかかります」

「ほうっておけない。悪い子じゃないのは目を見ればわかる」

「なら物置にでも横たわらせてください。嶋倉先生の手当てを受けたら、そのうち消えます」

「そんなこといわないで、なかで休んで。誰かに見られないうちに」

「……すみません」勇次は小声で応じると、恭子に身をあずけ歩きだした。

恭子は勇次を支え、ゆっくりと玄関に向かった。まちがった行為のはずがない。田代勇次は十七歳、まだ子供だ。大人が救いの手を差し伸べなくてどうする。

2

この春、中二になったばかりの十三歳、長谷部琴奈は茫然《ぼうぜん》と立ち尽くした。自宅二階のリビングルームに信じがたい眺めがある。三人掛けソファに横たわるのは田代勇次だった。眠っているようだ。身体には毛布がかけられている。母からのラインに、まっすぐ帰ってきて、そうあった。なにごとかと急いで帰宅してみれば、予想もつかない事態がまっていた。

リビングにいるのは琴奈と勇次だけではなかった。おそらく六十代、白髪頭の医師は嶋倉と名乗った。白衣は羽織らずスーツ姿だった。手当てを終えたらしく、ガーゼの残りや注射器を診療カバンにしまいこむ。

琴奈の両親の声がきこえてくる。ふたりは階下で口論の真っ最中だった。父の典文は帰宅するや、玄関先で妻からの報告をきき、その場で怒りをあらわにした。恭子もいっこうに譲らなかった。ふたりとも上がってくる気配がない。

嶋倉医師は腰を浮かせた。「ご両親はまだ来られないのかな？」

困惑せざるをえない。琴奈はどういえばいいかわからず、ただ視線を落とした。

「いや」嶋倉は大きめのスポーツバッグを床に置いた。診療カバンとは別に携えてきた荷物だった。「やむをえないことだろうね。すまないけど、勇次君が起きたら伝えてくれないか。このなかに薬や包帯が入ってる。本当はいっぺんに処方できないんだが、こっそり渡しておく。私が助けられるのはここまでだ。あとは自力で頼むと」

伝言を託されても困る。琴奈は泣きそうな思いで嶋倉を見つめた。田代勇次が家にいるなんて、常識ではまるで考えられないことだ。

報道は嘘かもしれないと母はいった。もともと母は琴奈以上に田代勇次の熱烈なファンだった。母は状況を都合よくとらえている、そう思えてならない。

琴奈はきいた。「お巡りさんに電話していいですか。一一〇番に」

嶋倉医師がため息をついた。「心配なのはわかる。でも私の立場がなくなるよ。きみのお母さんもそうだ。勇次君を匿《かくま》った疑いで逮捕されてしまう」

いっそう心がぐらついた。琴奈はめまいをおぼえそうになった。母が逮捕だなんて。

「ええと、琴奈さんだったね」嶋倉が穏やかな表情で歩み寄ってきた。「わからないことだらけだと思うが、これだけはいえる。勇次君はきみのお母さんに信頼を寄せていた。きみにもだ。だからわざわざ礼をいいに来た」

耳を疑うような話だった。琴奈はささやいた。「いちど会っただけなのに……」

「そのいちどきりの出会いが強く印象に残ってたんだろう。きみのお母さんは、勇次君を助けるべきだと判断した。立派なお母さんだ。尊敬するよ」

「でも、あのう……」

「これもおぼえておいてほしい。勇次君が人を殺したなんてデマだ。そんなことができる子じゃない。彼は船上から電話をかけ、私に救いを求めてきた。両親が優莉《ゆうり》結衣《ゆい》に殺されたと打ち明けてくれた」

優莉結衣。ワイドショーの報じた映像が、琴奈の脳裏をよぎった。年齢は田代勇次と同じ十七歳。ストレートロングの黒髪に、色白の端整な顔、つぶらな瞳《ひとみ》に宿る目力。すらりとした痩身《そうしん》の美人だった。ただし表情はいつも不機嫌そうで、取材カメラに対し仏頂面を貫く。じつは死刑に処せられた凶悪犯の娘だという。彼女も何度となく犯罪への関与を噂されてきた。

琴奈は腑《ふ》に落ちなかった。「優莉結衣さんはフェリーにいなかったって……」

「報道ではそういっとるな。信じる信じないはきみの自由だ」

「双子のお姉さんを、勇次君のご両親が監禁してたとか」

「田代家は帰化してわずか五年だよ。日本の社会には疎かった。経済的に成功した外国人を妬《ねた》むような連中の罠《わな》に嵌まり、犯罪者に仕立てられたんだ」

「そうなんですか？」

「頼む。いまだけは勇次君を助けてあげてくれないか。回復しだい立ち去るだろう。きみは黙ってるだけでいい。友達にも誰にも話さないでくれ。それ以上は求めない」

階下から父の怒鳴り声がきこえてきた。「何度いえばわかる！　勝手に家にあがらせたことが問題なんだ。しかもよりによって田代勇次だぞ！」

嶋倉は難しい顔でドアに向かった。狭小住宅だけに廊下と呼べるほどの空間はない。すぐ下り階段に行き着く。嶋倉はひとり一階に下りていった。琴奈は戸惑いながら二階のリビングに留《とど》まった。

「失礼」嶋倉が琴奈の両親に話しかける声がする。「手当てが終わりました。通報を控えていただいたことに心から感謝しております」

父の憤然とした声がいった。「まだ通報しないときめたわけじゃない。というより警察に知らせないわけにはいかない。あなたも医者ならわかるでしょう」

「ご近所にきかれてもなんですから、どうか小さな声で。お気持ちは察しておりますが、ここは未成年に対する最低限の配慮として……」

かすかな呻き声が耳に届く。琴奈は息を呑《の》んだ。ソファに横たわる勇次がもぞもぞと動いた。

やがて目が開いた。勇次はぼんやりと天井を眺め、それから琴奈に視線を移した。しばし琴奈を見つめ、力なくささやいた。「やあ」

琴奈は鳥肌が立つ思いだった。両親を呼びたかったが、なぜか声がでない。

依然として仰向《あおむ》けに寝たまま、勇次は自分の胸もとをさすった。ガーゼに気づいたらしい。「きみが手当てしてくれたの？」

あわてて首を横に振る。琴奈はソファのわきに目を向けた。

勇次はわずかに身体を起こし、琴奈の眺める先を確認した。スポーツバッグを見て、嶋倉医師の置き土産と理解したらしい。ため息をつき、また仰向けに寝た。「そっか」

琴奈は震える声を絞りだした。「お医者さん、いま呼んでくるから……」

「いいよ」勇次がぼそりといった。「長谷部琴奈さん、だよね。バドミントン部、まだつづけてる？」

当惑が募る。琴奈は黙るしかなかった。部活はとっくに辞めている。

察したように勇次がささやいた。「僕のせいだね。ごめんね」

なんともいえない感情が胸のうちにひろがる。パーティーでは特別な存在に思えた田代勇次が、いま家のソファに横たわっている。くつろいではいない。ひどく居心地悪そうにしていた。しだいに気の毒に思えてくる。少なくとも実際に会う勇次は、スキャンダル以前となんら変わるところがない。

玄関のドアが閉じる音がした。嶋倉医師が立ち去ったらしい。靴音が路上を遠ざかっていく。

階段を上る足音とともに、父のささやきがきこえた。「このままじゃ埒《らち》が明かん。俺が話す」

母は階下に留まっているようだ。小声が切実にうったえた。「無茶なことはしないで」

父の典文が顔をのぞかせた。険しい目つきで勇次を見つめる。勇次は申しわけなさそうに、また上半身を起こしにかかった。

典文の頬筋がひきつった。ソファに歩み寄り、スポーツバッグを拾いあげた。かなりの重量があるようだ。

琴奈は父にいった。「それはお医者さんが……」

「しっ」典文が緊張に満ちた声を響かせた。スポーツバッグのジッパーを開け、中身をたしかめる。薬袋《やくたい》がぎっしりとおさまっていた。またジッパーを閉じると、典文は勇次を見下ろした。「いったん預かる。そのまま寝ててくれ。すぐ戻る」

片手にスポーツバッグを提げ、典文は階段を下りていった。勇次が気になるものの、琴奈は父を追いかけた。

一階のダイニングルームに母が立っていた。目が潤みがちになっている。父は素通りしキッチンに入った。

琴奈は黙って見守った。典文が包丁やナイフ、フォークをかき集める。尖《とが》った物をひとまとめにし布袋にいれた。それをスポーツバッグとともに床下収納に押しこんだ。

武装半グレ集団の台頭を受け、テレビのニュースが対処法を喧伝《けんでん》するようになった。家に侵入してきた武装半グレは、キッチンの刃物類を武器にする。まず真っ先にそれらを隠すこと。ニュース番組は武装半グレの代表格も挙げていた。韓国系のパグェ、埼玉のクラギゾン、指定暴力団から分派したグレインなど。いずれも田代ファミリーの傘下だったという。

琴奈はささやきかけた。「お父さん……」

「いいから」典文はなおも引き出しのなかをあさった。凶器になりうる物が残っていないか調べているようだ。

やがてその手がふととまった。引き出しからとりだされたのは、一本の食卓用ナイフだった。典文はしばしそれを眺め、ジャケットの右ポケットにおさめた。

鼓動が高鳴った。琴奈はさらなる不安に駆られた。父が護身用の武器をしのばせた。典文が床下収納の蓋《ふた》を閉じる。ただちに施錠した。鍵束《かぎたば》を食器棚の上に隠す。典文は階段へと引きかえした。「お母さんとここにいなさい」

だが母の恭子は、典文の後を追い、階段を上っていった。琴奈もじっとしていられなかった。母につづいた。父ひとりに勇次をまかせてはおけない。

二階のリビングに戻った。勇次はソファから起きあがり、姿勢を正した。さらに立ちあがろうとする。

典文は室内にたたずんだ。「座っててくれないか」

勇次がソファに浅く腰かけた。背筋を伸ばした姿勢はいかにも辛《つら》そうだった。けれども典文は勇次に、楽にしろとはいわなかった。

重い沈黙が漂う。父は虚勢を張っているだけだ、琴奈はそう思った。内心怯《おび》えている。いまも一定以上に距離を詰めようとしない。

うわずりがちな声で典文が話しかけた。「田代勇次君、だね？」

「はい」勇次が几帳面《きちょうめん》に応じた。「初めまして」

「わかってると思うが、警察に通報しないわけにはいかない」

思いきったひとことにちがいない。典文が右手をポケットに這《は》わせる。勇次の反応しだいでは、とっさに対処せねばならない、そう考えているのだろう。

ところが勇次はあっさりといった。「それも仕方ありません」

「なに？」典文は意外そうに目を瞬《しばた》かせた。「通報されてもいいっていうのか」

「はい」

典文はほっとしたような顔になった。拍子抜けしたというべきかもしれない。ただし戸惑いのいろものぞく。次はどうすべきか判断を迷っている、娘の琴奈にはそう思えた。

厄介払いが先決との考えに至ったようだ。典文はうながした。「もう動けるのなら、でていってくれないか。一一〇番通報は当分のあいだ控えるから」

恭子が悲痛な声を発した。「そんなこと……」

「いいから」典文が片手をあげ恭子を制した。「黙っててくれ」

だが勇次は腰を浮かせた。胸部の傷がかなり痛むらしい、前屈姿勢のままドアに向かう。苦痛を悟られまいとするように、勇次はずっとうつむいていた。

ばつが悪く感じたのか、典文は勇次を呼びとめた。「まて」

勇次はドアに達する前に立ちどまった。

「そのう」典文がささやいた。「ひとつだけききたい。あれは本当だったのか。ニュースでいってることだが……」

真実はちがう、嶋倉医師がそういった。琴奈はそのことを告げるべきかどうか迷った。

すると勇次はあきらめに似た微笑を浮かべた。「外国生まれの僕がなにを喋《しゃべ》ったところで、信じてもらえないでしょう」

「いえ」母の恭子が否定した。「そんなことない」

典文の眉間《みけん》に皺《しわ》が寄った。「田代君。投げやりになっちゃいかんよ。本心ではどう思ってるんだ？　それをききたい」

「本心ですか」勇次の視線はまた床に落ちた。「正確な報道はひとつだけです」

「なんだね」典文がたずねた。

「僕の両親は、もうこの世にいません」

意図せず感傷に引きこまれそうになる。ただし中二の琴奈は、流行の移り変わりに敏感だった。もはや勇次を目の前にしても舞いあがったりはしない。現に勇次は逃亡者だ。警察の追跡を恐れている。事情がどうあれ、殺人の疑いがかけられている人間を、この家で匿《かくま》う謂《いわ》れなどない。たしかに勇次には冤罪《えんざい》の可能性もある。同情を抱かないわけではないが、追いだそうとする父を否定できない。

　ところが父はいつしか、哀れむような目つきを勇次に向けていた。あろうことか心を許しかけているようだ。典文はあからさまに態度を軟化させていった。「田代君。でていく前に、食べ物だけは持っていけばいい。おにぎりとか」

「いえ。自分で買いますから」

「お金は持ってるのか？」

　勇次は黒スキニーのポケットをまさぐった。皺くちゃになった紙きれをとりだした。五千円札一枚、それが所持金のすべてらしい。

　恭子が真顔になった。「ベトナム式揚げ春巻のレトルトならあるから」

半ば唐突にベトナム料理が持ちだされたからだろう、典文と勇次は同時に微笑した。恭子もつられたように笑った。ふいに室内の空気が和みだした。

　琴奈は笑わなかった。いくらなんでも打ち解けるには早すぎる。

　勇次が遠慮がちにささやいた。「せっかく食べ物を温めてもらっても、持っていくのは手間ですし……」

「なら」典文が勇次を見つめた。「夕食だけはうちで済ませていくといい」

衝撃が走った。琴奈は耳を疑った。なにをいいだすのだろう。父にとって勇次のすなおさは新鮮かもしれない。けれども世間はとっくに愛想を尽かしている。この期に及んで情に流されるなんて。

恭子に異論はないらしい、ひとり階段を下りていった。「すぐ準備するから」

恐縮したようすの勇次が、胸もとをさすりながらおじぎをした。「すみません……
……」

ありえない。琴奈は唖然《あぜん》としてたたずんだ。たしかに勇次が人殺しだと信じたくはない。両親を失った悲しみも察するに余りある。それでもいまは警察を呼ぶべきではないのか。

階下から恭子の声が呼びかけた。「勇次君。味付けについてききたいんだけど」

「あ、はい」勇次が典文に頭をさげた。次いで琴奈を見つめてきた。

琴奈は自分が、よほど硬い顔をしていたのだろう、そう思った。勇次が気まずそうに目を伏せたからだった。そのまま勇次は退室し、階段を下りていった。

「お父さん」琴奈は抗議した。「一緒にご飯だなんて……」

「そういうな」典文が顔をしかめた。「食事をとらせるだけだ。あんな状態で追いだせないだろ。人間少しは柔軟でないとな」

典文はネクタイをほどきながら、やはり下り階段に消えていった。

ひどく心もとない。琴奈は身体の震えがおさまらなかった。田代勇次が食卓に加わる。家族は誰にも打ち明けられない秘密を抱えてしまった。

3

優莉結衣は赤く染まった斜陽のなかを歩いた。風が強く吹きつける。雲が飛ぶように流れていく。春の嵐だった。乱れがちな髪を手櫛《てぐし》で整えるのはあきらめた。セーラー服の襟が背後でまくれあがるのも、不可抗力だと思うしかない。とりあえず住居に着くまで、前が見えればそれでいい。

栃木県宇都宮《うつのみや》市、泉《いずみ》が丘《おか》の素朴な住宅街には、古びた民家が多く目につく。路地にはクルマの往来もほとんどない。

緊張せずにいられるのには理由がある。代わりに窮屈さがついてまわる。道端の十字路やT字路に差しかかるたび、屈強そうなスーツのいかめしい顔に睨《にら》まれる。公安の刑事が通学路のいたるところにいるからだ。

新学期が始まったものの、三年三組のクラスメイトとは、始業式の日に顔を合わせたきりだ。ひとり校舎の端の空き教室に隔離される、それが結衣の学校生活だった。

終日そこですべての授業を受ける。昇降口も結衣専用。誰もいない階段を上り下りする。廊下は通行禁止の立て看板に阻まれ、ほかのクラスの生徒たちとは接触できない。学食の利用も不可能だった。昼食は運ばれてくる。学校にいるあいだ、公安の刑事たちがウェブカメラで監視しつづける。登下校時はこうして通学路のすべてをガードされる。

スマホが鳴った。至近の刑事がぴくっと反応する。結衣はため息をつきながらスマホをとりだした。見知らぬ電話番号が表示されている。

どうせ誰かの偽装だろう。結衣は口もとを手で隠しながら、小声で応答した。「はい」

かなり年配のしわがれた声がきこえてきた。「優莉結衣さん。お元気ですか」

訛《なま》りが強い。態度だけは老紳士と呼べるベトナム人、ディエン・チ・ナムだとわかる。結衣はささやいた。「田代勇次と殺し合ったかどうかなら、フェリー以来まだ会ってもいない」

「残すところ課題はそれだけでしょう」

「課題なんかない」

「メンパスを入手したら知らせてください」

「なにを？」

「メンパスです。警察が田代ホールディングス本社を徹底的に探したものの、見つからず音をあげそうになってるので」

「なんのことだか」

「そうですか」ナムの声は淡々としていた。「公安の監視も厳しい折、長電話はご迷惑でしょう。いずれまた」

通話は切れた。リダイヤルのボタンを押すと、女性の声が告げてきた。「おかけになった電話番号は、現在使われておりません」

想定内の状況だった。結衣はスマホをしまいこんだ。

三年三組の担任だった伊賀原《いがはら》は、田代槇人《まきと》に殺害された。フェリーが沈没し、田代夫妻も死んだ。結衣の双子の姉、智沙子《ちさこ》の存在があきらかになった。結衣の関与をしめす証拠がないとはいえ、あれだけ不審なできごとが累積すれば、公安の強硬な態度も当然かもしれない。

教育を受ける権利だけは保証されている。だがいまや全警察組織が結衣を最大の警戒対象としていた。このまま卒業まで結衣をひとりきりにする、それが大人たちの意向らしい。さすがに人権派弁護士らも抗《あらが》いきれなかったようだ。

結衣の素顔を知る教師、普久山《ふくやま》は他校に飛ばされてしまった。田代ファミリーの傘下にいた半グレ集団も、ひとつ残らずマークされている。凛香《りんか》や篤志《あつし》も同様だった。誰も身動きがとれない。法治国家の威信を賭《か》けた監視体制の下、ただおとなしく暮らすしかない。

十一か月後、高校卒業とともに、結衣は児童養護施設をでる。以後は支援団体の世話も受けられない。公安は首を長くしてそのときをまっている。十八歳以上の社会人となれば遠慮はいらない。死刑も十八歳から適用可能になる。監視を続行し、結衣に違法行為を見つけしだい、即座に逮捕へと動く気にちがいない。

だが正直なところ、外野はどうでもいいと結衣は思った。智沙子のことが気になっている。どこに住んでいるのかさえさだかではない。公安はなにも教えてくれない。死亡とされていた智沙子の戸籍について、家裁の許可を得て訂正がおこなわれた、そのことだけはきいた。苗字《みょうじ》は優莉のままだろうか。

弘子《ひろこ》はどうしているのだろう。彼女も戸籍上は死んだことになっている。母親は娘の生存について役所に届けただろうか。事情をたずねられた場合、どう答えるつもりなのか。

一日に何度も同じ思考をめぐらせる。結論を求めているわけではなかった。より深刻な記憶から目を逸《そ》らしたがっている、そんな稚拙な心を自覚せずにはいられない。いまだに詠美《えみ》の死が堪《こた》えていた。いちどは生きていると思った、希望を感じた。その反動が予想以上に大きかった。

カラスの鳴き声が耳に届く。依然として強く吹きつける風のなか、大気が赤みを濃くしていた。

ふいに足枷《あしかせ》を嵌《は》められたかのように、歩を進めるのが苦痛になった。結衣は路面に目を落とした。その場に立ちどまった。

「おい」近くから男の声が呼びかけた。「どうした」

ぼんやりと視線をあげた。近くに角刈りのスーツが立つ。眉《まゆ》をひそめながら結衣を見つめていた。ほかにもそんなスーツが何人か周囲にたたずむ。

公安の刑事たちだ。それはわかっている。だがどこか現実感がない。映像を観ているかのようだ。いま下校途中の通学路にいる。たしかなことのはずなのに、なぜかそんな自覚にとぼしい。

結衣はきいた。「なに？」

「なにって」公安が訝《いぶか》しげな目つきになった。「なぜ立ちどまった？」

「……ああ。ちょっと休んだだけ」

「まさか疲れたってのか」

きくまでもない。最初に頭に浮かんだのはそんな思いだった。妙な感覚にとらわれる。疲労する理由はどこにもない。ただ帰路についているだけでしかない。

結衣はふたたび歩きだした。さっきよりはいくらか足が軽い。それでも息切れがしてくる。

苦しげな呼吸音なら前にもきいた。結衣自身の息づかいではない。片目が義眼の男、樫詰《かしづめ》の死に際だった。馬鹿な人生だった、樫詰はそんなふうにつぶやいた。クソ親父を見かえすためにワルになったのに、当の親父は老いて弱っちまって、もうワルじゃなくてもやっつけられた。みんな大馬鹿だ。

半グレ集団はそういう輩《やから》どもの吹きだまりだった。親から嫌われるどころの話ではない、激しい虐待を受け、自己否定の塊に育つ。みな文字どおり殺されかけた過去を持つ。幼少期には男女問わず、性的暴行の被害に遭った者も多くいる。

半グレどうしの抗争は、生い立ちの不幸度を競いあう、そんな側面がある。常々そう感じる。幼くして過酷な体験を経た者ほど強く、無謀な行為を辞さない。どうやら優莉匡太《きょうた》の子供たちは、かなり上位に分類されるようだ。

樫詰と同じようなことを、タイチという男も口にした。スキンヘッドに青筋を浮きあがらせ、父に対する恨みごとを挙げ連ねた。タイチの父は暴力団の幹部だった。結衣とは似た者どうしだと主張したかったらしい。むろん仲間意識など持てなかった。武蔵小杉高校で大量殺戮《さつりく》に及んだ極悪人の群れ、タイチはそのひとりだった。結衣はマイナスドライバーをタイチの大腿《だいたい》動脈に突き立てた。噴出する大量の血液を、もろに顔面に浴びた。階段の踊り場に赤い水たまりがひろがった。この夕焼けと同じ真紅に染まった。

濃い灰いろの渦巻きがうねって見える。自然にテツの死が連想された。結衣が幼少のころから顔見知りだったテツ。甲子《こうし》園《えん》球場の照明塔から真っ逆さまに落ちていった。コンクリートに全身を打ちつけ、破裂したも同然に鮮血を飛散させた。

夜の車道に蹴《け》り落とした辻舘鎚狩《つじたててがり》の死にざまに似ている。大型トラックが猛スピードでぶつかった。鎚狩の肉体は瞬時に粉砕された。路面は赤ペンキをぶちまけたような血の海と化した。

夕焼け空の雲が血を含む脱脂綿に見えてくる。断末魔の絶叫をよく耳にした。たいてい銃声に掻《か》き消された。アサルトライフルの掃射にともなう両手の痺《しび》れを実感する。

あの農業高校で、結衣はピッチフォークを振りあげた。地面にへたりこんだ顆磯《つぶいそ》の胸部を貫いた。呻《うめ》き声が一瞬だけ漏れた。口の端から血が滴り落ちた。目を見開いたまま両膝《りょうひざ》をつき、砂ぼこりのなかに突っ伏した。ピッチフォークの歯の先端が、死体の背中から突出していた。

死に顔を見下ろした。タキ兄ちゃん。幼いころから嫌いな大人だった。それでも大人を頼るしかなかった。父親とその仲間たちを好きでいるよう、自分を欺いた。大人との関係はそんなものだと信じようとした。疑問を抱くことを故意に遅らせてきた。まともでない子供に生まれてきた事実を、断じて受けいれまいと心に誓った。

ふと我にかえった。氷が溶け去ったような視野に、夕陽を浴びる住宅街がひろがっていた。

公安の刑事がいった。「どうした。いまはここが家だろ」

結衣は路上に立ち尽くしていた。歩いた記憶がないわけではない。だが意識はずっとほかのところにあった、そんな気がする。数秒前まで殺し合いの渦中にいたような生々しさが胸に残る。

心臓の高鳴りが耳の奥に響く。吹きつける風がやけに冷たい。身を切るような寒さに感じられた。

住宅街の一角、小ぶりな二階建ての古民家を眺める。近くの児童養護施設の別棟として、市が購入したらしい。実際には結衣ひとりを閉じこめておくための牢屋《ろうや》だった。

結衣は以前住んでいた施設を追いだされた。職員に死者がでた施設に、元死刑囚の娘がいるままでは、子供を預けたがる保護者はいない。

玄関先に私服の女性警察官が待機している。年齢は三十代後半、ショートヘアにヘッドセットを装着する。結衣を見るやドアを開けた。彼女の名は杉下佳子《すぎしたよしこ》といった。公安ではなく宇都宮東署の刑事だった。反目しあう公安警察と刑事警察を、結衣はいつしか団結させてしまった。

玄関に向かった。靴脱ぎ場の向こうに廊下はなく、そのままダイニングキッチンにあがる。いまは誰もいなかった。刃物類は一本たりとも置かれていない。隣りの四畳半の和室には、佳子のほか女性刑事が交替で寝泊まりする。あくまで見張りに徹し、結衣に対しろくに口もきかない。

結衣は階段を上っていった。二階の引き戸を横滑りに開けた。

六畳の洋室と物置。結衣の生活空間のすべてだった。ほかの子供たちと暮らすより、ずっと恵まれた環境かもしれない。

勉強机と鉄パイプ製のシングルベッドは、市が用意してくれた中古品だった。私服はクローゼットにおさめてあるが、さほど量は多くない。結衣はリュックを床に置いた。机に歩み寄る。

筆記具やＵＳＢメモリーの向きが気になる。引き出しから方位磁針をとりだした。私物はどれも一辺を西南西に合わせてある。ＵＳＢメモリーはあきらかにいじられていた。とはいえ中身は数学の問題集だった。警察が調べたところでなにも発見できない。

ＵＳＢメモリーをつまみとろうとして、指先が震えた。寒さにかじかんでいる。この気温の低さはなんだろう。まるで真冬のようだった。

監視されているのを承知で暮らす。なんとも異常で、歪《ゆが》んだ毎日に思えてくる。十三歳のとき、初めて殺人を犯した。十七歳になり、もうひとり殺した。それから一年足らず、何百人を殺したのだろう。いつしかタガが外れ、殺戮への抵抗が薄らいでいった。気づけばすっかり暴力の日々に慣れきっていた。

なぜ田代一派を皆殺しにした。武蔵小杉高校の犠牲者らを弔うためだ。しかしみな復讐《ふくしゅう》を望んでいただろうか。詠美の顔がまたもちらつく。幼くして死んだ妹をいたたまれないと感じた。そんな結衣自身の心こそ救済を求めていた、真実はそこにありはしないか。

開いたままの引き戸から、佳子が顔をのぞかせた。「具合が悪いの？」

脳内に混乱が生じた。膝の力が抜け、立っていられなくなった。結衣はその場にくずおれてしまった。

佳子があわてて駆け寄ってきた。結衣の額に手をあてる。佳子のてのひらは、異様なほど冷たく感じられた。

意識が朦朧《もうろう》としている。あらぬことばかり思い浮かぶのは発熱のせいか。だが喉《のど》の痛みがない。風邪とは思えなかった。

「係長」佳子がヘッドセットのマイクに告げた。「優莉結衣が倒れました。救急車の手配をお願いします」

無線による返事はきこえない。代わりに玄関のドアが開く音がした。足音が階段を駆け上ってくる。

さっき路上にいた男が姿を現した。切羽詰まった声で佳子にきいた。「なにがあった？」

「わかりません。でもかなり熱があります」

「熱？　このあいだのウイルス検査では陰性だっただろう」

「咳《せき》も鼻水もありません。感染症じゃないかも」

「わかった。だがまず応援を呼ぶ。救急車はそれからだ」

「係長……」

「優莉結衣には最大限の警戒をもって望めと命じられてる」係長なる男がヘッドセットで通信した。「一班と二班、施設別棟に集合」

佳子がベッドから枕をとり、結衣の頭の下に敷いた。ただちに腰を浮かせ、部屋をでようとする。

係長は佳子を見つめた。「どこへ行く」

「下で濡《ぬ》れタオルを……」

「駄目だ。応援が来るまで待て」

困惑ぎみに口をつぐむ佳子を、結衣は霞《かす》みがちな視界のなかにとらえた。

自分になにが起きているのだろう。かつて経験したことのない、なんともいえない無気力さにとらわれる。ただし命が危険にさらされているとまでは思わない。たとえ死ぬとしても、こんなに安らかに天に召されるはずがない。

4

琴奈はダイニングテーブルの端で、身を固くして椅子に座っていた。壁の時計を眺める。午後五時をまわった。そういえば窓から射しこむ夕陽が、少しずつ明度を失ってきている。

いつまでつづくのだろう、琴奈は憂鬱《ゆううつ》な気分でテーブルの向こう側を眺めた。

父の典文は着替えもせず、ただジャケットを椅子の背にかけ、ワイシャツの襟もとを緩めていた。くつろいだ姿勢をとり、何本めかの缶ビールを開ける。赤ら顔で呂律《ろれつ》がまわらなくなってきている。笑いにまでは至らないものの、表情にしまりがない。

「でな」典文がいった。「中国から安い製品がたくさん入ってきてな、うちの工場は火の車だった。コストを見直せと上層部が強要してきたんだが、私は駄目だと考えた。作ってる部品の質が下がったんじゃ意味がない」

田代勇次はきちんと背筋を伸ばし、典文の隣りに腰かけていた。酔いがまわってきた典文の愚痴に、ずいぶん辛抱強くつきあっている。いまも勇次は、そうですねと首を縦に振った。誠実そうな黒い目がじっと典文を見つめる。まるで面接にきた新入社員候補のような態度だった。

典文は勇次を一瞥《いちべつ》した。「悪く思わんでくれ。私にとっちゃ、近ごろの中国のやり方はどうも気にくわない。ぜんぶとはいわないが、下請けで培った技術を盗む企業が多くてな。良心に欠けとる」

勇次はふしぎそうな顔をした。「なぜ僕が悪く思うと……」

「ああ、いや」典文は缶ビールを呷《あお》った。「ベトナムは中華圏というか、社会主義国だし、中国の友好国だろ？」

「僕はもう日本人なので……」

「日本人」典文は妙なものを見るまなざしを勇次に向けた。苦笑とも嘲笑《ちょうしょう》ともつかない態度をしめす。「そうか。日本人か」

琴奈は父の物言いが気になった。「お父さん」

すると勇次が琴奈を見つめた。心配しないで、勇次の穏やかな目がそううったえる。典文は勇次の視線に気づかなかったらしく、なおも会社の悪口を挙げ連ねる。

以前なら勇次の心の広さに感銘を受けたかもしれない。いまは逆に落ち着かない。勇次はなにをいわれようと、ずっと笑顔を絶やさずにいる。服はぼろぼろのままで、怪我の痛みにも苦しんでいたはずが、もうけろりとしている。まだ食事前だというのに、短時間で顔いろもよくなっている。こんなに早く回復できるものだろうか。風呂に入ったわけでもないのに体臭もなく、やけに身綺麗《みぎれい》に思える。

母の恭子がエプロン姿で姿を現した。トレーに載せた小鉢を運んできた。料理はレトルトばかりだとひと目でわかる。春巻、ふきの土佐《とさ》煮、ブリの照り焼き、十目ひじき煮、野菜の塩糀《しおこうじ》煮。箸《はし》やフォークではなく、スプーン数本だけが添えられた。

小鉢をテーブルに並べ終えると、恭子は未開封のレトルトパックを夫にしめした。

「マグロ大根、どうする？」

「なんできく？　だせばいいだろ」

恭子がわずかに困惑のいろを浮かべた。典文は訝《いぶか》しそうにレトルトパックを眺めた。切りこみがないため、開封にハサミが必要になる。そのことに気づいたらしい。

典文は首を横に振った。「やっぱりマグロ大根はいらん」

床下収納に隠した刃物類を解放する気はないようだ。恭子は複雑な表情でキッチンに立ち去った。それでも母の足どりは軽かった。いまや上機嫌だとわかる。

琴奈は不安で仕方なかった。勇次は特になにかしたわけでもなく、ただ愛想よく相《あい》槌《づち》を打っているにすぎない。喋《しゃべ》るのは父ばかりで、勇次のほうはほとんど喋らない。なのに父は一方的に打ち解けていき、いまや半ば心を許している。仕事の愚痴に耳を傾けてくれるのが、よほど嬉《うれ》しいのだろうか。母もそんな父のようすに安堵《あんど》している。両親はここ数日、世間を騒がせている報道の内容など、きれいさっぱり忘れてしまったかのようだ。

五時台なら夕方のニュースが放送中だろう。田代ファミリーに関する話題は連日のように報じられている。それを観れば、父母は緊張をとり戻すかもしれない。

琴奈がリモコンに手を伸ばそうとしたとき、ふいに勇次も身を乗りだしてきた。

勇次が先にリモコンをつかんだ。琴奈には目を向けず、勇次は典文にきいた。「テレビ、点《つ》けましょうか」

「いや。テレビなんかいい」典文は勇次をしげしげと眺めた。「きみはおとなしいな。スポーツ選手なんだから、もっと明るく元気かと思ってた」

「普段はそうです」勇次がささやいた。「でもいまは、声を隣り近所にきかれると……。外が暗くなったら、窓から室内も丸見えでしょうし」

「ああ！　そうだったな。忘れてた、世間はまだきみを誤解したままだ」典文は腰を浮かせ、サッシ戸に歩み寄った。「ちょっと早いが雨戸を閉めよう。二階と三階もだ。琴奈、上の雨戸を閉めてきてくれ」

恭子がキッチンに赴き、雨戸を閉じにかかる。勇次は黙って座っていた。リモコンは油断なく手もとに置いている。

琴奈は席を立ったものの、どうにも胸騒ぎがおさまらなかった。典文が階段を上っていく。琴奈は父を追いかけた。

二階で典文がリビングルームの雨戸を閉めている。琴奈はささやきかけた。「お父さん。勇次君に事情をきくべきじゃない？」

「そう焦るな。本人が自発的に喋りたくなってからでいい」

母の恭子が階段を上ってきた。さらに三階へと向かう。階上で雨戸を閉める音がきこえた。

琴奈は心配になった。母が三階に上ったいま、勇次は一階でひとりきりだ。

両親は舞いあがっているようにさえ見える。勇次が警察に追われていると知りながら、彼に味方できることを喜んでいる。冤罪《えんざい》だときめつけているようでもある。勇次もこれぐらい人を魅了するカリスマ性がなければ、国民的アイドルになりえなかっただろう。

だが琴奈はかつてのファンとして違和感を抱いた。スキャンダルの発覚以前にも、勇次の輝くような笑顔に、芝居がかったものを漠然と感じたりした。いまも勇次が父にしめす態度は、かつてのマスコミ向けのアピールと大差なく思える。

父が雨戸に施錠するのをまってはいられなかった。琴奈はひとり階段を一階に下りていった。

ダイニングルームに戻った。ところがテーブルは無人だった。勇次がいない。琴奈が当惑とともにたたずんでいると、キッチンから勇次が現れた。背筋がしゃんと伸びている。負傷などまるで感じさせない足どりだった。

勇次の目つきは険しかった。琴奈を見ても表情は和らがなかった。勇次は足をとめ、低くささやくような声で問いかけた。「スポーツバッグは？」

ひやりとした寒気が全身を包みこむ。琴奈は思わず後ずさった。勇次の両手に視線を向ける。なにも持っていなかった。

察したように勇次がいった。「武器になる物は隠したって？　キッチンには包丁一本ありゃしねえ。どこへやりやがった？」

日本の不良の言葉遣いを完璧《かんぺき》に模倣している。もはやベトナム語の訛《なま》りはほとんどない。いや、これが本来の勇次なのだろう。

叫びたい衝動に駆られる。だが吐息にしかならない。身体が震えて声を絞りだせなかった。ほとんど無意識のうちに、椅子の背にかかっている父のジャケットを眺めた。食卓用ナイフが一本、ポケットにおさまったままだ。

勇次の勘は恐ろしく冴《さ》えていた。琴奈の目の動きだけで気づいたらしい。勇次は足ばやに椅子に向かいだした。

「だめ」琴奈は勇次に駆け寄った。

しかし勇次は軽く跳躍すると、片脚を高々と繰りだし、琴奈に蹴《け》りを見舞った。一瞬なにが起きたか信じられなかった。直後、激痛と衝撃が襲った。琴奈の身体は宙に浮き、背中がテーブルに叩《たた》きつけられた。ひっくりかえったテーブルから食器類が落下する。グラスや皿が騒音を奏でながら粉々に割れた。琴奈は飛散する破片のなかに倒れこんだ。

けたたましいノイズに驚いたのだろう、足音が階段を駆け下りてくる。典文のうろたえた声が呼びかける。「琴奈！　なにがあった」

来ないで、そう叫びたかった。しかしそれより早く、勇次は疾風のごとく階段の下り口に突進していった。

典文が姿を現した。と同時に、勇次が前のめりにぶつかった。琴奈がいちどもきいたことのない父の呻《うめ》き声が、静寂の室内にこだました。

父は目を剝《む》き、全身を硬直させた。勇次は前屈姿勢をとりつづけた。その手に握られたナイフの刃が、典文の腹に深々と突き刺さっていた。

自分の心拍と呼吸が、同時に途絶えたかに思えた。琴奈は愕然《がくぜん》とし凍りついた。

一瞬ののち、典文が吐血した。濁った発声は嘔吐《おうと》時のそれに近かった。真っ赤な液体が勇次に降りかかっていた。

勇次が冷やかな声を響かせた。「無知なクズめ。ベトナム人は中国が嫌いだ」

雪原を踏みしめたような音がした。勇次の握ったナイフが、典文の腹を横一文字に斬り裂いた。父の絶叫が耳をつんざき、大量の鮮血がぶちまけられた。琴奈は悲鳴をあげた。勇次の全身が返り血に染まった。典文が倒れてくると、勇次はわきに退いた。琴奈の父は突っ伏し、わずかに痙攣《けいれん》したのち、ぴくりとも動かなくなった。

赤い絵の具を塗りたくったような勇次の顔が、階段を見上げる。琴奈の母が立ちすくんでいた。やはり恐怖と衝撃に声もでないようすだった。

勇次が階段を駆け上った。恭子は身を翻し、階上に逃げようとした。だがそれより早く勇次が恭子の襟首をつかんだ。柔道に似た投げ技を放つ。恭子はもんどりうちながら一階に落下してきた。夫の死体のすぐそばに全身を叩きつけた。赤い水飛沫《しぶき》が跳ねあがった。壁や天井に真紅の斑点《はんてん》が生じた。

琴奈の母が上半身を起こした。顔じゅう血だらけになっていた。甲高い声で悲鳴を発しつづける。うつ伏せに横たわる典文を見たのち、琴奈に充血した目を向けてきた。一見して錯乱状態とわかる。母の表情筋のすべてがひきつっていた。

勇次が階段を下ってきた。能面のような顔で恭子を見下ろし、勇次がたずねた。

「スポーツバッグをどこに隠した」

恭子は尻餅《しりもち》をついたままキッチンに後ずさった。勇次が詰め寄っていく。琴奈はほとんど衝動的に這《は》いだし、勇次の脚にしがみついた。

頭皮に激痛が走った。勇次が琴奈の髪をわしづかみにした。琴奈はキッチンへと投げだされた。恭子と衝突し、ふたりとも床に転がった。

なおも勇次が迫りつつある。琴奈の両脚は痺《しび》れ、いっさいの感覚を失っていた。立ちあがることは不可能だった。母とともに床を這ううち、キッチンの奥へと追い詰められた。

たまりかねたように恭子が怒鳴った。「まって！　お願い。荷物なら渡すから。でてって」

「どこだよ」勇次が恭子を見下ろしながらきいた。

恭子は床を指さした。「ここ。ほら、ここ」

床下収納の鍵穴《かぎあな》を見ただけで、施錠されていると気づいたらしい。勇次が要求してきた。「鍵」

「そこ」恭子が顎《あご》をしゃくった。「しょ、食器棚の上」

勇次が伸びあがり食器棚の天板に触れた。つかみとった鍵束を琴奈に投げつける。

「おまえ開けろ」

琴奈の目の前に鍵束が落ちた。拾おうとしても指先の自由がきかない。恭子が手を伸ばしてきた。鍵束をつかみとると、琴奈を見つめた。なにかをうったえるようなまなざしだった。

恭子は床下収納の蓋《ふた》を開けにかかった。試した鍵が適合しないらしく手間どった。

「早くしろ」勇次が爪先《つまさき》で恭子の頭を小突いた。

必死に鍵を挿しこもうとする。嗚咽《おえつ》を漏らし、涙を滴らせながら、恭子は蓋を開けようと躍起になっている。

やがて鍵が回った。蓋を開けると、恭子は勇次の顔を見上げた。

勇次は眉《まゆ》ひとつ動かさなかった。「だせ」

恭子が深々と身をかがめた。床下収納のなかでスポーツバッグを抱えこむ。なぜか動きがとまった。かすかな金属音が響いた。

ふいに恭子が起きあがった。スポーツバッグを手にしてはいない。代わりに包丁を握っていた。母は直立するや勇次に体当たりした。捨て身とばかりに包丁を勇次に突き立てようとする。

琴奈は思わず叫んだ。「お母さん！」

母が勇次ともつれあいながら怒鳴った。「琴奈、逃げて！」

勇次の顔はこわばっている。包丁を突きつけられ、さすがに怖《お》じ気づいたのかもしれない。

それは思いちがいだった。勇次の身体は敏捷《びんしょう》かつ迅速に反応した。両腕が鞭《むち》のように縦横に繰りだされる。固めたこぶしが恭子をしたたかに打った。どんな動作だったのか、包丁はもう勇次の手にあった。

けたたましい笑い声が響き渡った。勇次は笑っていた。目にだけは殺気を宿しながら、ひたすら笑いつづけた。恭子がおののきながら後ずさる。勇次はバドミントンのジャンピングスマッシュに似た姿勢で、高く跳躍したのち、一気に包丁を振り下ろした。恭子は顔から胸にかけ、縦方向にざっくりと斬り裂かれた。たちまち傷口から血液が噴出した。

勇次はなおも笑いながら、バドミントンの試合と同様のステップを繰りかえし、包丁をすばやく何度もスイングした。調子に乗るように反復しながら斬りつける。恭子は力なく立ち尽くしていたが、全身から血飛沫をあげるうち、すでに息絶えたらしい。仰向《あおむ》けに倒れてきた。琴奈は無我夢中で抱き留めた。母が横たわった。顔は何重にも斬りつけられ、白い肉がはみだし、ほとんど原形を留《とど》めていなかった。

琴奈は悲鳴とともに母にすがりついた。母の身体はまだ温かかった。とめどなく流出する血液をどうにもできない。もうなにも考えられなかった。ただ泣き叫ぶ自分の声だけがこだました。

ジッパーの音がきこえた。琴奈はびくっとして顔をあげた。勇次がスポーツバッグをひっくりかえし、中身をぶちまけた。さらに底を破り、ビニール袋をつかみだした。金属製の部品らしきものが詰まっている。次々と流しの上に並べた。さらにガムテープやロープ、サバイバルナイフ、それにスマホをとりだした。

勇次が真顔で淡々といった。「ふたりとも毒親だった。娘の気持ちをないがしろにしてた」

いまになって母の言葉が胸に響いた。逃げて、母は琴奈にそう怒鳴った。琴奈は床を這いだした。母の遺体を離れ、戸口をめざす。

すぐさま勇次が反応した。琴奈の後ろ髪をつかむ。琴奈は顔を上げざるをえなかった。口にガムテープが貼りつけられる。琴奈は暴れ、死にものぐるいで抵抗を試みた。だがその動きすら、勇次にとっては想定内だったらしい。琴奈が手足をばたつかせるたび、巧みにロープが巻きつけられる。両腕を背面にまわした姿勢で、琴奈はがんじがらめにされ、身動きがとれなくなった。

勇次がスマホを操作する。電話をかけているようだ。

「嶋倉先生」勇次が冷静な声で告げた。「いまバッグを開けた。……ああ、ちょっと時間がかかった。窓際に立たずに雨戸を閉める必要があったから」

絶望が琴奈の全身を支配した。母親の血が溢《あふ》れる床に突っ伏し、ただひたすら呻《うめ》いた。目の前に黒々とした霧が漂う。闇がいっそう深くなる。自分が両親のもとに旅立つまで、あとどれぐらいだろう。時間という概念を失ったいま、なにひとつわからない。

5

結衣は病院のベッドに横たわっていた。

熱に浮かされてはいても、意識を喪失したりはしない。ここに連れてこられた経緯も、しっかり把握できている。

室内を眺め渡した。宇都宮中央病院の個室、それも木目調の高級な内装。ＶＩＰ専用と思われた。地元の名士が入院時に利用するのだろう。暴力団の組長にも、こんな部屋があてがわれるときく。警察が被疑者を閉じこめておくのに都合がいいからだ。

患者着に着替えさせられた。セーラー服はこの室内にない。容易には抜けだせない状況だった。しかもドアの向こうは廊下ではない。応接室に似た前室がある。さっきから物音がきこえる。見張りが待機しているようだ。

救急車で病院に運ばれるや、ただちに検査を受けた。結衣の意識が朦朧《もうろう》としていたからだろう、ときおり事件の自白を誘うような、くだらない質問が差し挟まれた。誘導尋問にひっかからないよう、神経を尖《とが》らせねばならなかった。おかげで疲労感が半端ない。

この病室に案内されたのは、つい三十分ほど前のことだ。廊下を歩いてきたとき、窓の外が暗くなっているのに気づいた。黄昏《たそがれ》どきだった。前室にはソファとテーブルが据えてあった。壁ぎわに大きめのテレビと、その左右に外付けスピーカーを確認した。出入りするには前室を通るしかない。

かすかにドアの閉まる音がきこえた。前室と廊下のあいだのドアと推察される。物音が途絶えた。見張りが席を外したのか。

結衣はそっとベッドを抜けだした。立ちくらみがひどい。裸足《はだし》のまま冷たい床を踏みしめ、ドアに歩み寄る。耳をそばだてたが、なにもきこえなかった。

額に汗が滲《にじ》んでくる。呼吸も荒い。いつもなら冷静でいられるはずなのに、やたら焦燥感が募りだす。すべては発熱のせいだった。集中力が持続するうちに動いておく必要がある。

ドアをそろそろと開けた。前室は照明が灯《とも》っていた。だが誰もいなかった。結衣は前室に忍びこんだ。さっきここを通ったとき、テレビに目をつけてあった。

床を這《は》うスピーカーコードにはかなり余裕がある。弛《たる》むどころか何重にもとぐろを巻いていた。結衣はテレビの背面にまわり、スピーカーコードの端を左《L》のみ外した。それを手に個室へと戻る。コードは壁づたいに床を這わせたうえ、ドアの下をくぐらせた。

ベッドの枕元、サイドテーブルにCDプレーヤーが載せてあった。本体を床に叩《たた》きつけ、背面のカバーを外す。電気信号の入力端子ふたつに、引っぱってきたスピーカーコードを絡める。

スピーカーとマイクはどちらも同じ構造だ。両者のちがいは機能が正反対、その一点に尽きる。電気信号を音に換えるのがスピーカー。音を電気信号にするのがマイク。よってコードのプラスとマイナスを入れ替えれば、極性が逆転し、機能も反対になる。

物音を耳にした。結衣はCDプレーヤーをベッドの下に隠した。すぐさま横たわり、両目を閉じた。

ドアが開いた。誰かがのぞきこんでいる。スピーカーコードは、ドア枠の蝶番《ちょうつがい》側の床を這い、ベッドの下まで延びている。しかし相手の意識が結衣に向いていれば、コードにはまず気づけない。

佳子という女性刑事の声がささやいた。「異常なし。寝てます」

「よし」男の声が応じた。係長なる人物とは異なるようだった。ふたたびドアが閉まった。前室で複数の人間が声をひそめ会話している。なにを喋《しゃべ》っているかは判然としない。

結衣は身体を起こし、CDプレーヤーをとりあげた。音量を絞りながら、スピーカーに耳をあてる。

いまや前室にあるテレビの外部スピーカーは、左のみ巨大なマイクと化している。拾った音声はCDプレーヤーのスピーカーに再生される。

「……ので」ききおぼえのない男の声がいった。「いちおう誰か保護者代わりの者に連絡をとるべきだと思う」

別の男が唸《うな》った。「保護者代わりといっても、彼女はいま児童養護施設から隔離されて住んでる。施設長を呼んだところで意味がない」

「法的には児童養護施設の管轄だろ？」

「事実上は公安の監視下に置かれてる。保護司はなり手すらいないし、学校の教師に声をかけるしか……」

係長と呼ばれていた男の声が遮った。「教職員も優莉結衣のシンパである可能性を否定できん」

佳子の声がいった。「わたしたちが監視がてら世話をしてきましたから、未成年の入院とはいえ、警察官が立ち会っていればいいかと」

「同感だ」係長の声が応じた。「それで先生、検査の結果ですが……」

医師らしき男が咳《せき》ばらいをした。「ウイルス感染でも細菌感染でもなく、肺炎でもありません。ただし四十度の高熱がつづいています。解熱剤を投与しても効果がみられません。考えられる理由はストレス性高体温症です」

「なに？」別の男が頓狂《とんきょう》な声を発した。「ストレス性ですって？　風邪の類《たぐ》いじゃないってことですか」

「ええ」医師の声がささやいた。「ヒトが風邪をひくと、交感神経が筋肉に命じ、炎症性サイトカインという物質を分泌します。発熱によりウイルスを退治するためです。優莉結衣さんの血液検査では、炎症反応の異常がみられず、この物質が関わっていないとわかります」

「原因は精神的なものだと？」

「ストレスに対処するため、交感神経の働きが活発になり、体温が上がったんです。風邪の発熱とは仕組みがちがうので、ストレス性で生じた高体温状態を発熱と呼ぶのは、厳密には正しくありません」

結衣は思わずため息をついた。想像以上に情けない理由に思える。この熱がストレスのせいだなんて、ずいぶん臆病《おくびょう》気質になったものだ。そんなに繊細だっただろうか。

刑事たちも同じように感じたらしい。ひとりが声高にいった。「ありえない。あれがストレスにやられるようなタマですか」

医師の声が冷静に告げた。「ストレスとは意志の弱さをしめすものではありません。むしろ精神的緊張に耐えうる強さがあればこそ、生体内の非特異的な防衛反応として、極端な心身症を引き起こします。彼女の場合はむしろそちらでしょう」

係長の声がつぶやいた。「精神的緊張か。たしかに彼女は気が抜けない日々を送ってきたはずだ。数多くの犯行をひた隠しにしてる。バレないように注意を払うだけでも、かなり神経をすり減らしてる」

忌々しさとともに否定したくなる。だが一方で腑《ふ》に落ちる気もした。精神的緊張。大量殺戮《さつりく》魔が証拠を残すまいと努めれば、当然ついてまわる心の状態かもしれない。何百人も虐殺してきて、その罪の重さに耐えかねているという理由よりは、いくらか納得もいく。

原因はどうでもいい。問題は高熱にともなう脳の機能不全だった。瞬時に的確な判断が下せない。後ろ向きの思考が弱腰につながる。なにより奇妙な罪悪感にさいなまれる。いや人並みになったということか。

係長の声がためらいがちに発言した。「先生。恐縮ですが、診断の結果はウイルス性疾患としていただけないでしょうか」

医師は心外だという声をあげた。「なにをおっしゃるんです」

別の男の声が説得にかかった。「公安からの要請とお考えください。先生の医師としてのお立場は尊重しております。しかしより大きな理由のため、事実を曲げていただきたいのです」

「理由とは？」医師の声がきいた。

「ストレスが原因となれば、私たちによる警戒が過剰なせいだと、弁護士が抗議してくるのは目に見えています。人権支援団体の主張は、まあ倫理的には正しいのですが、それが常に捜査の弊害になってきました」

沈黙があった。医師のため息がきこえる。「診断書にどう記載するかはともかく、ストレス性高体温症となると、長期入院の意味はありません」

佳子の声が戸惑いがちにきいた。「病院では預かれないということですか」

「そうです。特にこの病室は予約が詰まっています。あくまでウイルス性疾患を装い、病院にいさせてくれという話であっても……。いや、これは院長でなければ判断できませんが、なんにせよ大部屋に移っていただかないと」

大部屋なら難なく抜けだせる、結衣はそう思った。刑事たちも結衣の脱走を危惧《きぐ》したらしい。重い空気が漂いだしたのがわかる。

係長の声が神妙に告げた。「それでは警備に難が生じます」

「警備を気になさるのなら」医師の声が突き放すようにいった。「病院としては責任が持てません。優莉結衣さんには退院していただきます。その後のことは、あなたがたで面倒をみればいいでしょう」

結衣は嫌気がさし、ＣＤプレーヤーの電源を切った。ベッドの下に押しこむ。頭からシーツをかぶり、胎児のようにうずくまった。

熱が下がらない。脈拍は異様に速く打っていた。せわしない鼓動が内耳に反響する。三半規管に異常を生じたのか、暗がりで目を閉じていても、めまいに似たぐらつきをおぼえる。

殺害の瞬間がまた次々と想起される。返り血の酸っぱいにおいを嗅《か》いだ気がする。嘔吐《おうと》感がこみあげてくる。道を誤ったまま生きてきた。罪に罪を重ね、みずからの命をつないだ。父となにがちがうというのだろう。

生まれてくるべきでなかった女が、生きつづける意思をしめせば、それだけ世を不幸にする。存在しなければよかった。恵まれた人生も、そうでない人生も、本来無であれば比較せずにすんだ。善し悪しという概念すらありえない。生がなければ、苦しみや悲しみもないままだった。同時に喜びもなくなるが、それはけっして残念なことではない。命なき状態なら、そもそも残念がる自分はいないからだ。やはり無こそ、自分のあるべき姿だったのか。

6

田代勇次は長谷部家の一階にあるダイニングルームで、食卓用テーブルについていた。新たに惣菜《そうざい》を盛った小鉢が並べてある。

床は浅く浸水したように血が溜《た》まっている。しかし靴を履いたため問題はない。夫婦の死体は階段下とキッチンにそれぞれ転がっている。酸性の刺激臭はわずかに漂うが、この短時間ではまだ死臭に至らない。勇次の食欲は依然として盛んだった。食べ物はほとんど平らげた。

猛烈に腹が減っていたと自覚する。経緯を考えれば当然だった。なにも口にしていなかった。救命用ゴムボートで二日も海を漂ったのち、簡易宿泊施設のわきにあるコインシャワーを浴びただけだ。

服はぼろぼろのため、洗濯したところで使い物にならない。負傷したように見せかけるため、万引きしたトマトケチャップをシャツに塗りたくったうえ、胸部を破いてしまった。琴奈の部屋で見つけたジーンズなら穿《は》けそうだった。ユニセックス風のジャケットもいくつかあった。スリムな体型でよかったと感じる。

琴奈の呻《うめ》き声がきこえた。ダイニングルームは洗面所と浴室に面していた。開放されたドアの向こう、暗い洗面所の床に、うつ伏せに横たわる琴奈が見える。後ろ手に背面留めの梯子《はしご》縛りにした。絶対に身動きできない縛り方だった。

勇次はビニール袋を破りだした。なかから金属のパーツをとりだす。人差し指の太さほどの直径、鉛筆ぐらいの長さの円筒を、テーブル上に並べる。勇次はささやいた。

「中二になると、父親がうざいだろ？　娘が思春期になると、父親に男を感じなくなるってさ。近親相姦《そうかん》を避けるための生理的な仕組みだってきいた。ほんとかどうか知らないけど」

口をふさがれた琴奈は、ずっと嗚咽《おえつ》を漏らしている。勇次の言葉に耳を傾けているとは思えない。だがかまいはしなかった。

パーツを指でさすった。滑らかな仕上がりだった。勇次は思いつくままを言葉にした。「嶋倉先生の勤める川崎総央《そうおう》病院にはね、金属を造形可能な粉末焼結方式の３Ｄプリンターがある。何千万円もする機械なんだよ」

人工関節に用いられるコバルトクロム合金は、もともと航空機開発から生まれた素材だった。ジェットエンジンのシリンダーに使われるほど摩耗に強い。実際に航空機のエンジンパーツが３Ｄプリントされる時代だ。手術用の金属パーツ以外にも応用がきく。

勇次はグリップ部分のパーツを左右対称に並べた。「細部のバネやネジは、３Ｄプリントじゃ作れないから、直接輸入する。それらだけなら税関で睨《にら》まれたりしない。銃器メーカーの製造ライン並みに、コストと手間がかかる製法だけど、日本ならその価値もおおいにある」

優莉結衣のせいで銃器の密輸ルートが絶たれた。法の規制も厳しくなる一方だった。最後の手段。３Ｄプリンター用ソフトをダウンロードするだけで、どんどん銃が製造できる。まさしく夢のマシンにほかならない。

拳銃《けんじゅう》のパーツは、百を超える複雑な構造の物もあるが、これは一丁につき三十ていどで構成される。組み立てるには理想的だった。社会主義国の小学校では、ライフルの分解と組み立ての授業がある。ロシア、中国、それにベトナムでもそうだ。ハンドガンの場合、各パーツが小さいため、より慎重な作業が必要となる。バネのおさまりぐあいやネジの締めぐあいにより、命中の精度に差が生じる。

勇次はバレルをスライドにおさめた。チェンバー内のハンマー周りは、最も複雑なメカニズムを有する箇所になる。トリガーとセーフティーに連結する小さなパーツを組み合わせ、各種バネを仕こんでいく。

「報道はさ」勇次は手を休めずにいった。「３Ｄプリンターによる銃の密造が発覚とか、いい加減なことばかりいってるだろ。笑わせるよな。樹脂を熱で溶かして成形するだけの、数万円の家庭用プリンターで、どうやって発射の威力に耐える銃を作るんだよ」

その種の自作銃は外殻のみ樹脂製だが、加工機械で製造した金属パーツが、内部に多く使われている。それでも殺傷能力に乏しい。

かつての優莉匡太半グレ同盟の発想はちがった。奴らは病院の３Ｄプリンターの活用を思いついた。いま手のなかでできあがっていくオートマチック拳銃を見れば、どれだけ素晴らしい発見だったか腑に落ちる。あらゆるパーツの結合部分には、一マイクロメートルの誤差も感じられない。すべての機構が滑らかに作動する。旋盤で作製してもこうはいかない。

玄関にノックの音が響いた。洗面所の琴奈がびくっと反応した。

勇次は包丁を逆手に握り、席を立った。ごく短い廊下を玄関に向かった。

ドアの向こうから嶋倉医師の声がきこえた。「勇次君。私だよ」

インターホンを使わないのは、むろん映像と音声の記録を残さないためだ。勇次は解錠した。開いたドアから嶋倉医師が入ってくる。連れも三人いた。みな十代で、一見して不良とわかる。

嶋倉はレザー製のトートバッグを差しだした。「夜勤のときにしか作れなくてね。できあがったぶんは、すべて持ってきた」

バッグを受けとった。ずしりと重い。なかをのぞいた。弾頭と薬莢《やっきょう》、雷管を構成するパーツが、無数におさまっていた。透明なビニール袋には黒色火薬が詰めてある。

勇次は鼻を鳴らした。「ちょうど一丁組みあがったところだ」

「紹介する」嶋倉は三人を指さした。「カズマ、タイホウ、テカデラ。川崎の半グレ集団、リバーケイプのメンバーだそうだ」

半グレ集団の定義は広い。暴力団対策法や暴力団排除条例の対象外になる犯罪組織は、すべて半グレという呼称でひと括《くく》りにされる。田代槇人の傘下にあった武装半グレから、ギャング化した非行少年グループまで多種多様だった。

カズマは頭の毛を剃《そ》り、上半身は筋肉質の裸に、ヒョウ柄のコートを羽織っている。タイホウは革ジャンにTシャツと、服装だけはカズマよりまともだが、半透明のサングラスをかけていた。テカデラは角刈りを金髪に染め、耳と鼻に大きなピアスを光らせる。

もっともテカデラはお調子者らしく、おどけた態度をとった。「マジかよ。ほんとに田代勇次だぜ？」

あとのふたりは、なめられてたまるかと思っているのだろう、黙って睨みつけてくる。だがいかに虚勢を張っていようと、内なる緊張は隠しきれない。

川崎区の不良は独特だ。ごく狭い地域で活動し、圏外の勢力とは関わらない。せいぜい横浜《よこはま》市鶴見《つるみ》区の暴走族を相手に、縄張り争いを繰りひろげるていどに留《とど》まる。地元暴力団がいまだ幅を利かし、構成員の家系もそこかしこにある。ごくひと握りの家庭で、親から子へと反社会的な生き方が受け継がれる。ただし暴対法が強化されたため、近ごろの暴力団は儲《もう》からない。よって不良は中学生になると、カンパというかたちで上納金を要求される。逆らう者はいない。狭い界隈《かいわい》で逃げ場がないからだ。不良たちはカンパのため、ひったくりや万引きで金を稼ぐようになり、やがて凶悪犯へと成長していく。

もっとも川崎区の九割九分は平和な暮らしぶりの家庭が占める。この長谷部家がいい例だった。ただし危険と隣り合わせだと気づかないと、こういう悲惨な目に遭う。

勇次は嶋倉医師にきいた。「話はしてある？」

嶋倉がうなずいた。「みんな金に困ってるからな。大きな世界への憧《あこが》れもある。なんでもやると約束してくれた」

「そりゃいい。じゃあ」勇次はダイニングルームに歩きだした。「靴のままでいい。こっちへ来てくれ」

三人はついてきたものの、血の海に怖《お》じ気づく反応をしめした。勇次が振りかえると、また揃って動じないフリをした。

タイホウがサングラスを外し、目を丸くしながらテーブルに駆け寄った。「やっべえ！　これ見ろよ」

テカデラも笑いながら拳銃を手にとった。「重てえ。マジだったのかよ。これ本物だよな？」

ベトナムの片田舎ならマフィアの端くれが銃を見せびらかす。年端もいかない不良少年に銃を撃たせてくれる。日本ではおおいに事情が異なる。譲渡や所持だけで懲役刑が科せられるからだろう、暴力団は安易に銃を持ちださない。そのため暴力団の息がかかった地元のワルも、銃に接する機会がない。みな木刀やナイフで暴れまわってばかりだ。そのため誰もが銃を縁遠いものと感じている。だが実状はちがう。日本には十七万丁もの拳銃が違法に流通している。海の向こうではスーパーマーケットで販売される、たんなる大量生産品でしかない。闇社会ならヘロイン以上に普及していて当然だった。

　勇次はトートバッグの中身をとりだした。「細かい作業になる。ピンセットを使ってくれ。これは雷管《プライマー》。ちっぽけなカップと発火金《アンビル》を組み合わせる。カップに火薬をいれて、可燃性シートで覆い、アンビルをおさめる。ちゃんと作らないと弾として成立しない」

　カズマが長谷部典文の死体を見下ろした。「こいつ、くたばってんの？」

　タイホウとテカデラは怯《おび》えた顔で身を退かせた。嶋倉医師は一瞥《いちべつ》し、死んどるよ、平然とそうささやいた。

　武装半グレの常識に慣れてもらわないと困る。勇次はきいた。「死体は初めてか？」

「いや」カズマはこわばった表情ながら否定した。「四、五人はボコってあの世逝きにしてやった。こいつらも一緒にいた」

仲間ふたりもうなずいた。テカデラがうわずった声でいった。「ああ。殺《や》ってやったよ。きょうも拳銃が持てるってきいて飛んできた。もらっていいのか？」

勇次はため息をついてみせた。「ぜんぶ仕事が終わったらな。この家には明朝まで、なんの支障もなく潜伏できる。食い物なら冷蔵庫にある」

そのとき琴奈の呻《うめ》き声がきこえた。不良の三人が反応した。

タイホウが洗面所を振りかえった。「見ろよ。女だ。生きてやがる」

「よせ」勇次は吐き捨てた。「ほっとけ。やることをやれ」

最も派手な外見のカズマが、案外まじめな性格なのか、すなおに椅子に座った。ピンセットを手にとりながらきいた。「銃のほうは組み立てなくていいのか」

「そっちは俺がやる」勇次も向かいの席に腰かけた。「とにかく弾は数が必要になる。夜にはでかける。それまでにあるていど仕上げないと」

カズマは勇次の手もとを見ながら作業を始めた。勇次は一発目のみ、ゆっくりと作り方をしめしてやった。カズマは飲みこみが早かった。プライマーの組み立てを終えると、薬莢のなかに火薬を注ぎ、メタルジャケットをかぶせた弾心《コア》を押しこんだ。

勇次はいった。「わりと器用だな」

「親父に釘打《くぎう》ち機の改造を褒められたことがある。発射の威力を高めてやった」

「いい家庭に育ったな」

「婆さんも入れ墨をいれてる家だった」

「釘打ち機、実際にためしたか？」

「強盗に使った。都内の不良は頭がいいから、振りこめ詐欺で上納金を稼ぐだろ。俺たちゃ身体を張るばかりだ。当たって砕けろの毎日でよ」

「その精神は悪くない」

嶋倉医師も着席し、薬莢に手を伸ばした。「どれ、私もやるか。老眼鏡をかけないと」

勇次は小さじに黒色火薬をすくいとった。火薬の成分は硝酸カリウム七十五パーセント、木炭十五パーセント、硫黄十パーセント。いまは亡き伊賀原教諭の置き土産だった。

カズマはすでに四発目にとりかかっていた。「誰を殺る？」

自然に憎悪がこみあげてきた。怒りの衝動を抑制しつつ、勇次は低くささやいた。

「最終的には優莉結衣」

「優莉匡太の次女か。証拠がねえだけで、じつは根っからのワルだってのは噂にきいてる」

「それ以前にどうしても地獄を見せてやりたい大人がいる」

「誰だよ」

「学校の先生を恨んだことあるか」

「しょっちゅうだ。小学生のころクルマに火をつけてやったけど、警察にパクられてよ。そりゃただの逆恨みだって説教された」

「俺の場合は逆恨みってレベルじゃなくてな。武蔵小杉高校の教師だったが、ついこのあいだフェリーで会った。招かれもしねえのに乗船しやがって……」

　ふと洗面所の異変に気づいた。琴奈がひときわ大きな声で呻いたからだった。テカデラが琴奈の顔を床に押しつけていた。琴奈はうつ伏せの体勢ながら、尻《しり》だけは上がっている。強引に露出させた臀部《でんぶ》を、タイホウがバックで衝《つ》こうとしていた。

　勇次は跳ね起きるも同然に立ちあがった。できたばかりの弾を一発、マガジンに挿しこみ、拳銃《けんじゅう》のグリップに叩《たた》きこむ。スライドの滑りがいまひとつ悪いが、バネはあとで調整すればいい。発射にはたぶん支障がない。

　猛然と洗面所に向かうや、勇次はタイホウの顎《あご》を拳銃で殴打した。テカデラの顔面も蹴《け》り飛ばした。

タイホウは下半身を露出させたまま尻餅《しりもち》をつき、洗面台に頭を打ちつけた。「痛《いて》え！　なにしやがんでえ、このベトナム野郎……」

すかさずタイホウの胸倉をつかむ。勇次はタイホウとテカデラの頭をぶつけ合わせた。銃口をタイホウのこめかみに押しつける。「一発しか装填《そうてん》してねえ。仲よく顔をくっつけてろ。ふたりとも撃ち抜いてやる」

テカデラが悲鳴に近い声を発した。「おい、まてよ！　冗談だって。この女、どうせ殺すんだろ？　ならいいじゃねえか」

「勝手な真似は許さない」

タイホウが泡を食う反応をしめした。「俺は理解した！　撃つなよ。やっちゃいけねえってんなら、最初からそういってくれりゃよかった。女にはそんなに不自由してねえ」

武装半グレとちがい、まるで歯ごたえがない。それがかえって腹立たしい。勇次はタイホウの胸倉から手を放した。「さっさとでろ」

ふたりを洗面所から追いだす。タイホウはズボンを上げながら逃げ去った。勇次は琴奈を見下ろした。床に突っ伏した琴奈が肩を震わせ泣いている。尻は丸だしになっていた。勇次はバスタオルを手にとり、琴奈の下半身にかけた。

それ以上なんの感情も生じない。勇次が洗面所をでると、タイホウとテカデラが臆《おく》する素振りをしめした。勇次はなにもいわず、まっすぐテーブルに向かった。

嶋倉医師が老眼鏡の下に指を差しいれ、目をこすった。「やれやれ。手術よりミクロな作業だな。肩が凝る」

カズマが淡々と弾丸を作りつづける。すでに十発近い完成品が並んでいた。「なあ、田代……」

「勇次でいい」

「じゃ勇次。さっきの話だけど、ぶっ殺したい先生は男かよ」

「女だ」勇次はふたたび椅子におさまった。

「年増《としま》か？」

「いや。まだけっこう若い」勇次はタイホウとテカデラに目を向けた。「そいつは好きにしていい」

テカデラが先にこわばった笑いを浮かべた。狐につままれたような顔のタイホウも、安堵《あんど》したように口もとを歪《ゆが》めた。

ピンセットで豆粒大の物体を挟みながら、カズマが真顔でささやいた。「先生は自分を頼るよう仕向けるよな。ひどい親の代わりになってやるみたいなことも吹いてくる。鵜呑《うの》みにしたら大変な目に遭う」的確だと勇次は感じた。親しみやすい人間関係を装うのは、教師のたんなる自己満足でしかない。大勢の生徒に慕われる自分に酔いしれたがっている。それが教員になる動機だったかもしれない。だがそういう教師は、人生を狂わされる十代の苦悩に気づかない。

「償わせる」勇次はつぶやいた。「親代わりを装うことが、どんなに罪深いか、身をもって思い知らせてやる」

7

もうすぐ三十一歳になる三井《みつい》和美《かずみ》は、半年前まで敷島《しきしま》和美だった。離婚を機に旧姓に戻った。ふしぎなものだと和美は思った。肩の荷が下りた気はまるでしない。それどころかより重いなにかが、全身にのしかかってきている。

また夜中に目が覚めてしまった。圧迫感に耐えきれなくなり、和美はベッドを抜けだした。マンションの一室、２ＤＫの間取りにひとりきり。抗うつ剤は寝る前に飲んだ。いまは抗精神病薬の錠剤を服用する。ペットボトルの水で飲みくだした。不眠や悪夢の治療に効果があるというが、いまのところ実感できない。

パジャマ姿のまま椅子に座る。うなだれると前髪が視界を覆った。手で掻《か》きあげる気にもなれずにいる。

教職を長いこと休んでいた。最初は病気休暇だった。九十日間を消化し、なおも体調がすぐれず、病気休職の申請に至った。武蔵小杉高校の元教員のほとんどが、同じ状態にあるときく。

和美の病状もいっこうに回復しない。あのフェリーに乗船して以降、いっそう悪化してしまった。少しずつ記憶が薄らいでいた地獄絵図に、ふたたび身を投じた。鼓膜が破れそうなほどの銃声、阿鼻叫喚《あびきょうかん》、血飛沫《しぶき》。床に横たわる死体。立ちこめる火薬のにおいを想起するや、たちまち嘔吐《おうと》しそうになる。

田代勇次に事実を問いただし、説得するつもりでいた。なのに混乱だけが生じた。頭痛とともに大勢の悲鳴がこだまする。また人が死んでいった。あんな血なまぐさい世界に触れるために、教員をめざしたわけではなかった。どうしてこうなったのか。

ふと空虚な思いが生じる。平穏な日々がつづいていたとして、どんなふうに過ごしただろう。夫婦仲は維持できたかもしれない。子供はまだだったが、期待はできた。それら以外にはなにがある。担任していた二年C組について、波風が立たないよう、すべてを穏便に済ますことだけに腐心してきた。教師の務めなど、まるで果たせていなかった。いまになって罪悪感ばかりが募る。最悪の日常が天罰に思えてならない。

ふいにスマホが鳴った。まず時計に目を向けた。午前一時すぎ。こんな時間に、誰が電話をかけてくるというのか。

スマホの画面を見たとたん、思わず息を呑《の》んだ。敷島伸吾《しんご》、別れた夫の名が表示されている。

和美はあわてて通話ボタンを押した。「……もしもし」

離婚にともなう手続きについて、元夫はいつもおっくうそうに切りだす。たいていまずはうわべだけでも、和美の健康状態を気遣う。

だがいまは様相がちがった。全力疾走した直後に似た荒い息づかいをきいた。伸吾が急《せ》きこんで告げてきた。「和美」

そのひとことの響きで、のっぴきならない事態を悟った。和美はきいた。「どうしたの？」

「すまない」伸吾の声は震えていた。「本当にすまない」

「なにが？」

「俺はひどい男だ。別れるべきじゃなかった。和美は自分の身を犠牲にして、蛮行に歯止めをかけようとしたんだよな。夫として理解するべきだった。和美の心に気づくべきだった」

武蔵小杉高校を占拠した武装勢力のリーダー、ジンという男に対し、和美は抗議した。女子生徒らへの強制淫行《いんこう》をやめさせるのが目的だった。自分が身代わりになる、和美はそういった。会話はＩＣレコーダーに残っていた。警察には知らせなかったが、伸吾はなにがあったのか、こと細かにきいてきた。妻が暴行されていないか心配してくれている、和美は当初そう思った。

録音をきいた伸吾の態度は豹変《ひょうへん》した。氷のような冷たさをしめしだした。生徒たちのためを思ってのことだとはわかる、でも夫としては受け容《い》れられない。それが伸吾の言いぶんだった。

いまになって反省したのだろうか。だが和美のなかに喜びはなかった。伸吾のようすはどうも変だった。

和美は困惑とともにいった。「伸吾さん。こんな夜遅くに、いったいなんで……」

「頼む」伸吾の声は和美を遮った。「復縁すると約束してくれ。敷島和美に戻ってくれるよな？」

「どうして？　そんなこと、会いもせずにきめられるわけがない」

「お願いだから、愛してるといってくれないか」

「な」和美は絶句した。もとより別れを切りだしたのは伸吾のほうだ。「なんの話？」

「愛してるよ。だから和美も、愛してるといってくれりゃいい」

「ねえ、伸吾さん。事情がよく……」

「いいから愛してるっていえよ！」伸吾の怒鳴り声は切実な響きを帯びていた。「殺されちまうだろ！」

衝撃が全身を駆け抜けた。和美はきいた。「なにが起きたの？　伸吾さん！」

「おい」伸吾の声が電話口から遠ざかった。焦燥に駆られた発声が漏れる。伸吾が叫んだ。「まてよ！　まだ話してる最中だ。終わってない。頼む。和美と話をさせ……」

耳におぼえのある男子生徒の声が明瞭《めいりょう》にきこえた。「先生。夜分遅くにすみません」

和美は尖《とが》った氷柱《つらら》で心臓を貫かれた気がした。思わず手が震える。スマホが滑り落ちた。

田代勇次。もはやベトナム訛《なま》りはほとんどなかった。やけに落ち着いているが、彼の声にまちがいない。

「先生」勇次の声が室内の静寂に反響した。「三井先生。いや、どうも慣れないな。敷島先生って呼ぶほうが親しみもある。そう呼んでいい？」

床に転がったスマホを見下ろす。手を伸ばしても、指先の震えがとめられない。物をつかむことにすら難儀する。

なんとかスマホを拾いあげた。耳もとに当てるだけでも恐怖心が募る。和美は震えながら応答した。「田代君？」

「フェリーでは失礼しました。せっかく先生が演説してくれたのに、僕の考えを述べなかった。いつもいってましたよね、自分の意見が大事だって」

「あの……。田代君……」

「先生の元旦那《だんな》さんはひどいと思いました。緊急事態だったのに、先生のことを売女《ばいた》のように見なし侮辱するなんて。会ってみてよくわかりました。たしかに自己中な男ですよ。先生、こんな奴のどこに惚《ほ》れたんですか。ルックスですか」

「田代君。お願い、きいて。どうして伸吾さんと一緒にいるのかわからないけど、伸吾さんは関係ない。これは先生と田代君の……」

「まってよ、先生」勇次の声が低くささやいた。「テレビのニュース観たよね？　僕は行方不明になってる。でも生きてると知ったんだから、教師なら最初のひとことぐらい、心配してたとかいってくれないの？　無事でよかったとかなんとか」

「それは、もう……。無事でよかった。ほんとにそう思ってる」

ため息がノイズになり耳に吹きかかる。やれやれという物言いで勇次の声がつぶやいた。「がっかりした。先生は知的じゃないよね。でなきゃこんなろくでなしと結婚しない」

思わず涙が滲《にじ》みそうになる。和美はなおも震える声でうったえた。「お願いだから、伸吾さんにはなにもしないで。わたしたちで話し合いましょ、ね？」

「話し合う？　それ、一対一の面談ってこと？」

「あなたの望むとおりにするから」

「なら」勇次の声が不満げにいった。「なんでフェリーでもそうしてくれなかった？　大勢の女たちにまぎれて、周りの同情をかき集め、非難の矛先を僕に向けさせた。ああいうのがいじめにつながるってわかる？」

「……お父様には何度も、勇次君に会わせてほしいって伝えたの。でも返事がなかった」

「言いわけはよせよ。先生は集団を味方につけてからしか個人攻撃できない。最低じやないか」

「ごめんね。だけど……」

「謝って済むかよ」勇次の声は憤りの響きを帯びだした。「心の底から反省してるとも思えない。うわべだけの陳謝なんかいらない」

「田代君」和美は泣きそうになった。「どうすればいいの？　会って話そうよ。今度こそひとりきりで行くから」

「なあ先生。教師なら生徒にちゃんと向き合いなよ。先生が親身になってくれないって、生徒が感じた時点で教師失格じゃないか」

「そうかもしれないけど、ひとクラスに四十人の生徒がいるから……」

「四十人？」勇次は声を荒らげた。「馬鹿いえ。教師はそんなふうに生徒を見てるのかよ。教師と生徒は一対四十じゃねえ。一対一が四十組あるんだよ。そんなこともわからねえのか」

「いえ。田代君のいうとおりだと思う。先生がまちがってた」

「先生。以前はうちの近くに住んでたよね。社屋兼住居を案内してあげたじゃないか。なのに僕は、ほかの生徒と同じ？」

「田代君。ふたりきりで話をしたい」

勇次がまたため息をついた。「文科省が一般生徒を対象に実施したアンケート結果。学校への不満の内訳を知ってる？　一位はなんだと思う？　校則の厳しさ？　言葉の暴力か体罰？　ちがう。教師が人間的に尊敬できない、そんな意見が最も多いってさ。教師のやる気がないとか、授業の進め方がへたってのを合わせると、過半数どころか……」

愚痴っぽく饒舌《じょうぜつ》になってきた。通話内容を録音しなければ、和美はふとそう思った。そっとスマホを耳もとから遠ざけ、画面をタップする。震える指先でボイスメモのアプリを起動させる。

「先生」勇次の声が問いかけてきた。「きいてる？」

「き」和美はあわててスマホを耳もとに戻した。「きいてる。もちろん」

勇次は唐突に英語で喋《しゃべ》った。「Many children don’t like reading books nowadays, but what if they read to dogs?」

和美は言葉を失った。ネイティブも同然の流暢《りゅうちょう》な発音。教科書に載っていた一文だった。しかもセンテンスごと勇次の声が記憶に残っている。あれはコミュニケーション英語Ⅱの授業中……。

電話の向こうで、伸吾の慌てふためく声がかすかにきこえた。「おい、なにする！

やめてくれよ。なあ頼む。やめろって！　やめてくれ！」

伸吾の絶叫が和美の耳に届いた。和美は鳥肌が立った。「伸吾さん！」

音声が途絶えた。通話が切れたのかと不安になる。和美は凍りついた。

だがほどなく勇次の声がきこえてきた。「先生。現住所を伏せてるのは、やっぱり警察がそうしろといったから？　万が一にも僕が生きてたら、先生の身に危険が及ぶって、そんな忠告があったんだよね？」

「忠告なんて……」

「ない？　先生。杉並《すぎなみ》区永福《えいふく》三丁目辺りに住んでるのは知ってるよ。閑静な住宅街だけど、神田《かんだ》川沿いに小さな公園があるよね。じつは僕、そこまで来てる」

唐突に平衡感覚を失った。部屋全体が回りだしたように思える。和美はたずねた。

「伸吾さんもそこに……？」

「なんにもない公園だから、長居するのは難しくてさ。元旦那さんもいってるよ。早く来てくれないと、情熱が燃え尽きちゃうって」

それっきり通話が切れた。ビジートーンがせわしなく反復される。

たたずむこと数秒、和美は大急ぎで着替えに入った。外出できる服装ならなんでもよかった。ロング丈のニットワンピースをかぶる。スニーカーを履くやマンションを飛びだした。

深夜の住宅街は静まりかえり、人やクルマの往来も途絶えている。付近にコンビニはない。どの家の窓明かりも消えていた。門柱灯の光だけがおぼろに、誰もいない路地を照らすにすぎない。心あたりのある公園をめざし、和美はひたすら走った。

手にしたスマホで一一〇番通報すべきかどうか迷う。警察になにを話せばいいのだろう。田代勇次が生きていた、通話内容も録音した。そこまでは伝えられる。問題はなぜ彼が電話してきたかだ。

フェリーでのできごとについて、和美は警察の取り調べを受けた。だが多くは語らなかった。大広間にいたほかの女性たちは、和美が勇次になにを喋ったかについて、すでに証言したようだ。けれども和美自身は口を閉ざした。一部を明かせば、その後のすべてが追及される。優莉結衣が船内にいたと認めたくなかった。フェリーからの生還者らはみな、結衣にいっさい言及していない、そう推測される。もし話していれば、彼女が逮捕されたというニュースが、とっくに世を震撼《しんかん》させているはずだ。

公園まであと少しだった。夜空が陽炎《かげろう》のように揺らいでいる気がした。錯覚かと思ったが、そうではないとわかった。木が燃えるときのパチパチという音が、風に吹かれ運ばれてくる。誰かが焚火《たきび》をしているのか。

ようやく公園の敷地に駆けこんだ。ひとけはない。暗がりの片隅、炎の放つ光がやたら眩《まばゆ》かった。遊具のわきにある大木の下に、たくさんの薪《まき》が組んである。火柱が立ち昇っていた。線香花火のごとく、無数の火の粉がさかんに舞い散る。

和美は木を仰ぎ見た。驚愕《きょうがく》のあまり意識が遠のきそうになった。

焚火の真上に人がぶら下がっている。首を吊《つ》った状態で、揺れながら横方向にゆっくりと回転する。腕も脚も弛緩《しかん》しきり、ただだらりと垂れ下がる。ワイシャツとズボンに引火し、身体のあちこちが燃えだしていた。顔がこちらを向いたとき、雷に打たれたも同然の衝撃が和美を襲った。

伸吾の顔の皮膚は焼けただれていた。膨れあがった瞼《まぶた》が目もとを覆い尽くす。火は全身をなめていき、枝から吊り下がったロープに達した。燃えだしたロープは体重を支えきれなくなり、ぷつりと切れた。伸吾は垂直に落下し、炎のなかに横たわった。烈火のなか、かろうじて人体の形状を留《とど》めていたものの、たちまち炭化しながら溶けていく。黒い影は焼失に向かいだした。

甲高い悲鳴を和美はきいた。自分の叫びだった。それでも叫ぶことをやめられなかった。呼吸困難におちいり、息苦しくなってむせた。思考が機能しなくなる。その場にへたりこみ、力尽きて突っ伏した。地面の感触があった。ほかにはなにも感じなかった。

8

和美は深夜の高井戸《たかいど》警察署にいた。事情聴取に個室は用意されなかった。事務机が整然と並ぶ広い室内は、おそらく刑事部屋だろう。いま天井の明かりは消灯し、空席ばかりが連なる。森野《もりの》という四十半ばの私服警官の机のみ、電気スタンドが辺りを照らす。和美はその机を前に、森野と向かい合って座っていた。

捜査員は出払っている、森野がそういった。みな公園に急行したようだ。和美は病院で診察を受けてから、ここに連れてこられた。

常用の抗うつ剤や抗精神病薬に干渉しない、新たな精神安定剤を処方された。和美はただちに服用した。心が落ち着いたかどうか、自分でもさだかではない。思いだしたくない光景を、努めて意識しまいとしている、そんな実感だけがある。

森野は調書にペンを走らせた。「あなたのお住まいのマンションは、公園から徒歩で五分ほど……。だいたい半キロぐらいですか」

無我夢中で走った道のりが脳裏によみがえる。和美は項垂《うなだ》れてささやいた。「なんでわたしの住んでる場所がばれたのか……」

「最近の武装半グレどもはね」森野が静かにいった。「携帯電話キャリアの顧客が登録したアカウント情報を入手してます。ハッカーも同然の悪質な名簿業者が売りまわってるんです」

「アカウント情報……。ＩＤとパスワードですか」

「どのキャリアも、住所や電話番号の管理には厳しいんですが、アカウント情報となるとオンライン上に置きっぱなしでね。あなたのスマホのＧＰＳ位置情報が割りだされたわけです」

「どうしてそういえるんでしょうか」

「おおまかな位置しかわからなかったからですよ。最初からあなたの部屋を襲ったりしなかったでしょう？　危なかったですね。公園におびきだされて、そこにあいつが待ちかまえていたとしたら」

和美は震える手を自分のハンドバッグに伸ばした。スマホをとりだす。電源を切ろうとしたものの、指の感覚が麻痺《まひ》し思いどおりにならない。苛立《いらだ》ちを抑えきれなくなり、和美はスマホを机に叩《たた》きつけた。

静寂のなか、森野がスマホをそっととりあげ、和美の近くに置いた。「音声メモのデータはコピーしましたが、スマホの電源を切ってしまうと、緊急の連絡もとれなくなります。別の番号のケータイをお貸しします」

「このスマホは……」

「よければうちで預かります」

そうしてくれるのなら助かる。元夫の両親が訃報《ふほう》をきき、現場に向かう途中、ひっきりなしに電話してくる。鳴らない設定にしてあるものの、着信履歴は百を超えていた。

森野が見つめてきた。「おかげで田代勇次の生存があきらかになりました。ただちに指名手配し行方を追います」

「彼は未成年です。まだ十七です」

「指名手配は可能なんですよ。ただし少年の場合、世間に氏名や顔写真を公開しません。とはいえ凶悪犯で再犯の恐れがある場合、公開された前例もありまして……」

「今回はどうなりますか」

「上が判断するでしょう。田代勇次は有名人です。両親がマフィアである素性を隠し、身分を偽って帰化した事実も、すでに広く報じられています。フェリーで女性ふたりを殺害したという証言も複数あるうえ、しかも今夜の事件です。公表もおおいにありうるでしょう」

　和美はまた視線を落とした。田代勇次は指名手配を受けることを承知のうえで、あんな恐ろしい犯行に踏みきったのか。

　森野は調書を眺めた。「一点おたずねしたい。田代勇次が英語を喋《しゃべ》りましたよね。あれはなんと……」

「Many children don’t like reading books nowadays, but what if they read to dogs?

授業にでてきた例文です」

「そこにどんな意味が……」

「意味なんかありません。ただ武蔵小杉高校の二年F組で、英語の授業中、田代君が読みあげました。発音がネイティブのように完璧《かんぺき》で、わたしはとても感心しました」

「まあ外国生まれですからね」

「クラスのほかの生徒たちもそんな反応でした。やっかみの声もあがったほどです。田代君は当惑してました」

「当惑?」

「ベトナム人は日本人と同様、英語の習得に苦労してるんです。でも彼らにとって英語力は将来の収入に直結します」

「そうでしょうね。空港やホテルで働けるだろうし」

「ベトナム人は like を li とだけ発音したり、末尾の子音が抜ける傾向があるんですけど、彼はちゃんと喋れました。努力がうかがえましたし、そのあたり生徒たちにも詳しく説明しました」

「田代勇次の反応はどうでしたか」

「とても感激して……。授業が終わったあと、わたしのところに来て、嬉《うれ》しそうに笑いました。うっすら涙ぐんでさえいました。外国生まれだから喋れて当然とみなされることが、内心よほど悔しかったようです」

「あなたは彼になにか伝えましたか」

「英語で会話しました。わたしも英語圏に住んでいたことがあったので……。わたしはあなたのことをわかってる、と」

いまになって胸が締めつけられる。和美は語学習得における勇次の苦労を認めたにすぎなかった。だが勇次はあの言葉を、もっと大きな意味にとらえたのかもしれない。

バドミントンの全国高校大会で優勝できたのは、対戦相手の幸運に恵まれたからだ、そんなふうに揶揄《やゆ》する声がある。大会自体が父親に買収されていた疑惑もささやかれる。国民に広く人気を博したのは、ルックスや人柄に恵まれたがゆえと考えられがちだった。

彼の両親ですら、勇次は満ち足りているとマスコミに公言していた。自身の秘めたる取り組みに対し、勇次は理解してくれる大人を求めていたのかもしれない。本来なら親の役目だった。田代家では親子間における心の交流が不充分だったのではないか。

森野はペンを置いた。「とにかく、今晩お泊まりになる宿は手配済みです。ご案内しますから、安心しておまちください。新しい住まいが見つかるまで、そこにいればいいでしょう。あなたの居場所については、警察が厳重に秘密を守ります」

「ありがとうございます……」

「敷島伸吾さんについてはご愁傷様です。でもどうか気を落とされずに。田代勇次はきっと見つけだします」

女性の声が呼びかけた。「森野さん。三井先生に面会のかたが」

和美は振りかえった。女性警察官と一緒にいるのは、五十すぎの男性だった。ややくたびれたスーツを着ている。誰なのか思いだすのに時間を要した。いま和美が勤務する神奈川県立幹《みき》高校の伊《い》島《とう》教頭とわかった。和美はあわてて立ちあがった。

伊島は恐縮したようにいった。「三井先生、このたびは大変なことで……。いや、話が終わってからでいいんだよ」

森野が調書をまとめてとりあげた。「今夜のところはもう終わりました」

「そうですか」伊島が神妙な顔になった。「じゃ三井先生、廊下で……」

和美は伊島とともに刑事部屋をでた。蛍光灯が照らすだけのほの暗い廊下に、ふたりきりで立った。

「そのう」伊島がいいにくそうに告げてきた。「急いで飛んできたんだが、とにかく三井先生が無事でよかった。どなたか身内のかたは……」

「実家は鹿児島ですし、両親に伝えるのも、朝になってからと思いまして」

「なるほど、辛《つら》いでしょう。三井先生。ここは期限など考えず、元気になるまでいくらでも静養なさるのがいいかと」

「ありがとうございます。できるだけ早く復帰できるように……」

「いや。失礼ながら、教師でありつづけることは、あなたにとって重荷でないかと思う」

和美は絶句した。伊島は申しわけなさそうにしながらも、さかんに目を泳がせる。

そういうことか。病気休職では三年間、教師としての身分が保障される。最初の一年は給与も八割の支給が受けられる。以後も組合に申請すれば、傷病手当金をもらう資格が生じる。

　だが伊島は和美を学校に在籍させたくないのだろう。経費節約のためというより、面倒に巻きこまれるのを恐れている。もともと武蔵小杉高校の元教員にとって、再就職先を探すのは困難なことだった。なんとか幹高校に受けいれてもらったものの、長いこと病気休職のまま学校に顔をださなかった。どう思われているかずっと気になっていた。きょうそれがはっきりした。

　和美はうつむいた。「よく考えてみます」

「それがいい」伊島は踵《きびす》をかえした。「嫌なことを一日も早く忘れられるよう、まったく新しい職に就いたほうがいいかもしれないね。じゃ、また連絡するから」

　歩き去る伊島の背を、和美は黙って見送った。別離ばかりが際限なく訪れる。なにもかも失われていく。教職という心の拠《よ》りどころさえも。

9

　朝九時すぎ、結衣は患者着姿で病院の診療室にいた。白髪頭の副院長、板橋《いたばし》医師が聴診器を胸にあててくる。診療室内はふたりきりでない。宇都宮東署の女性刑事、杉下佳子が背後に控えている。

ドアの外に制服警官も待機中のはずだ。佳子以外の刑事らはいまごろ、結衣が泊まった個室を隈《くま》なく調べているだろう。万が一にでも、なにか怪しげなブツを持ちこんでいれば、それを機に身柄を拘束するつもりだ。だがスピーカーコードは夜のうちに前室に戻してあった。CDプレーヤーも復元済みだった。見られて困る物はなにもない。

板橋医師が椅子を回し、パソコンのモニター画面を眺めた。「そうですな。熱はまだ下がらないようだが、これは風邪ではなくて……」

「ストレス」結衣はつぶやいた。

佳子が眉《まゆ》をひそめた。板橋医師も佳子と顔を見合わせた。

結衣にとって医師にききたい質問はひとつだけだった。「退院しても?」

「……ああ」板橋医師は結衣に向き直った。「でもしばらくは外出を控えて、安静にしているように」

軽く頭をさげながら立ちあがる。とたんにめまいが襲ったものの、結衣は悟られまいと平静を装った。佳子とともにドアへと向かった。板橋医師も腰を浮かせ、間仕切りカーテンの向こうに引っこんだ。

退室する寸前、板橋医師がぼそぼそと話す声がきこえた。「特別室が空くと伝えてくれないか」

ＶＩＰ用の個室は予約が詰まっている。さっそく次の患者が入るらしい。高額の支払いを渋る警察は、病院にとってもお呼びでないのだろう。

廊下の待合椅子は、一般外来の患者たちで半分ほど埋まっていた。結衣は佳子や制服警官らにガードされながら歩いた。当然ながら患者たちの注目を浴びる。うんざりしながら歩を進めるうち、廊下に設置されたテレビの音声が耳に入った。

アナウンサーがニュースを読みあげた。「焼死体で見つかったのは、都内在住の会社員、敷島伸吾さん三十六歳で……」

神経を極細の針で刺された気がした。結衣は足をとめ、天井から下がったテレビの画面を眺めた。

早朝の公園らしき一角が映っている。大木の根本付近は、地面が黒く焼け焦げていた。キャンプファイヤーの痕跡《こんせき》に似て、燃えかすがいくらか残っている。周囲は黄いろいテープで封鎖済みだった。鑑識課員のユニフォームがしきりに動きまわる。

画面にテロップがでた。〝けさ　永福下田《しもだ》公園　発見者／三井和美さん（30）〟。アナウンサーがつづけた。「午前一時ごろ、元妻で公園の近くに住む三井和美さんの携帯電話に、犯行をうかがわせる少年からの電話があったということです。和美さんが公園に駆けつけると、燃えさかる焚火《たきび》の真上に、伸吾さんが首をくくられた状態で吊《つ》り下がり……」

テレビを観る患者たちがざわめいた。それぐらい凄惨《せいさん》な事件だった。

結衣は唖然《あぜん》としてたたずんだ。三井和美。ついこのあいだフェリーで名札を見た。元夫の姓が敷島。武蔵小杉高校二年C組の担任、敷島和美先生にちがいない。

わきに立つ女性刑事の顔を視界の端にとらえた。どこかそわそわした態度をしめしている。結衣は佳子にささやいた。「少年って、ひょっとして……」

「捜査中」佳子が目を背けたままいった。「ほかの所轄のことはわからない」

警察は正反対のことを口にする。わからないというからには、本当はわかっている。宇都宮東署にも伝達があった以上、指名手配としか考えられない。佳子が結衣に真実を打ち明けたがらないのも、ひとつの可能性を明確に物語る。少年とは田代勇次のことだ。

佳子が不機嫌そうにうながしてきた。長く立ちどまっていれば、さらに周囲の注目を集める。結衣は歩きだすしかなかった。

医療用ワゴンを前方に見つけた。結衣はわざと歩を速めた。物をくすねとるときには、腰から下、十五センチ以内でおこなう。対象物がその高さになければあきらめる。

幼少のころ叩《たた》きこまれた窃盗のコツだった。ワゴンからヘアネットキャップを一枚引き抜く。患者着の下にすばやく滑りこませた。佳子はすぐに追いついたが、結衣の両手になにもないのを見てとると、無言で歩調を合わせてきた。ほかの制服警官たちも、結衣の犯行に気づいていないようだ。

　前室を抜け、特別室に戻った。セーラー服が折りたたんだ状態でベッドの上に置いてある。持ち物の財布とスマホも添えてあった。佳子は部屋をでていった。室内は調べ尽くした、問題はないと考えているのだろう。

　ひとりきりになった結衣は、患者着を脱ぐことなく、上からセーラー服を着こんだ。患者着の襟もとは大きく開き、外から見えないようにする。ズボンのほうも裾《すそ》を太股《ふともも》まで引っぱりあげ、スカートを穿《は》いた。靴下と靴をはき、姿見の前に立った。単なるセーラー服姿にしか見えない。やや着膨れしているが、ここ数日の高熱で痩《や》せた。ちょうどいいぐらいの体格だろう。

　ドアが開き、佳子が戻ってきた。「支度は終わった？」

　結衣はうなずいた。セーラー服の裾から患者着がのぞかないよう、両手を下ろした。佳子が外へといざなう。ふたりで前室を抜けていき、廊下に戻った。

　制服警官のほか、私服の刑事もちらほら待機していた。廊下は外来患者で混雑し始めている。これから玄関に停めたクルマに案内されるようだ。警官たちが周りを固め、大名行列が出発した。ある意味まぎれもなくVIP扱いだった。

体調が万全なら、もう警察の不意を突いて行動にでている。しかしいま結衣は集中力を著しく欠いていた。熱のせいでぼうっとしている。動作の鈍さを自覚する。なにより問題なのはスタミナだろう。歩いているだけなのに息切れしてくる。

入院病棟から一般病棟への連絡通路に差しかかった。傍らに階段がある。手すりを乗り越え、瞬時に飛び下りれば、逃走の機会が得られる。だが結衣はそうしなかった。スカートがまくれあがると、下の患者着が見えてしまう。それでは警察が結衣の計画に気づく。

人間ドックの案内板が見えた。廊下を折れた先らしい。最後のチャンスにちがいない。思うが早いか、結衣はいきなり駆けだした。角を折れ全力疾走する。

「まて！」佳子の声が飛んだ。複数の靴音があわただしく追いかけてくる。

廊下を大勢の患者着が行き来する。キャスター付きの点滴スタンドを携行する者も多かった。その隙間をかいくぐる。追っ手の警官らは、患者を突き飛ばすわけにもいかず、前進の勢いを削《そ》がれた。距離が開いた。結衣は角を曲がるや女子トイレに飛びこんだ。五秒以内に廊下に戻らねばならない。

セーラー服の両脇のジッパーを上げ、襟を力ずくで左右に開き、ホックを一気に外す。一秒経過。後ろの襟をつかみ、前屈しつつ引っぱることで、セーラー服は瞬時に脱げる。二秒経過。丸めて患者着の懐に押しこんだ。スカートは脱がずに、ただズボンのウエストを広げることで、すっぽりなかにおさめる。三秒経過。

残り二秒。結衣の長い髪は、患者着の背の下におさまっていた。キャップをかぶり、女子トイレをでたとき、警官の群れが廊下を駆けてきた。

結衣は人間ドックの待機列に紛れた。いっそう着膨れした結衣は小太りに見える。佳子は血相を変えながら、結衣のすぐわきを走り抜けていき、女子トイレに踏みこんだ。残る私服と制服たちは、男子トイレと廊下の先に分かれ、必死に結衣を捜しまわっている。

立ちくらみがする。結衣はふらつきながら来た道を引きかえした。患者としては説得力のある振る舞いかもしれない。

連絡通路から一般病棟に入ると、結衣は壁際の防火扉を開けた。ひとり非常階段を駆け下りながら、患者着を脱ぎ捨てる。セーラー服を頭からかぶった。ズボンを脱ぐと、スカートが自然に広がる。女子高生の姿に戻るや一階に着いた。鉄扉を押し開けると、眩《まばゆ》い陽光が射しこんできた。外は駐車場だった。

ここは玄関先から死角になっている。防犯カメラを避け、植えこみのなかを足ばやに抜けた。ほどなく敷地外の歩道に達した。

幹線道路沿いを歩き、病院から遠ざかる。たちまち息苦しくなり咳《せ》きこんだ。嫌な汗をかいている。やはりスタミナ不足だった。耳鳴りとともに頭痛が襲う。

車道をトラックが通りかかった。結衣はスマホを荷台に投げこんだ。警察は位置情報を追い、しばらくはあさっての方向を捜索する。もっとも電波のみを囮《おとり》とするには限度がある。結衣がスマホをオンにしたまま逃走するとは怪しい、公安もそう気づくだろう。

古びたアーケード商店街に入った。有名なドラッグストアの看板を見つける。チェーン全店がキャンペーン中で、店頭でくじ引きがおこなわれている。くじ引きにはノートパソコンが使われる。本社が用意した抽選用サイトを常時表示しっぱなしだが、すなわちネットに接続している。

店先の売り台が路上まで張りだしていた。ノートパソコンはそのなかにあった。白衣の従業員は、年配の女性を接客中で、こちらに気づいていない。

結衣はノートパソコンの前にかがんだ。ＥＳＣキーを叩き、ブラウザのツールバーを表示する。ＵＲＬを入力した。十五分間のみ使えるメアドが発行されるクイックメールを開いた。

武蔵小杉高校に在学中、敷島和美先生は二年C組の全員に、相談と緊急連絡用のメアドを教えた。いまでも変更していないのを祈るのみだった。結衣は記憶していたメアドを宛先欄に打ちこんだ。つづいてメッセージを記入する。〝noon subroad Y.Y〟。もっとわかりやすくしたいが、三井和美のそばに警察官がいることも想定せねばならない。報道によれば彼女は、永福下田公園の近くのマンションに住んでいた。高井戸署が新たな宿に匿《かくま》っただろうが、捜査に協力を求めるため、場所は現場に近いはずだ。

エンターキーを叩くと、メールが瞬時に送信された。ブラウザのバックボタンで表示を抽選サイトに戻し、その場を離れた。

昂揚《こうよう》した気分は高熱が原因かもしれない。そのぶん体力の消耗が早い。注意力もあいかわらず散漫だった。視野の隅々にまで充分には警戒できずにいる。田代勇次に悟られるわけにはいかなかった。結衣の五感に難ありと知れば、きっと猛獣のように急襲してくる。こちらは接近にすら気づけない。

10

結衣は宇都宮駅から新幹線やまびこの自由席に乗った。大宮《おおみや》駅まで半時間で着ける。セーラー服はめだつうえ、防犯カメラに片時も映らないわけにはいかないが、ほかに移動手段はなかった。

大宮駅で埼京《さいきょう》線の新木場《しんきば》行きに乗り換えた。田《でん》商事という車内広告はよく見かける。小さい事業所が田園調布《でんえんちょうふ》や田宮町《たぐうちょう》、田喜野井《たきのい》といった、田のつく地名ばかりにある。洒落《しゃれ》に見せかけているがカモフラージュだろう。会社のトレードマークがハノイの自治体章。田《デイエン》ファミリーの拠点にちがいない。田代ファミリーよりは健全でも、やはりベトナム・マフィアだった。隠れ蓑《みの》なしには存続できない。

新宿《しんじゅく》駅でさらに京王《けいおう》線に乗り約十分、下高井戸《しもたかいど》駅に降り立った。

改札周辺は立派なものの、駅構内から外にでると、周辺には狭い路地が入り組んでいる。都内とは思えないほど、素朴で年季の入った街並みがひろがる。老朽化した信用金庫や中華料理店の看板が目につく。クリーニング店も戸建ての一階を改装したにすぎない。人通りはほとんどなかった。街頭防犯カメラもごく少ない。やはりここを待ち合わせ場所に選んで正解だった。

駅の南北を結ぶ地下道〝しもたかサブロード〟の青いアーチに近づく。階段の下り口付近に、薄手のロングコート姿の女性が立つ。マスクで顔を覆っているものの、巻き髪で元担任の教師とわかる。結衣はほっとしながら歩み寄った。

三井和美は結衣に目をとめると、マスクを外した。やつれた顔に安堵《あんど》のいろが浮かぶ。和美がいった。「やっぱり優莉さんだったのね」

「先生」結衣は周囲を警戒しながらささやいた。「気づいてくれると思ってた」

和美は憔悴《しょうすい》しきっていたものの、かすかに笑みをたたえた。「Y・Yなんて、あなたしかいないし……」

正午、サブロード。結衣はメールに英文でそう書いた。帰国子女の和美は当然、サブロードが和製英語だと知っているため、奇妙に受けとる。永福に住む彼女が生活圏内で連想しうるのはここだろう。

和美がため息をつき、二つ折り式のガラケーをとりだした。「曖昧《あいまい》な表現で助かった。メールはこれで確認できたけど、警察が貸してくれた物だから……。ときどきチェックが入るの」

そんなことだろうと予想はついていた。結衣は辺りを見まわし、ゆっくりと歩きだした。「移動しながら話しましょう」

「ええ」和美が並んで歩きながら、結衣をじっと見つめてきた。「優莉さん……。だいじょうぶ？　顔いろがよくないけど」

「女子生徒に体調不良はつきものです」結衣はごまかした。「先生。辛《つら》いでしょうけど、なにがあったか話してください」

「どこから話せばいいのか」和美がため息をついた。「フェリーであなたに会う数分前……。わたしは田代君を問い詰めた。田代君が校外に脱出したのを、武装勢力のリーダーは知ってたって」

「勇次はどう言いわけを？」

和美は首を横に振った。「あの場にいた女性たちは誰ひとり、田代君の自己弁護に耳を傾けなかった。田代君は逆上して、拳銃《けんじゅう》でふたり撃った。わたしの責任」

「そんなことありません」結衣はきっぱりといった。「勇次からまた連絡があったんですね？」

「ええ。でも伸吾さんに……。前の夫にひどいことをするなんて……」

勇次は和美に精神的苦痛を与えようとしたのか。結衣は疑問を口にした。「わたしじゃなく先生を狙った理由は……？」

「彼の英語を褒めた」和美が足をとめた。「ほかのみんながわからなくても、わたしはわかっていると伝えた。彼の努力を」

腑《ふ》に落ちるような、身につまされるような、なんともふしぎな感覚があった。結衣はかすかな胸の痛みをおぼえた。「あいつにとっては禁断のひとことだったかも」

「どうして？」

「わたしのことですけど」結衣はいった。「初めて学校に通うことになったのは小三です。担任は男の先生だった。しばらくは先生のことを、うっかりお父さんと呼んだりして」

「ああ」和美が苦笑した。「あなたにかぎらない。案外、教師の側にもあるの。わたしも生徒を甥《おい》っ子の名前で呼んじゃったりするし」

「先生と生徒が、互いに親子関係と同一視しやすい。その証《あかし》でしょう」

「でも小学生ならともかく、田代君は高校生なのに」

「そうなんですけど」結衣は口ごもった。「わたしにもあるんです。学校の先生や、バイト先の店長や、ときには年配の刑事にさえも……。自覚しないうちに親の代わりを求めていたりする」

「ほんとに？　優莉さんが？」

「甘えた気持ちなんか引きずっていません。だけど大人と接すると、表面上は反発しながら、じつは主従関係に依存したくなる。たとえば先生に対して、勉強のことだけじゃなくて、もっと親しい仲になれないかって……」

和美は驚きのいろを浮かべた。結衣も自分の発言に耳を疑った。幼稚な依存心を露呈するとは、やはり熱のせいだろうか。

だがいまは正直でいたかった。結衣は思いのままにいった。「なぜそんな衝動がときどき起きるか、よく考えてみると、ようするに親代わりを誰かほかの大人に求めてるんです。親がしめしてくれなかった情愛を、誰か大人が自分に向けてくれないかって……。でもそんなことあるわけない。他人なんだし、その人にも家庭があるんだし」

和美が深刻な面持ちになった。「わたしが田代君にしめした態度は……」

大人に受容されたいと願う勇次にとって、最高の理想像に思えたにちがいない。結衣はそう実感した。共感というべきかもしれない。

田代槇人と美代子《みよこ》夫妻に、息子への深い愛情があったとは考えにくい。あのふたりにとって子供は、自分たちの欲求を満たす道具にすぎなかった。息子を後継者に育てようとした。勇次の境遇は結衣とうりふたつだった。

幼かったころは父親のあらゆる干渉を愛情ととらえた。暴力がともなっていようと、父が自分を好きでいてくれると信じた。父自身、子供への思いがあるかのごとく、己れの心を偽っていたのかもしれない。だがいずれ子供は、すべてが錯覚だったと気づく。自分には親などいなかったと知り、幼少期を卒業できないまま成長する。結果、出会う大人に親代わりを求めてしまう。

和美が問いかけてきた。「優莉さんは田代君の気持ちがわかるの……？」

「わたしも同じことを感じたというだけです。新沼亮子《にいぬまりょうこ》にいじめられてたとき、先生と英語で意思を通じあえた。嬉《うれ》しかった」

結衣は和美を眺めた。和美が目を丸くして見かえした。

発熱とは厄介だと結衣は思った。自分に腹が立ってくる。いわなくてもいいことを口にしてしまう。

けれども嘘偽りのない本心なのはあきらかだった。担任が替わるたび、今度の教師は親身になってくれるのでは、ひそかにそんな期待を抱いてきた。一年後、単なる赤の他人にすぎないと判明した教師に、一方的に反感を抱くのが常だった。

身勝手の極みではある。だがどれだけ理性的でいようと努めても、その種の依存心は抑えきれなかった。

結衣はいった。「わたしが英語でささやいたことに、先生が反応してくれた。先生にとっては、なんでもないやりとりだったでしょう。でもわたしには、おそらく先生が想像もつかないほどに、心が救われた気がしたんです。馬鹿げてるでしょうけど、凶悪犯の子供の性《さが》かもしれません」

教師が実の親のごとく、無条件に自分を愛してくれるのを願う。幼くして親を失ったか、ろくでなしのワルだった場合にしかありえない、特異な人格形成にちがいない。

和美が唸《うな》った。「そんな気はしてた。わたしは田代君の英語を褒めただけなのに、過剰に受けとめられたのね」

結衣はつぶやいた。「大人に依存したがる気持ちと、そんなわけないって自制する気持ちが、いつも葛藤《かっとう》してた。担任の先生はそのなかでも、親代わりの有力候補でありつづける。勇次にとっても同じだと思う」

「優莉さんには、施設で働く人たちがいたでしょ？」

「身近すぎるからか、かえって疑似家族にすらなりえない。施設に住むほかの子たちも、みんな親を求めてると知ってたからかも……。争いたくなかった」

「優莉さん」和美はまた視線を落とした。その顔に翳《かげ》がさした。「本心をいっていい？」

「ええ」

「教師をやってると、いろんな問題に直面する。小学校でも女子の妊娠騒ぎは、わりと頻繁にある。中学ならなおさら。高校では日常茶飯事……。問題児にはいつも頭を悩まされる。二年C組の担任になって、わたしにとっての問題児は、まさしくあなただった。それも妊娠どころじゃなかった」

結衣は憂鬱《ゆううつ》な気分でささやいた。「わかります」

「高校事変の日、あなたのもうひとつの顔を知って、そのあとは……。いっそう苦しくなった。教師として事実を伏せたままでいいのかって。悪く受けとらないでほしいけど、あなたはそんな存在だった。仮に自分の子のように思おうとしても、なかなかそうは……」

胸の痛みなど無視した。結衣は平静を装った。和美は辛さに耐えかね、独白を余儀なくされた。誰が彼女を責められるだろう。

和美は目を潤ませていた。「田代君に対してもそう。わたしは彼の担任ですらなかった。わが子のように愛せるかといえば、そんなふうにはいかない」

警笛とともに電車の走行音が響き渡った。車両が徐行しながら駅のホームに滑りこむ。停車のブレーキが甲高くこだました。ドアの開く音を最後に、しばし静寂が訪れた。

結衣はしだいに歩くのがしんどくなった。めまいを意識的な努力で抑えこむ。結衣は和美にささやいた。「田代勇次はマザコンです。そのひとことで片がつきます」

「そんなに簡単なこと？」

むろんちがう。しかし性格が歪《いびつ》な生徒の抱く依存心について、真の意味を知ったところで、教師は被害者意識を強くするだけでしかない。あくまで他人にすぎない、家族ではない。だからいまは身を守るため、極端なマザコンゆえの狂気、理解不能なストーカーととらえていればいい。そのほうが安全だった。

当然ながら結衣も同類にカテゴライズされる。一抹の寂しさがよぎるものの、ほかにどうしようもない。教師に親代わりを求めたがること自体、己れの異常性のひとつと認めるしかない。まともならそんな衝動は起きない。

発車ベルが鳴り、ドアが閉まる音がきこえた。電車がふたたびゆっくりと動きだす。走行にともなうリズミカルなノイズは、ほどなく遠ざかっていった。

和美は涙声でささやいた。「わたしは田代君に、親代わりになるなんて、ひとことも……」

「彼のほうが勝手に先生を親代わりに見なしたんです。誰よりもひどく裏切られたと感じてる」

「この世でいちばんわたしが憎いの？」

「いえ。最も憎いのはわたしでしょう。でも奇妙なのは、わたしよりあなたを先に狙ってることです」

「なんでわたしを……」

「たぶん実の母親に対する憎悪までも、あなたに重ねてるからだと思います」

「そんな理不尽なこと……」

「先生にとっては納得がいかないでしょう。でもわたしにはわかります。わたしも親代わりと見なした大人に敬遠されるたび、実の父親への不満まで加わって、殺したいほど憎らしく思えるし」

　和美が怯《おび》えたように身を退かせた。「いまはそんなふうに思ってないんでしょ？わたしについて」

　恐怖の意思表示が、ふたりの心の距離をしめしている。先生らしく動じずにいてほしいが、和美はそれどころではないようだ。結衣はかすかな落胆とともにささやいた。

「とにかくわたしとあなたは、どちらも田代勇次が殺したがってる女です」

「ああ」和美は両手で顔を覆った。「どうしたらいいの。田代君のお母さんのことまで、わたしは背負いきれない」

目の前にいるのはもはや元担任教師ではない。単なる怯える女だった。失望を感じようと受けいれねばならない。彼女は高校事変以来、人生を狂わされた。耐えがたい苦しみの渦中にある。救いの手を差し伸べるべきは結衣のほうだった。たとえ内心は、大人に依存したい十七歳にすぎなくても、いま三井和美を守ってあげられるのは結衣しかいない。

「先生」結衣はささやきかけた。「警察が匿《かくま》ってくれてるんですよね。田代勇次があなたの隠れ家を突きとめるのには時間を要します。いまはまっすぐ帰ってもだいじょうぶです」

和美は顔をあげた。「あなたも狙われてるんでしょ？　どうするの？」

「先に田代勇次の所在を暴きます。先生。武蔵小杉高校の教員だったんだから、高校事変被害者救済基金に関わってますよね？　オンライン名簿にアクセスできるでしょ？」

「ええ……。でもあれは川崎市の運営で、もう田代グループとは関係が切れてる」

「それでかまいません。ＩＤとパスワードを教えてください」

静寂が漂う。つなぎを着た作業員が自転車で通りすぎる。少し離れた八百屋に老婦人が立ち寄り、いらっしゃい、店主のそんな声が飛ぶ。周りには日常の時間が流れている。治安が維持された国家においても、異常者と関わりを持つだけで、人生は暗転する。和美はもうこちら側に転がりこんでいた。結衣の生きる、法と秩序を無視した、血で血を洗う弱肉強食の世界に。

和美は疲れきったように、深く長いため息をついた。「わたしは教師として、田代君になにもできていない。あなたにも」

いまさらの発言に思える。しかし使命感を口にできるだけでも立派かもしれない。投げやりになってもおかしくない状況で、和美はなんとか正気を保とうとしている。

高熱による感情の揺らぎはあるものの、結衣はしだいに冷静になりつつあった。周囲に目を配りながら結衣はいった。「先生、いまはただ命を狙われている、そんなふうに考えてください。先生にとって田代勇次は、もう生徒じゃありません。油断した瞬間に食い殺しにくる、腹を空《す》かせた豹《ひょう》です」

11

ネットカフェは学生証の提示が必要になる。結衣は明大前《めいだいまえ》駅まで歩き、井《い》の頭《かしら》線で渋谷《しぶや》に移動した。家電量販店のパソコン売り場で展示品のなかから、ネットに接続されたデスクトップパソコンを選んだ。

武蔵小杉高校事変被害者救済基金のサイトで、名簿にログインした。もうひとつウィンドウを開く。そちらにはクラウドに保存してある、田代勇次ファンクラブ会員名簿を表示する。真向定華《まむかいさだか》がファンミーティングにでかける前、身を案じた啻山里緒子《ただやまりおこ》が、定華からアクセス方法をききだした。のちに里緒子はファイルをコピーし、結衣にも譲ってくれた。

両者を見比べる。寄付はしたがファンクラブには入っていない、そんな氏名をピックアップしていく。

田代ファミリーの隠れ家《ナス》や武器庫《キユウリ》はことごとく閉鎖され、勇次はどこにも潜めない。フェリーから救命ボートで湾岸に漂着したのなら、新たにアジトが必要になる。

見知らぬ民家に押しいるのはリスクが高い。家族構成が判明していて、できれば信頼を得られやすい、そんな家を標的にしただろう。マンションは出入りが防犯カメラにとらえられるから、戸建てにかぎる。ファンクラブ会員はもはや勇次に味方しない。だましうるとすれば、過去に寄付をした家庭ぐらいになる。パーティーで面識もあるはずだ。

永福の公園で死体を吊《つる》すため、クルマを足代わりにした可能性が濃厚だが、盗難車にちがいない。移動距離がさほど長いとも思えなかった。都内はめだつため避けるだろう。ゴムボートで上陸し、なおかつ人目につかない海岸もしくは、寂れた港の近辺。新木場より千葉方面、もしくは川崎より神奈川方面。

勇次はあらゆる武装半グレ集団から愛想を尽かされている。新たな仲間を必要としている。同世代か年下の非行少年ならば、本格的なワルへの憧《あこが》れも手伝い、勇次の誘いに乗るかもしれない。該当するのは川崎区あたりか。不良グループは激減したらしいが、まだ一定数いるともきく。

三つの家族に絞りこんだ。住所のほか勤務先や通学先も名簿に記してあった。パソコンのログを消去し、売り場を立ち去る。階段の踊り場にある公衆電話から電話をかけた。

長谷部恭子と琴奈という母子《おやこ》がにおう。娘の琴奈が学校を欠席しているとわかった。従兄《いとこ》を名乗る人物から、身内の葬式だと電話があったという。

向かうべき場所はそこしかない。結衣は山手《やまのて》線に乗ると、車内で指先に透明マニキュアを塗った。息で吹いて乾かせば、指紋のつかないコーティングと化す。品川駅で京急《けいきゅう》本線に乗り換え、川崎をめざした。

電車に揺られながらぼんやりと思った。凜香や篤志、半グレ集団のメンバーたちはみな、公安に監視されている。誰にも迷惑はかけられない。もとより協力を求めるつもりはなかった。結衣と田代勇次、ふたりだけの最終決戦になる。

電車を降りた。午後二時すぎ、空は曇りぎみだった。結衣は駅から徒歩で住宅街に向かった。

風変わりな光景のなかにさまよいこんだ。新旧の家屋が交ざりあうさまは、さして珍しくもない。だがこの辺りの二極化は極端なまでに著しい。ひとけのない路地には、家族経営の店舗の錆《さ》びついた看板が、いたるところに掲げられる。ほとんどはもう廃業済みと考えられた。老朽化したアパートの外壁にプロパンガスのボンベが並ぶ。ときおり数軒まとめて分譲住宅化された区画があり、そこにのみ真新しい戸建てが密集する。ただし土地面積は狭く、縦に長い三階建てがほとんどだった。

スプレー缶の落書きが埋め尽くす、廃墟《はいきょ》に等しいトタン板の倉庫に隣接し、洒落《しゃれ》た外観の民家が建つ。めざす住所はそんな区画内にあった。似たような三階建てばかり、おそらく建て売りのなかの一軒だった。狭小だけに門扉はなく、玄関ドアが道路に面している。通行人がいないのを確認し、結衣は把《と》っ手を握った。施錠されていた。

隣家との狭間《はざま》に身をねじこませ、家の裏手へとまわった。勝手口のドアには、ピッキング不可能な鍵《かぎ》が使われていた。しかしドアの中央に換気用の小窓がある。網の向こうは開閉式のハッチになっていた。この種のステンレス製のハッチは、簡単な留め金だけで閉じられている。結衣はそこに肘鉄《ひじてつ》を食らわせた。難なく網を突き破る。ハッチが枠から外れた。開口部分に手を挿しいれ、サムターンを回し解錠した。

　警戒しながらドアを開ける。酸性のにおいが漂ってきた。キッチンを目にした瞬間、結衣は衝撃を受けた。

　大量の血液がぶちまけられている。女の死体が横たわっていた。顔面や胸部を切り刻まれている。年齢は四十前後か。長谷部恭子の可能性が高かった。

　結衣は靴のままフローリングにあがりこんだ。血の池をゆっくりと歩く。流しの引き出しが半開きになっていた。刃物類が一本残らずどこかに消えている。

　流しの上はやけに散らかっていた。牛乳の紙パックが空っぽになっている。酢のボトルも残量はわずかだった。ほかにボウルと耐熱容器、スープ漉《こ》し器、手作りクッキー用の鋳型が水につけてある。

　視界がぼやける。頭もはっきりしない。熱に浮かされている場合ではなかった。結衣は五感を研ぎ澄まそうと躍起になった。情報を省略してとらえるべきではない。不意の襲撃もありうる。

ダイニングルームに入る。階段下にも死体が転がっていた。今度は男だった。ワイシャツにズボン姿。ジャケットは床に投げだされている。会社帰りの世帯主と考えられた。夫婦ともに惨殺されていた。

床に落ちた包丁が目にとまった。そっと拾いあげる。血の付着した面がまだ乾いていない。包丁が放りだされたのは朝方とみるべきだった。勇次は深夜に敷島伸吾を吊したのち、いったんこの家に戻ってきたのか。朝になって退去するまで、包丁を携えていたらしい。

かすかに唸《うな》る声がした。結衣ははっとした。洗面所の床にも人影が横たわる。制服姿の少女だった。ロープで周到に縛られている。口はガムテープで塞《ふさ》がれていた。

結衣は駆け寄った。下半身にバスタオルをかけてあったようだが、もがいているうちに落ちたらしい。スカートがまくられ、その下も脱がされていたが、強姦《ごうかん》されたわりには痣《あざ》や傷がない。詳細をたしかめるより、まずは解放を急ぐ必要があった。結衣は少女の口を覆うガムテープを剝《は》がした。

「琴奈さん？」結衣はきいた。

少女の泣き腫《は》らした目はうつろで、ほとんど放心状態だった。それでも小さくうなずいた。

結衣は包丁でロープを切断にかかった。「もうだいじょうぶだから」

拘束が緩んでいくと、琴奈はもぞもぞと動きだした。いまだ床に寝た姿勢のまま、弛《ゆる》みきったロープから、力なく腕を振りほどく。焦点の合わないまなざしが虚空を眺めつづける。ずっと無表情だった。

ロープの要所をすべて切断し終えた。結衣は身体を起こした。熱のせいか息苦しかった。てきぱきと行動できない。まずは包丁を琴奈から遠ざけねばならない。

浴室のドアを開けた。換気扇は停止している。結衣はひとまず包丁を浴槽に放りこんだ。洗面所を振りかえりながら琴奈にいった。「どうか落ち着いて。いまはひとまず二階に……」

衝撃が走った。琴奈は苦しげな顔ながら、いつしか上半身を起こしていた。胸ポケットからなにかをつかみだした。果物ナイフだとわかる。銀いろに光る短い刃を、琴奈は自分の首すじに這《は》わせた。

「まって！」結衣は琴奈に飛びついた。

だが一瞬早く、琴奈は喉《のど》もとを掻《か》き切った。たちまち鮮血があふれだした。天井を仰いだ琴奈の目が、曇ったガラス玉のようになった。口を大きく開け、酸素不足のごとく喘《あえ》いだ。全身が激しく痙攣《けいれん》しだした。

結衣はひざまずき、琴奈を抱きかかえた。バスタオルをつかみ、琴奈の喉に押し当てる。たちまち真っ赤に染まっていった。出血がとまらない。

ガラス玉のような目から涙がこぼれた。虹彩《こうさい》から光が急速に消えていく。ほどなく瞳孔《どうこう》が開ききった。手足の震えも失《う》せ、琴奈の身体が重くなった。全身が弛緩《しかん》しきったせいだった。

なにもない宙空を見つめ、琴奈は息絶えた。ひとすじの涙が頬をつたった。琴奈がいままで生きていたことをしめす唯一の証《あかし》だった。

結衣はなにも考えられなかった。目を開けたまま静止した琴奈の顔を、長いこと眺めていた。

ようやく琴奈の手に触れた。指を開かせ、果物ナイフをもぎとる。血まみれの刃を見つめた。

たちまち怒りがこみあげてきた。結衣はナイフを壁に投げつけた。

なぜ琴奈は刃物を胸ポケットにいれていたのだろう。考えるまでもない。勇次が立ち去りぎわにそうした。琴奈の手足が自由になりしだい、みずから命を絶つよう仕向けた。

感情の質がいつもと異なる。憤りは結衣自身に向けられていた。視野が涙にぼやけだした。

ずっとここにはいられない。琴奈の瞼《まぶた》をそっと閉じさせた。全身を床に横たえる。口もとから下をバスタオルに隠された琴奈は、ただ眠っているだけにも見える。もっとも出血を考慮しなければの話だ。赤い液体ばかりがフローリングを染めていく。結衣はふらふらと立ちあがった。静寂のはずなのに、耳障りな不協和音が絶えず反響する。家全体が大きく波打ち、上下に揺れて感じられた。呼吸が荒くなる。琴奈の死体から離れられない。立ち尽くしたまま、かなりの時間が過ぎた。結衣はようやく動きだした。

キッチンの流しの下から清掃用のホースをとりだした。水栓につなぎ、部屋じゅうに水を撒《ま》き散らした。死体にもかまわず水をかけた。結衣の靴痕《くつあと》や汗、皮膚片を洗い流す。勇次がここにいた証拠も消えてしまうが、あいつはもう警察を恐れてはいない。逮捕される可能性があろうとなかろうと、暴虐に歯止めがかからない。

勝手口ドアのハッチや網も忘れず洗った。浴室のシャワーと、洗面台の水栓を使い、それぞれ届く範囲内の床に散水する。琴奈の死体をずぶ濡《ぬ》れにしながら、水で清めている、そう自分にいいきかせた。

また頭がぼうっとして倒れそうになる。結衣はさかんに首を振り、意識を覚醒《かくせい》させようとした。血だらけの部屋にいるうち、死の淵《ふち》に引きずりこまれていく気がする。発熱は精神状態を変異させる、ただそれだけにすぎない。

ホースの届かないダイニングルームの隅に、ボウルに溜《た》めた水をぶちまける。血が飛散していない箇所まで、徹底的に水浸しにした。

ボウルの水をテレビに浴びせたとき、台の下に浸入した水が、手前にあふれだしてきた。一緒にゴミが流出してくる。結衣はふと手をとめた。ゴミに見えた小さな金属製の物体をつまみあげる。

シャープペンのノックボタンより、さらに小さなドーム状の部品。だがまだ新しい。サイズからして用途は一目瞭然《りょうぜん》だった。弾頭の被甲。直径九ミリ、三十八口径の銃に装塡《そうてん》する弾丸の、先端部分を覆うカバーだった。

12

多摩川の河川敷に夕陽が降り注ぐ。オレンジいろに染まった広大な草むらに、結衣は腰を下ろしていた。歩道をジョガーが駆け抜けていく。ヘッドフォンから漏れる音楽がかすかに耳に届いた。ジョガーが遠ざかると静寂が戻った。ベビーカーを押す若い夫婦は、互いに言葉を交わさない。子犬を散歩させる女性も沈黙している。

川辺で親子が釣り糸を垂らす。対岸には工場地帯がひろがるものの、東京湾がかぎりなく近い。ときおりカワセミが水面すれすれを飛び、魚が跳ねる瞬間をつけ狙う。

ふいに賑《にぎ》やかな声が近づいてきた。スーツ姿の青年らが、ジャケットとカバンを草むらに置く。少し離れた場所に駆けていき、キャッチボールを始めた。

ふたたび川面《かわも》に目を戻す。長谷部家をでて歩くうち、ここにたどり着いた。武蔵小杉高校の近辺で見る多摩川とは、ずいぶん様相が異なる。より雄大な一方、流れは滞っている。

特に面白みのない風景でも、同級生ならスマホカメラに撮る。インスタにミュージックスタンプを添えてアップするのだろう。それが女子高生の日常だった。結衣の常識からは大きく外れている。

体調を崩したときのヤバさについて、いままで考えなかったわけではない。負傷したり病気になったりすれば、むろん充分には動けない。隙を突かれたら致命的だろう。

とはいえ命を落とすときがきたら、それでかまわない、ずっとそう思ってきた。どうせ後悔もあきらめも感じない、そんな信条のはずだった。

だがここにきて焦燥が募る。発熱ごときでこんなに集中力を欠くのか。発汗と悪寒、倦怠《けんたい》感に留《とど》まらない。機能障害は脳にも及ぶ。通常の思考すら働かない。しかも高体温症の原因がストレス、すなわち自分自身の心にある。

ひとりの人間でしかないと痛感させられる。行動が結果に結びつくとはかぎらない、なんらかの絶対的な保証があるわけではない。わかりきったことだった。死ぬだけならまだいい。誰かの運命を左右する瞬間にも、望みは果たされないのだろうか。自分はそんなに不完全な存在だったのか。

あのとき包丁の処分を優先した。それは正しかった。けれども琴奈の胸ポケットに果物ナイフがある、そこまで想像が及ばなかった。

わかるわけがない。しかし注意深く観察していれば、彼女の不穏な素振りに気づいたかもしれない。ロープを切るより早く、胸ポケットに膨らみを見てとったなら。

いや。それが果物ナイフだなんて、どう悟りうるというのだろう。

結衣は頭《かぶり》を振り、煩わしい思いを遠ざけた。大勢殺してきたくせに贖罪《しょくざい》を求めるのか。柄にもなく悔やんでみたところで、失われた命はとり戻せない。

なんのためにここにいるのだろう。次から次へと人を殺し、自分だけが生きつづける、その意味はどこにある。長谷部家の三人が死んで、結衣が生き延びる。生存と死亡を分け隔てる運命は、いつも理不尽きわまりなく思える。

　半グレ。暴対法の適用外になる組織犯罪の構成員ども。なかでも凶悪な武装半グレ。いつしか父と同じようになった。あれだけ嫌悪し軽蔑《けいべつ》してきた父の人生を、結衣はそのまたどりつつある。

　ヤクザが廃れたいま、法的に見逃されているからといって、半グレが蔓延《はびこ》る意義などどこにある。社会に忌避される凶悪犯。父の思惑どおりに育った。世間からまるで求められない人間に。

　一線を越えまいと努力してきた。どれだけ貧しくても、児童養護施設を卒業後になんの保障もなくとも、田代一派とはちがう。そんな確信を胸に抱いていた。

　けれどもいまはなにかが揺らいでいる。勇次が近い存在に思えてくる。三井和美をめぐり、母をとりあう兄妹《きょうだい》のごとく感じられる。

　結衣は自分に苛立《いらだ》ちをおぼえた。馬鹿なことを。境遇が似ていようと、それは単なる偶然にすぎない。あんな男と本質を等しくするはずがない。

　胸ポケットからハンカチをとりだした。くるんであった小さな物体をつまみあげる。弾頭の被甲。あきらかに既製品ではない。だがこの精製には見覚えがある。

　河川敷でキャッチボールに興じる男たちを眺めた。ジャケットとカバンは、結衣の近くに放置されている。辺りを見渡した。誰もこちらを注視していない。

結衣は腰を浮かせ、草むらに置かれたジャケットに近づいた。軽く触れると、ポケットのなかにスマホの存在が確認できた。スマホを引き抜き、わずかに遠ざかった。

ロックはかかっていない。さも自分のスマホのごとく操作する。

コバルトクロム合金を精製可能な３Ｄプリンター。医療用としか考えられない。人工関節は薬機法により、高度管理医療機器に位置付けされる。院内に設置するなら厚労省の認可が必要になる。

検索で認可済み病院の一覧がでてきた。神奈川県下は川崎総央病院のみ。

ふたたび草むらのジャケットに近づき、スマホをポケットに滑りこませる。結衣は立ちあがり、ただちにその場を離れた。

地平線に迫る夕陽が真紅に輝く。床面に溜《た》まった血の表層、均一に反射する光を想起させる。死ぬかもしれない。だが田代勇次は殺す。あの男だけは許せない。

13

田代勇次は日没後の山中にいた。富士《ふじ》の裾野《すその》の奥深く、いちおう山梨県に含まれるものの、どこの市町村に属するのかはっきりしない。辺りに民家の窓明かりはいっさい見えない。市街地はむろんのこと、幹線道路からも遠く離れている。視野も闇に覆われるはずが、いまはバッテリー式のＬＥＤランタンにより、ほのかに木立が浮かびあがる。

光源はそれだけではない、無数の銃火が絶えず閃《ひらめ》く。静寂にもほど遠い。盛大に銃声が響き渡る。火薬のにおいも立ちこめる。カズマら三人が地元の仲間に声をかけ、かき集めてきた非行少年の群れだった。横一列に並び、手にした拳銃《けんじゅう》を発砲しつづける。

３Ｄプリンター製の金属銃は実銃と変わらない。鼓膜が破れるほどの銃声を発する。よって山奥でなければ射撃訓練はできない。少年たちは当初、黄いろい歓声をあげ、はしゃぎながらトリガーを引いていた。けれどもしだいに無口になりつつある。標的に当てるのがいかに困難か、どれだけ体力を消耗するかを、徐々に理解しだしたからだろう。

髪をオールバックに固めた革ジャンの少年に、勇次は歩み寄った。背後から両腕をつかみ、フォームを直させる。勇次は少年の耳もとに怒鳴った。「もっと肘《ひじ》を伸ばせ。勘で撃つな。反動は両肩から身体全体で受けろ。腕だけで射撃してると手首が痺《しび》れる」

総勢二十一人。カズマを含め、十八歳以上で運転免許を所有する者も五人いる。そいつらが盗んだ大型ワンボックスカーに分乗し、ここまで移動してきた。人選に難があるのはやむをえない。射撃の姿勢もへっぴり腰が目につく。それでもなんとか使える兵隊に育成する必要がある。少なくとも射撃への恐れぐらいは払拭《ふっしょく》させねばならない。

勇次は声を張った。「そこまでだ！　いったん射撃やめ！」

カズマとタイホウ、テカデラがあちこちで怒鳴る。射撃中止。タイホウが駆けずりまわり、少年たちの後頭部を小突いた。ほら、撃つのをやめろってんだよ。勇次の指示だ、きこえねえのか。

ようやく静寂が戻った。ここに着いたとき、方々からハクビシンの鳴き声を耳にしたが、いまは無音だった。銃声に恐れをなし、一匹残らず逃げ失《う》せたようだ。

勇次は少年たちにいった。「銃の使い方はだいたいわかったな？　これからしばらく、俺の指示どおりに動いてもらう。ときがきたら思いきり暴れろ。大人だろうとなんだろうと、遠慮せず撃ち殺せ」

みな一様に興奮をしめしている。家庭環境に問題のある十代ばかりだ。全員がヤクザ予備軍、もしくは半グレ候補といっていい。

短く刈った金髪を逆立てた少年が拳銃を振りかざした。「まさか飛び道具を持てる日が来るなんてよ。ぶち殺してえ奴らが山ほどいる」

「あとだ」勇次は釘《くぎ》を刺した。「私怨《しえん》を晴らす楽しみは、後日にとっとけ。先に仕事をこなせ」

少年の瞳孔《どうこう》は開ききっていた。「あんた、大物って噂はほんとだったんだな」

昂揚《こうよう》する声がいっせいに呼応するなか、醒《さ》めたつぶやきが勇次の耳に届いた。「くだらねえ。やってらんね」

非行少年の群れが静まりかえった。勇次は声のきこえたほうに歩いていった。

図体《ずうたい》はでかいものの、わりと年少とおぼしきひとりが、気まずそうに目を泳がせる。

「おい」勇次はきいた。「おまえ、名前は？」

「カツトミだよ」少年は臆《おく》したようすながら、虚勢を張るのを忘れずにいる。

「なにか文句あんのか、カツトミ」

「いや。でもさ、銃なんて」カツトミは手にした拳銃をもてあそんだ。「こんなのぶっ放したら、やべえだろ」

テカデラがからかうような声を発した。「なんだよカツトミ。怖《お》じ気づきやがったか」

　勇次は片手をあげ、テカデラを制した。カツトミをじっと見つめ、勇次は問いかけた。「ぶっ放したら、なにがどうやばいんだ」

「常識でわかるだろ」カツトミが顔をしかめた。「サツにパクられちまうよ」

「それが怖いのか。おまえ、ただの見かけ倒しで終わるつもりか」

「あんたはいいよ。なんかバックがついてんだろ。俺はそうじゃねえし」

　隣りのげっそり痩《や》せた少年が同調してきた。「そうだよ。拳銃持てば本物のギャングだなんて、ゲームや映画じゃねえんだし」

「ああ」勇次は冷やかな気分に浸った。「銃刀法ですっかり骨抜きにされた日本人の典型だな。拳銃を絵空事だと思ってる。アメリカじゃ電動ドリルみたいに、そこいらの店で売られてる。もともと人が使えるように作られてる。おまえは電動ドリルを怖くて使えねえってゴネてるガキと同じだ」

　少年たちが嘲笑《ちょうしょう》の声を発した。カツトミは体裁悪そうな顔になり、隣りの痩せた少年にささやいた。「おいヤッキ、なんとかいえよ」

　ヤッキがうわずった声で勇次に抗議してきた。「一か月ぐらいは練習させろよ。サツと撃ち合いになったらどうすんだよ。俺たちゃまだ中三だぜ？　初めて触ったばかりの銃で生き残れるわけねえ」

ほかの少年らも何人か視線を落とした。臆病《おくびょう》風に吹かれたような反応だった。

勇次はため息をついてみせた。「ヤツキ。『ケーキの切れない非行少年たち』って本を知ってるか。おまえらが読書するわけねえよな。少年院には反省する以前のガキがごろごろいるってよ。ケーキを等分に切ることもできない、非行少年の認知力の低さってやつに、大人たちはいまさら驚いてる」

カツトミが噛《か》みついてきた。「俺たちを馬鹿だっていいてえのか」

「いや。ほんとに厄介なのは、ケーキが切れねえガキじゃなくてな。へんに賢ぶった生意気な奴らだよ。初めての拳銃でサッと渡りあって、生き残れるわけがないって？なんだよ。わけがない、ってのは」

「まちがっちゃいねえだろ」

「日本も戦争してたころは十代の兵隊ばかりだった。ミャンマーに行けば少年兵がゴマンといる。一日で武器の扱いをおぼえ、戦地に送られる。死ぬ奴もいるが、生き延びる奴もいる。なのに、生きて帰れるわけがない、か。わかったようなことをほざく手合いは、真っ先に戦場でくたばっちまう」

ヤツキがやけを起こした。「死ぬかもしれねえのに、兵隊になる時点でどうかしてやがる」

「いや」勇次は首を横に振った。「どうかしてるのはおまえらだ。銃なんて交番のお巡りはみんな持ってるだろ。あんな冴《さ》えないおっさんらが持ってる時点で、誰にでも使えるってわからねえのか。ガキがサツに勝てるわけがない？　生きて帰れるはずがない？　わけがない、はずがない。経験もねえのに、どこからそんな言葉がでてきやがる」

　またも集団の嘲笑が渦巻いた。カツトミとヤツキは苦虫を噛み潰《つぶ》したような顔を見あわせた。勇次はふたりの前を離れた。

　ところがカツトミがぼそぼそといった。「最近、週刊誌に載ってたよな。田代勇次は武蔵小杉高校からいち早く逃げだしたってよ。親子で武装勢力の侵入を手引きしておきながら、息子のほうはひとりじゃなにもできねえ腰抜け野郎だ」

　ふいに沈黙がひろがった。勇次の足は自然にとまった。

　ヤツキが鼻で笑った。震える声を響かせる。「バドミントンも怪しいってな。全国高校大会、あの年だけなぜか、強豪校の出場辞退が相次いだって」

「おう」カツトミが同調した。「中堅の私立ばっか勝ちあがって、しかも調子を崩した対戦相手とだけぶつかった。高体連の委員会も、あんときだけ別の顔ぶれだったとか」

「買収しやがった」ヤッキが軽蔑《けいべつ》をあらわにした。「帰化した元ベトナム人の優勝なんて、モンドセレクション金賞と同じだろ。親父に金で買ってもらっただけじゃねえか」

勇次はふたりの前に引きかえした。カットミとヤッキが表情を険しくした。なめられてたまるかとばかりに、揃って勇次を睨《にら》みつけてきた。勇次の手に拳銃《けんじゅう》がないのを見てとったからだろう、ふたりとも口もとを歪《ゆが》め、こわばった笑いを浮かべた。

カットミが拳銃を勇次に向けた。「バーカ。こいつを渡したのがおめえの運の尽きだ」

周りの少年たちがたじろぐ反応をしめした。だが勇次はいっこうに動じなかった。ボビナムのヤオガンの型でも応用してみるか。

瞬時にカットミの拳銃を手刀で打ちあげ、片脚を引っかけ仰向《あおむ》けに倒した。ヤッキがびくつきながら両手で拳銃をかまえる。銃身が震えていた。勇次は踏みこむや肘《ひじ》でヤッキの顎《あご》を突き、両腕を抱えるや、さらに捻《ひね》りあげた。ヤッキが激痛に絶叫し、一気に握力を緩める。勇次は拳銃をもぎとった。ヤッキはカットミのわきに尻餅《しりもち》をついた。ふたりとも怯《おび》えた顔で勇次を見上げる。

ためらいなどない。勇次はふたりの眉間《みけん》をつづけざまに撃ち抜いた。頭骨が破裂し、脳髄とともに肉片をぶちまける。カツトミとヤツキが地面に転がった。溢《あふ》れだす血液が地面に染みこんでいった。

辺りはしんと静まりかえった。少年たちは凍りつき、ひとことも発することなく、ただ死体を見下ろした。

勇次はささやいた。「カズマ。射撃練習を続行させろ」

カズマが動きだした。「続行だ！　どいつもこいつも、早く構えろ。的を狙って撃て」

静寂が破られ、また騒々しくなった。銃声がけたたましく轟《とどろ》く。にわかに集められた少年たちより、むしろタイホウやテカデラのほうが、腰の引けた態度をしめしている。勇次が目を向けると、ふたりは慌てぎみに少年たちに怒鳴りだした。もっとよく狙え。しっかり撃て。

バドミントン選手。そんなものは虚像の役割演技にすぎない。真の自分なら内面にある。ガキどもに理解を求める気などさらさらない。道具は道具でしかない。自分以外の肉体に宿る生命など生命ではない。

父を超えられる、そんな日が目前に迫っている。メンパスが間もなく入手できる。

育った環境を振りかえりたくなる。生い立ちは優莉結衣に酷似していた。一歩まちがえばあの女と同じ、惨めな人生を送っただろう。だがそうはならなかった。親を失ってもなお、優莉匡太の次女とは異なる運命を歩みつづける。

勇次はカズマに近づき、耳もとに声を張った。「あと三十分で場所を変える。夜明けには都内に引きかえす。いいか、忘れるな。俺が信用してるのはおまえだけだからな」

14

川崎市幸《さいわい》区にある川崎総央病院の近くを歩きまわり、結衣は夜中まで時間を潰した。敷地の周りをつぶさに観察し、見える範囲の出入口と、防犯カメラのすべてを記憶する。駐車場にある案内板にも、歩道を通過するたびに目を向けた。フロアごとの医療部門の配置を頭に叩《たた》きこむ。

付近に商店街があるため、セーラー服でも紛れやすかったが、夜十時を過ぎると警官の視線が気になった。それでも交番の前を避けて通ったりはしない。挙動不審はかえって怪しまれる。

深夜零時すぎ、病院の職員用駐車場は閑散としていた。結衣は防犯カメラの死角から、夜間救急部の出入口に近づいた。救急車が横付け可能なストレッチャーの搬入口ではなく、わきにある関係者用通用口のドアを開ける。遠方からの観察で、なかが通路なのは確認済みだった。蛍光灯に照らされた、ひとけのない無機的な通路を足ばやに抜ける。

内科と循環器内科、外科の一部だけが稼働しているとわかる。結衣は明かりの消えた通路に侵入した。地階へ下りる階段を探す。案内板によれば、入院病棟の地下は屋内駐車場だが、こちらの建物のＢ１とＢ２は関係者専用とだけ記してあった。３Ｄプリンターの稼働音はうるさい。設置は地下にちがいなかった。

ほどなく下り階段を見つけた。結衣はそこを下りていった。Ｂ１は消灯していた。手術用のカフやカニューラ、バルーンが無数に吊《つ》り下がっている。備品のメンテナンスをおこなう部署らしい。さらに階下から機械音がきこえてくる。

結衣はＢ２に降り立った。暗い通路の行く手に、半開きになったドアが見える。室内から明かりが漏れていた。ステッピングモーターに特有の作動音が反復して響き渡る。やはり３Ｄプリンターが稼働している。

静かにドアに近づいた。なかをのぞきこむ。わりと広い部屋だったが、天井の明かりは点《つ》いていない。ただ三つ並んだ大型の機器のうち、ひとつが備え付けの電気スタンドに照らされていた。銀行のＡＴＭを、縦横約二メートルまでに巨大化させた、そんな印象のフォルムだった。正面に操作用パネルとモニター画面を備えるほかは、強化プラスチック製の自動開閉式とおぼしき扉のみが存在する。

色彩鮮やかなランプが明滅し、稼働をつづける機器の前に、白髪頭で白衣姿の男が立っていた。男はモニターを注視している。ボタンを押し、さかんに表示を切り替える。進捗《しんちょく》状態を確認しているようだ。

騒音はかなり大きかった。おかげで難なく忍びこめた。結衣は白髪頭の男に気づかれないよう、壁沿いを慎重に移動した。

長テーブルの上に、製造済みのパーツが並んでいた。一見してバレルやスライド、マガジンだとわかる。オートマチック拳銃の部品だった。やはり医療用の金属パーツを精製可能な３Ｄプリンターによる密造か。実行できるのは深夜、当直の職員、それもあるていどの権限を持つ者にかぎられる。

突飛な発想ではない。最初に思いついたのは優莉匡太だった。半グレ集団の大人たちが、深夜の病院に忍びこんでは、こしらえた銃の部品を持ち帰ってきた。いま思えば院内に協力者がいたのだろう。密輸したほうが安いものの、取引先がパクられた場合、ほかに銃の調達方法がなくなる。いま田代勇次も同様の状況にある。

パーツが並ぶ端に、組みあがった拳銃が置いてあった。マガジンと弾丸の完成品も添えてある。ここで組み立てたとは思えない。パーツの製造にあたり、以前の完成品を見本として持ちこんだのだろう。拳銃の形状はＳ＆ＷのＭ６４５に似ていた。そっと手を伸ばし、グリップをつかんで持ちあげる。重量もそれぐらいだった。新品ではない。バレルにはわずかに焦げ痕《あと》があり、硝煙のにおいも漂っている。試し撃ちをした直後らしい。発射可能な拳銃だとわかる。

弾丸の構造には見覚えがあった。父たちが製造していた物と同じだ。市販品と比較し、細部のメカニズムを簡略化している。だがこれで充分な威力を発揮する。

結衣は一発の弾をマガジンにおさめた。マガジンをグリップに叩きこむ。スライドを引き、チェンバー内に弾を装塡《そうてん》する。

いかに３Ｄプリンターが騒々しくても、いまの音は白髪頭にもきこえたにちがいない。しかし男は振りかえらなかった。悠然とボタンを操作しつづける。

距離は数メートルあった。結衣は両手で拳銃をかまえ、男の頭部にまっすぐ狙いを定めた。

白髪頭はなおもモニターを眺めながらいった。「夜間診療受付はここじゃないよ」

「撃たれたら外科に急げば？」

「ああ」男は驚きをしめさなかった。「優莉結衣か。きみのお父さんの着想には圧倒される。院内でこんなふうに人殺しの道具ができあがっていくとはな」

敵が意外な余裕を漂わせようとも、普段なら動じることはない。いまは拳銃を握る手に嫌な汗が滲《にじ》んでくる。結衣はきいた。「あんた誰？」

男が結衣に向き直った。年齢は六十代か。相応の数の皺《しわ》を、無愛想な面構えに刻みこんでいる。

見た顔だと結衣は思った。田代勇次の主治医だった。何度かテレビでインタビューを受けていた。むろん勇次がオリンピック選手候補として期待されていたころの話だ。名前も思いだした。結衣はささやいた。「嶋倉先生。専門はスポーツ整形外科のはずでしょ」

「知っててくれたか」嶋倉は機器に顎《あご》をしゃくった。「いまスライドストップの積層造形と切削を同時に進めてる。きみのお父さんのころより、大幅に時間が短縮されたよ」

「機械から離れてよ」

嶋倉は表情を曇らせた。ゆっくりした足どりで３Ｄプリンターと距離を置く。「手を挙げろとまではいわんよな。なにしろ私もポケットに、同じおもちゃを持っとる」

緩慢な動作で、嶋倉は白衣のポケットに手をいれた。そっと拳銃《けんじゅう》をつまみだす。結衣が握っている拳銃とまったく同じだった。

結衣は嶋倉を狙い澄ましたまま指示した。「捨てて」

「そりゃ無理だ。せっかく完成した拳銃だぞ。傷がついたりしたら勇次君が激怒する」

勇次君と嶋倉はいった。奇特な六十代だった。オリンピック出場が夢と消え、田代夫妻も死んだいま、なおも勇次を手助けする。拳銃の密造に関わっている以上、もともと健全な医師というわけではなさそうだった。

ふと気づいたことを結衣は言葉にした。「先生。子供がいないよね」

「なぜそう思う？」

「そのぶん勇次を可愛がった。勇次にとっても父親代わりの主治医は願ったりだった」

嶋倉のこわばった表情が、無言のうちに図星だと告げている。そういうことかと結衣は思った。

実父から愛情をしめされなかったぶん、勇次はほかの大人に依存し、疑似的な父子《おやこ》関係を求めた。その対象が主治医の嶋倉だった。だが母親の代わりは身近にいなかった。英語の授業を機に、そこに当てはまるのが敷島和美になった。

結衣はため息をついた。「父親のように接してくれる大人がいるんだから、母親候補もいるはず。勇次はそう信じて、女性教師に迷惑をかけてる」

「迷惑？」嶋倉は片手に拳銃をつまんだまま、ゆっくりと横移動していった。「そりゃおかしい。あんな美少年に慕われて、ふつう大人は喜ぶはずだがね」

美少年とはおぞましい物言いだった。勇次の依存心を歓迎しているようでもある。いまや勇次の世話を焼く大人は貴重な存在にちがいない。しかし愛情だけで、拳銃の密売にまで協力するとは思えない。

結衣はきいた。「勇次から報酬を受けとってるの？」

「いや。支払いは彼の父だったよ。勇次君はことあるごとに私を気遣い、精密検査やリハビリを受診してくれてね。オリンピック選手候補向けの診療コースだから、どれもとんでもなく高額だった。おかげでおおいに助かった」

勇次が実父よりも主治医を慕っていたがゆえか。報酬は病院にいれず、嶋倉が着服したにちがいない。結衣は鼻を鳴らしてみせた。「勇次の両親は死んだ。金づるを失ったのに、まだ勇次に手を貸す必要がある？」

「彼は東南アジアに戻り、将来的に闇社会を牛耳る。人生の裏街道では、勇次君は依然として期待のホープだよ。私も連れていくと約束してくれた」

今後の人生に執着心があるとは思わなかった。勇次は結衣や三井和美を殺したのち、日本を逃れるつもりか。いよいよマフィアの首領《ドン》への道を歩みだす気だという。十七歳の元バドミントン選手と、もぐりの医師という疑似親子ふたりで、果たして実現可能な野望だろうか。

嶋倉は廊下に面したドアに迫ろうとしている。結衣は銃口で静止をうながした。やれやれという顔で、嶋倉はドア付近に立ちどまった。

まだ撃たない理由はひとつだけだった。結衣は問いかけた。「勇次はどこ？」

「ここにはいないよ」

「けさまで長谷部家にいたでしょ」

「ああ」嶋倉がうなずいた。「あの家族のことか」

「惨殺してまで家を乗っとる必要があった？」

「勇次君にも寝泊まりする場所がないとな」

「嶋倉先生の家に迎えてやりゃよかったのに」

「そりゃ無理だ。彼がマンションに出入りしたんじゃカメラに映っちまう。どこに泊まるにしても、有名人の彼には都合が悪いらしくてね。彼は自分でなんとかすると伝えてきた。私はそこに出向いた」

「あの辺りに住む不良も仲間に引きこんだでしょ」

嶋倉の表情が微妙にこわばった。「なぜそう思う？」

勇次が部品を落としたまま、あの家を去るとは思えない。嶋倉も作業には慎重を期すはずだ。ほかに誰か素人が招かれ、組み立ての手伝いをさせられた。落とした部品がテレビ台の下に転がりこんでも、それが致命的なミスだと気づけない、そんなレベルのワルにちがいない。

ふいにドアが大きく開け放たれた。若い女性看護師が嶋倉に目をとめ、ほっとしたように歩み寄った。「嶋倉先生。こんな時間に音がするから、なにかと思ったら……。なんの作業をしてるんですか」

まずいと結衣は思った。嶋倉は瞬時に女性看護師を羽交い締めにした。女性看護師は悲鳴をあげ、逃れようと身じろぎしたが、嶋倉は彼女のこめかみに銃口を突きつけた。女性看護師が全身を凍りつかせた。嶋倉はその陰に隠れて立った。

３Ｄプリンターの稼働音がこだまするなか、嶋倉の低い声が反響した。「ええと、きみはたしか、松崎美《まつざきみ》緒《お》さんだったな。準夜勤なんだから、さっさと帰ればよかったのに。紹介しようか。そこにいるのは、あの有名な優莉結衣だ」

美緒と呼ばれた女性看護師が、恐怖にひきつった顔で見つめてきた。年齢は二十代前半、華奢《きゃしゃ》な身体つきから察するに、体力で嶋倉に抗《あらが》えるとも思えない。

結衣は拳銃を両手でかまえた。照門《しょうもん》と照星《しょうせい》を重ね、美緒の肩越しにのぞく嶋倉の顔に合わせる。

だが嶋倉は落ち着いた声で告げてきた。「ストレス性高体温症なんだろ？　優莉結衣。警察から首都圏の病院に通達がまわってる。転がりこんでくる可能性があるってな。頼むから外すなよ。安い賃金で働いてくれる白衣の天使を犠牲にするな」

目がかすんでくる。両手が震えだした。美緒の怯《おび》えたまなざしが結衣に向けられる。焦点を合わせるべきはそこではない。なのに嶋倉を標的としてとらえられずにいる。琴奈のことが脳裏をよぎった。みずから喉《のど》もとを掻《か》き切って死んだ、あの悪夢のような一瞬の光景が視野をちらつく。

いつもなら外さない。しかしこの拳銃は既製品ではなかった。一発でも試射ができれば、照準との誤差が推し量れる。いまはそんな余裕がない。嶋倉に狙いをさだめきれない。息が自然に荒くなる。銃口がひどくぶれる。命中させうる保証はどこにもない。

重ねてきた罪の重さが発熱につながっている。これまでの自分の生き方が、人命を危険にさらす。自然がもたらす極刑か。法で裁けない結衣を天が裁こうとしているのか。断じて受けいれられない。

結衣はうなじに、ちくりと刺すような痛みを感じた。ふいに身体がのけぞった。トリガーを引くどころか、グリップを保持する握力さえ失われる。感覚が麻痺《まひ》し、全身が痙攣《けいれん》しだした。結衣は膝《ひざ》の力を失い、その場にひざまずいた。美緒の悲鳴がきこえた。呼吸が困難になる。ひどく息苦しい。背後に靴音がした。誰かもうひとり室内にいた。接近に気づかないこと自体、普段ならありえない。だがすべては現実だった。

長髪を金いろに染めた巨漢が、結衣の近くに立って見下ろしてきた。重量あげの選手のような体格ながら、この男も医療従事者なのか、緑いろのメディカルウェアを着ている。ゴム手袋を嵌《は》めた右手に注射器があった。綿棒を内蔵しているのが見える。

圧縮空気で針を飛ばす改造注射器。父の半グレ集団のひとつ、D5の発明品だった。伊賀原がコピー品を手がけていた。田代一派が使用していてもおかしくない。

無精髭《ひげ》を生やした巨漢の顔が、勝ち誇ったような笑いを浮かべる。注射器で結衣の頬を軽く叩《たた》いた。

身体の自由がきかない。結衣は慄然《りつぜん》とし天井を仰いだ。腕も脚も際限なく痺《しび》れ、いっさいの感覚を喪失している。筋肉に力が入らない。

嶋倉医師の声が冷静に告げた。「きみの父は本物の天才だった。フグ毒が少量なら随意筋を麻痺させるなんて、医学者でも研究しきれていないよ」

巨漢のたくましい両腕が、結衣の身体を軽々と抱えあげる。結衣は抵抗を試みたが、身をよじることさえできなかった。

「安心しろ」嶋倉がささやいた。「強姦《ごうかん》などしない。いまどきは皮膚からでも指紋が採取できる。性交など女の全身に生体情報を残すようなものだ。きみにはもっと楽しい実験に参加してもらう。飛びいりの看護婦さんと一緒にな」

美緒は泣き叫び、激しく首を横に振った。しかし嶋倉は美緒の口をふさぎ、もう一方の手で銃を突きつけた。

結衣の意識は朦朧《もうろう》としだしたが、まだ完全に途絶えてはいない。巨漢により廊下へと運びだされた。ストレッチャーの上に仰向《あおむ》けに寝かされる。ベルトで何重にも締めつけられたが、感覚が鈍っているせいか、なにも感じない。嶋倉は拳銃《けんじゅう》で美緒を脅し、歩くよううながしている。美緒の青ざめた顔が結衣に向けられた。だが次の瞬間、結衣は頭からシーツをかぶせられた。なにも見えなくなった。ストレッチャーが動きだした。キャスターがきしみながら床を転がる。

エレベーターに乗ったとわかった。上昇する感覚がある。一階に運ばれたらしい。外気に触れた。建物をでたようだ。ストレッチャーが浮きあがり、狭い場所に搬入された。救急車だろうか。リアのハッチが閉じた。単なるワンボックスカーの可能性もある。

クルマが走りだした。美緒の嗚咽《おえつ》が車内にきこえる。ほかには物音ひとつしない。それでも嶋倉が同乗しているのはまちがいなかった。

一分と経たないうちに嶋倉の声がささやいた。「あんまり遠くに行くな。ああ、そこでいい」

クルマが減速した。タイヤが砂利を踏みしめる音とともに停車する。またハッチが開いたらしい。風が吹きこんできた。

ストレッチャーが激しく揺れる。車外に下ろされたものの、依然としてシーツが顔を覆っている。しばしストレッチャーは放置された。そのあいだに美緒が連れだされたとわかる。ひたすら声を震わせながら泣いている。近くで物音がした。なにがおこなわれているか、結衣には知るよしもない。

シーツが取り払われた。巨漢が結衣を抱きあげ、乱暴に放りだす。結衣は地面に叩きつけられた。暗がりに砂埃《すなぼこり》が舞う。乾ききった土の上だった。

クルマは後方に停まっているらしい。辺りをヘッドライトが照らしている。美緒の白衣が浮かびあがっていた。大の字に立った状態で、手首足首をジャングルジムに縛りつけられている。ここは公園だった。美緒は猿ぐつわを噛《か》まされ、血の気の引いた顔で唸《うな》っている。必死にもがくものの、拘束から逃れられずにいる。

巨漢が結衣の上半身を引き起こした。結衣は美緒の真正面にいた。距離は数メートルほどある。美緒の泣き腫《は》らした目が結衣を見下ろした。

嶋倉が近くで身をかがめ、結衣の左の袖《そで》をまくった。露出した前腕のあちこちに、電極のついた吸盤を貼りつける。リード線は傍らに置いた装置に接続されていた。嶋倉が平然といった。「ヒトは脳からの電気信号で筋肉を動かす。腕のどの筋肉が、どの指を動かすか、二百近いパターンを解析した。十六箇所への電気刺激で、手の動きのすべてを操れることがわかった」

巨漢が強引に結衣の左腕を前方に突きださせる。前腕に低周波治療器のような、ぴりっとくる刺激をおぼえる。結衣の意志に反し、腕は伸びたままになった。その手に拳銃が握らされる。指の関節が勝手に曲がり、グリップをつかんだ。人差し指がトリガーにかけられる。銃口は美緒に向けられていた。

美緒が大粒の涙を滴らせ、ひときわ甲高く唸った。

巨漢はとっくに手を放していた。なのに結衣は腕を逸《そ》らすことができなかった。小刻みに震える手が拳銃を握ったまま、美緒の胸部を狙いつづける。

「いいかね」嶋倉が装置をいじりだした。「ここは公園だ。女性教師の元夫が焼死したのは公園。きみが看護婦を射殺するのも公園。これもなにかの因縁かね」

結衣は身体をよじり、狙いを外そうとした。だが自由がきかないのは、通電している左腕だけではなかった。全身が意のままにならない。フグ毒が体内をかけめぐり、あらゆる感覚を麻痺させている。

嶋倉が巨漢にいった。「刻鴐《こくが》。クルマに予備のバッテリーが積んである。とってきてくれないか。どうも電流が不安定だ」

刻鴐と呼ばれた巨漢が後方に歩き去る。嶋倉は老眼鏡をかけ、さかんに装置のつまみを調整した。

電気刺激が指先を微調整し、銃口を美緒の心臓に向けさせんとする。美緒が唸りながら首を横に振った。とめどなく涙があふれつづける。

焦燥が結衣の全身を包みこんだ。拳銃はいまや美緒をまっすぐ狙い澄ましている。トリガーを引いたら確実に命中する。

巨漢が戻ってきた。刻鴐は直方体の物体を嶋倉に渡した。嶋倉が装置のバッテリーを外しにかかる。電気刺激が消え失《う》せ、左腕の緊張が緩んだ。結衣がほっとしたのも束の間、新たなバッテリーが装置にセットされる。また腕が痙攣し、もとの高さに戻った。ふたたび銃口が美緒をとらえる。

嶋倉が鼻を鳴らした。「拳銃の発射時、てのひらにつく硝煙を、警察はこと細かに調べる。きみが撃ったように見せかけようとしても、なかなかそういう検査結果にはならない。だから本当にきみが撃たなきゃならない。銃声をきき近隣住民が通報。科学捜査により硝煙反応が検出、きみの殺人が裏づけられる。ついにな」

結衣は死にものぐるいで抗《あらが》った。人差し指に力が籠《こ》もるのを回避せんと歯を食いしばった。けれども指はしだいにトリガーを引きにかかる。腕を振り下ろそうとしても反応しない。

嶋倉は結衣の耳もとでささやいた。「きみに殺される被害者が、いままでどおり凶悪犯じゃ意味がない。松崎美緒さんは理想的な被害者になる。清廉潔白な看護婦でね。若くして勤務態度も立派だ。おっと、いまは看護婦じゃなく女性看護師といわないとな」

美緒は顔を真っ赤にし泣きじゃくっていた。結衣も涙が滲《にじ》みそうになった。左腕が震える。人差し指を引くわけにいかない。

「妙だ」嶋倉がまた装置をいじりだした。「電流も電圧もこれで充分のはずなのに。ひょっとして、きみの意志力で抵抗しているのか？　興味深いな。どれ、もう少し強めてみるか」

皮膚をつねるような刺激が走る。とたんに左腕のあらゆる筋肉が張り詰めた。銃口が美緒の胸をまっすぐに狙う。人差し指がトリガーを引こうとする。結衣は躍起になって抵抗した。だが指先には力が加わりつづける。もうとめられない。

トリガーが引き絞られる寸前、結衣は目を閉じた。石のように固まった全身に対し、無理やり突き動かす指令を発した。

瞬時に左腕が、わずかながら反応した。微妙に下方へと逸れた。銃声が轟《とどろ》いた。発砲の反動をてのひらに感じた。空砲ではない、弾は確実に発射された。美緒の悲鳴がきこえた。結衣ははっとして目を開けた。

美緒の身体から血飛沫《しぶき》があがっていた。けれども被弾は胸部ではない、右の大腿《だいたい》部だった。白衣の下半身が真っ赤に染まっていく。美緒は呻《うめ》きを発し、がっくりとうなだれた。激痛に意識を喪失したらしい。

刻翳がうろたえながらいった。「もう一発……」

「だめだ」嶋倉が苦々しげに首を横に振った。「いまの銃声で警察が飛んでくる。まったく、ありえないことだ。外すはずがないのに」

嶋倉は結衣の左腕から吸盤を次々と除去した。装置を抱えあげ、後方のクルマへと退避していく。

巨漢のほうは憤りがおさまらないらしい。刻駕の足が結衣を蹴《け》り飛ばした。自由にならない結衣の身体が、人形のように地面につんのめった。

「よせ！」嶋倉が怒鳴った。「どうせその小娘はもう殺人犯だ。警察が始末をつけてくれる。行くぞ」

刻駕は唾《つば》を吐き捨てると、その場から立ち去った。クルマのドアが開閉する音がした。エンジンがかかる。ヘッドライトの光が徐々にずれていく。辺りが暗くなった。走行音が遠ざかる。やがて静寂が闇にひろがった。

結衣は砂埃のなかに横たわっていた。ようやく左手の感覚が戻ってきた。拳銃《けんじゅう》を投げだす。だが容疑は回避できない。射撃にともなう硝煙がてのひらに付着している。結衣による発砲は確実に証明される。

サイレンの音が湧いていた。もうパトカーが接近しつつある。結衣は顔をあげた。美緒の姿がある。ジャングルジムに張りつけられた状態のまま脱力しきっている。右の太股《ふともも》からとめどなく血液が流出しつづけ、地面に染みこんでいく。

かすり傷でないのは一目瞭然《いちもくりょうぜん》だった。腕や脚への被弾を軽視できるのは映画のなかだけだ。肉が抉《えぐ》られ、神経や血管も引きちぎられる。骨が剝《む》きだしになった状態で放置すれば、傷口が感染し、片脚を失う恐れがある。それ以前に出血多量で死んでしまう。

起きあがろうとしても、なおも身体を動かせなかった。結衣は唇を嚙んだ。なんてざまだ。

美緒の血に染まった下半身のみならず、白衣の全身が赤く明滅しだした。幾十もの赤色灯が現場を包囲している。パトカーの群れをまのあたりにした。結衣は力尽きてうなだれた。無限の暗闇のなかに墜《お》ちていった。

15

優莉結衣がみずからの頸《けい》動脈に鉛筆を突き立て、自殺を図ったそのとき、藤沢訓正《ふじさわくにまさ》医学博士は同じ部屋にいた。港《みなと》区西新橋《にししんばし》にある児童発達研究センターの一室。当時九歳の結衣は保護されたばかり、藤沢は四十代の初めだった。

少女の首に深々と刺さった鉛筆を、震える手で抜いた感触を、いまも生々しく想起できる。藤沢の専門は小児発達学と小児精神神経学、それに社会融合脳科学。外科の心得などあるはずもない。しかし応急処置が必要とされた。右手で押さえただけでは止血できず、両手に体重を乗せながらも、気管を潰《つぶ》さぬよう慎重に圧迫した。

彼女は一命をとりとめた。その後はいちども会っていない。にもかかわらず、いまでも優莉結衣に似た事情を有する、少年少女への精神鑑定依頼が寄せられる。結衣の双子の姉、智沙子との接見はその最たるものだった。十七になっても結衣そっくりの顔、ときおりしめすうりふたつのしぐさに驚かされた。

けさはまた別の仕事を請け負っている。藤沢はベトナムのホーチミン市に来ていた。春先というのに、真夏に錯覚する強い陽射しの下、日本と同じイオンの看板を眺めている。市街地に面した公園の一角、木陰のベンチに座っていた。

並んで腰を下ろすのは、六十近いベトナム人男性だった。ゴ・ディン・ブエムとい い、小学校の教師をしている。幼少期のグエン・ヴァン・チェット、すなわち田代勇次を知る、数少ない教職員のひとりでもある。

すでに警視庁の刑事や文科省職員がベトナムを訪ね、勇次の過去について調べあげた。だが彼の幼少期に関し、充分に分析しきれなかったらしい。そこで藤沢に白羽の矢が立った。調査などお門ちがいだと感じたものの、いまや日本人にとって最大の関心事、田代勇次に関する件だ。到底断りきれるものではなかった。

ブエムは訛《なま》りの強い英語でいった。「チェットが二歳か三歳のころ《フェンチェットワズトゥオアスリー》、教育法の全面改正がおこなわれましてね《ゼアワズアフルレビジョンオブジエデュケーションラウ》。義務教育は九年になりました《ナインイアエデュケイションビケムマンダトリ》。それまでは小学校の五年間だけが、義務教育期間だったんです《アンチルゼンジャストファイブイアズオブエレメンタリスクールワズマンダトリ》」

「ええ、ききました《イエスアイブハード》」藤沢はうなずいてみせた。「いまは小学校五年と、中学四年までだとか」

「地方には浸透していないところもありますけどね。とにかくグエン家がホーチミンの近郊に住んでいたころ、チェットは小学校に通いだしたんです」

「どんな子でしたか」

「それが」ブエムは低く唸《うな》った。「日本に帰化してからは有名人になったので、みんなで過去を伏せようという、おかしな風潮が広まりましてね……。日本でのベトナム人雇用に影響するとか、少々勝手な心配もしてしまったようで」

「グエン家が名門でないと承知していたんですね？」

「入学当日のことは忘れられません。瞼《まぶた》が腫《は》れてるし、唇は切れてるし、殴る蹴るの暴行を受けた被害者の顔でした。ひと目で児童虐待だとわかりました。目上の者と握手できなかったですし」

「握手？」

「ベトナムでは年長者とも親しみをこめて握手をします。しかし虐待を受けた子にとって、大人と握手できる距離というのは、親のパンチが飛んでくる間合いと同じなんです。だから身構えるか後ずさります」

勇次の祖父はベトコンで、爆破テロが専門だったと伝えられる。かつてのベトコン、すなわち南ベトナム解放民族戦線は中国寄りだった。隣りのカンボジアで、親中派のポル・ポト政権が誕生したこともあり、統一後のベトナムでは中国との対立が深まった。よって元ベトコンは冷たい仕打ちを受けた。軍人としての地位を失った祖父は、家族を連れ反政府テロに加わった。

のちに田代槇人となるグエン・ヴァン・ミンの代には、一家はすっかり武装犯罪小隊として名を馳《は》せていた。勇次ら兄弟は父の後継者として厳しく育てられた。体罰を受け瀕死《ひんし》の重傷を負ったことさえあるようだ。度重なる叱責《しっせき》のせいで、兄弟の自己肯定感がきわめて低かったのは想像がつく。

藤沢はブエムにきいた。「勇次《チエット》は父親に反抗しなかったんですか」

「無理ですよ。父親のミンはすでに大物でしたし、いつも屈強そうな取り巻きを引き連れていました。刃向かえるはずがありません」

「すると勇次は、鬱屈とした感情をどこにも吐きだせず……」

「ええ。心のなかに溜めこんでいたと思います。家庭が安全な場所と感じられず、外の世界でも大人との距離が縮まらない」

「勇次の親に指導しましたか」

「面会はしました。しかし父母ふたりとも、教師の意見に耳を傾けるタイプではなくて……。親としてのメンツが失われたと感じたらしく、チェットにいっそうの虐待を加えたので、私たちもそれ以上の干渉を控えざるをえなくなり……」

親を注意すると虐待に拍車がかかる。最悪の家族にちがいない。藤沢は腕組みをした。「勇次に犯罪の兆候はありましたか」

「兆候なんて段階は、とっくに超えてました。彼は犯罪者になるべく育てられたんです。学校帰りに万引きのノルマを課せられていました。強盗のため、放火もしばしばおこない、やがて手製爆弾を使うようになりました。授業で褒めるに値したのは、ライフルの分解と組み立て実習だけです」

犯罪者が世帯主となると、たとえ親に叱られたところで、罪悪感や規範意識は深まらない。まして親が積極的に犯罪を推奨している以上、善悪の概念が逆転したまま育つ。他者への共感性も乏しくならざるをえない。

もう過去のことだからか、ブエムはさばさばした態度でいった。「チェットはたちまちワルとつるみだしましてね。ああいう子たちは他人の気持ちを察しきれず、友達との関係をうまく構築できません。周囲の関心を引きつけようと、いっそう悪事がエスカレートしていったんです」

「学校のほうで、児童の心理面と向きあうようなことは……？」

「努力はしましたが、成果はなかったと思います。ああいう子に多いんですが、教師に過剰なほど甘える反面、すぐ裏切られた気持ちになるようで……。孤立感や厭世《えんせい》観を深めるばかりでした」

他人《ひと》ごとのような口ぶりだった。ここでも教師はうわべを取り繕うのみか。問題があると知りながら放置した。ブエムは半ばその事実を認めている。

藤沢はきいた。「警察沙汰はありましたか」

「ええ。小三ぐらいからしょっちゅうです。最初は拳銃《けんじゅう》で野良犬を撃ち殺してました。刀剣で同級生を斬りつけ、金品を奪いだしたのが小五のころですか。しまいには学校にいられなくなり、家族ごと姿を消しました」

優莉匡太の子供と境遇が似ている。それ以前に、日本で非行に走る少年少女と、ほぼ大差ない環境といえた。乳幼児期に始まる家庭不信と人間不信が、人格形成に大きな影響を与える。やがて思春期の不安定な心のなかで、積もりに積もった不満が爆発し、誰彼かまわず憎悪を向けるようになる。

「あのう」藤沢はブエムに問いただした。「ベトナムでは現在、田代勇次のことは、どんなふうに受けとめられていますか」

「なにも」ブエムは無表情に応じた。「純粋で素朴な日本の人たちが、ようやく真実を悟るようになった、それだけです。あの一家は帰化したんだし、もう私たちの同胞でもないんでね」

公園を若いカップルが横切っていく。買い物袋はすべて男のほうが提げている。周りもみなそうだ。男女に乳児がいれば、ベビーカーを押すのは男の役割のようだった。

ブエムがふっと笑った。「この国じゃレディファーストが普及してます」

日本はちがうといいたげにきこえる。藤沢はいった。「わが国も努力してます」

「そうですか？　政府が率先して男女同権をめざしてはいないでしょう？」

ロイター通信の報道を見たにちがいない。矢幡《やはた》政権の閣僚たちは、事実上の副総理だった柚木《ゆき》若菜《わかな》大臣を、みなこぞって柚木国務大臣と呼んでいた。本来、国務大臣とは大臣と同義語だ。第一順位指定大臣でありながら、どの省庁も所管しない柚木を指し、さも肩書きのように国務大臣と呼ぶのを慣例化した。やっかみと女性蔑視が背景にあった、ロイターはそう推察している。

太鼓の音が響いてきた。近隣の小学校の校庭で打ち鳴らされている。この国におけるチャイムの代わり、始業の合図だった。

ブエムが腰を浮かせた。「朝の授業が始まりますので、これで。ベトナムの学校は、午前と午後の二部制なんですよ。子供の数が多くて」

藤沢も立ちあがった。「お手数をおかけしました。おおいに参考になりました」

立ち去りかけたブエムが、ふと足をとめた。「ああ、藤沢さん」

「なんですか」

「私が話したことですが、裁判で証言に使われたりするんでしょうか。チェットが日本で逮捕されたあと……」

「いえ。私は警察関係者じゃないですし、もし匿名をご希望なら、報告書で氏名を伏せさせていただきます」

「ああ。それなら恐縮ですが、そのようにお願いします。私にとっては、もう済んだことなので」

丸めた背が遠ざかっていく。藤沢は黙って見送った。ため息が漏れる。こんな反応はブエムが初めてではない。

　ベトナムの経済発展とともに、反政府を掲げた犯罪集団は時代遅れとなり、居場所を失っていった。グエン家は国を追われるも同然に日本へ脱出した。過去、勇次に関わった人々は、みなその事実を恥じているように思える。勇次は指名手配を受けてもなお孤独の身か。

　スマホが鳴った。とりだして画面を見ると、日本からの国際電話とわかった。藤沢は応答した。「はい」

「藤沢先生」女性の声だった。児童発達研究センター職員、弓下早苗《ゆみしたさなえ》がなぜか電話をかけてきた。「智沙子さんとはもう会われましたか」

　意味がわからない。藤沢はたずねかえした。「なんだって？」

「智沙子さんです。優莉結衣さんの一卵性双生児の姉で、最近保護された……」

「それは知ってる。私はいまベトナムだよ？」

「……はい。でも智沙子さんを呼びだされましたよね？　その後どうされたかと思いまして」

　胃に強酸を注ぎこまれたような感覚がある。藤沢はきいた。「呼びだしたって、ベトナムにか？　馬鹿な。智沙子さんには外出許可もでてないじゃないか。彼女自身、まだ会話もできないんだぞ」

「そうですけど、きのう施設の玄関に、使いの人が現れて、とり急ぎ空港にお送りするからと」

「ありえない。なぜ私が智沙子さんをベトナムに呼ぶんだ。彼女は安静にしているべきだと、担当医から報告があったばかりだろう」

「でもゆうべのうちに、タンソンニャット空港に到着したと、使いの人から連絡が……」

にわかに動転しながら藤沢は駆けだした。「警察に電話してくれ！　私は智沙子さんを呼びだしてなんかいない。使いの者も送っちゃいない！」

横須賀市津久井《つくい》四丁目、友愛育成園という施設に智沙子はいる。むろん住所は非公開だった。なのに藤沢の使いを名乗る何者かが、智沙子を連れ去ったというのか。

藤沢は公園をでた。アオザイを着た女性たちとすれちがう。ひとり泡を食って走る藤沢を、みな眉をひそめ振りかえる。かまってはいられなかった。イオンのエントランス前に連なるタクシーを見つけ、ただちに駆け寄った。後部座席のドアを開け、シートにおさまる。「タンソンニャット空港まで頼む《チョーディーサンバイコクテータンソンニャット》」

走りだしたタクシーの車内で、スマホの画面をタップする。連絡先を探そうとしたとき、トップページに表示された日本のニュースに気づいた。見出しを目にしたとたん、藤沢は肝を冷やした。

埼玉や神奈川で銃撃事件が同時多発。死者五名、負傷者十七名。犯人はいずれも少年とみられるが逃走中、記事にはそうあった。

いまベトナムは午前九時すぎ。日本は二時間進んでいる。午前中から関東各地で銃撃事件だと。藤沢はひどく落ち着かない気分になった。いったいなにが起きているのか。

16

結衣はずっと悪夢のなかをさまよっていた。意識が途切れがちなのは、高熱のせいばかりではない。ふと気づくと病院のベッドに横たわり、点滴注射を受ける自分がいた。栄養輸液のみならず、睡眠剤が投与されている。

また浅い眠りについた。左手になにかが触れた。ぼんやりと目が開く。医師以外の誰かが結衣の手に、スプレーを吹きつけている。青白い光が照射された。デジカメで写真を撮る。硝煙は検出できただろう。発砲の事実も裏付けられる。

天井を目にするたび、明るさが変異していた。陽が射しこむときもあれば、蛍光灯の点《つ》く夜間もあった。消灯し真っ暗な真夜中も経験した。それだけ日数が経過したのだろう。

宇都宮東署の刑事、杉下佳子が部屋を出入りしているのは、おぼろに認識できていた。そのうち結衣は佳子の手を借り、ベッドから起きだした。まだ現実という感覚がない。

患者着からセーラー服に着替えた。きれいに洗濯してあった。結衣は病室から連れだされた。一瞬だけ目にした姿見に、やつれきった自分の顔が映っていた。

大勢の私服に囲まれ、建物の外にでた。ようやく昼間だと認識した。空は晴れている。済みきった青空。朝方かもしれない。セダンの後部座席に乗せられた。窓の外は霞《かすみ》が関《せき》だとわかる。

警視庁庁舎に乗りいれ、地下駐車場で降車した。建物内をどのように移動したかはわからない。

気づけば木目調の狭い室内にいた。小会議室とでも呼ぶべき部屋だった。テーブルと数脚の椅子のみがある。

ずっと眠りこけていたのは、やはり発熱だけが原因ではない。点滴注射のせいだ。注射用チューブを外され、病院を離れて十数分、徐々に意識がはっきりしてきた。結衣は椅子に腰かけている。テーブルの上にはペットボトルと、いくつかの紙コップがあった。

向かいに佳子が座る。手にした書類を眺めていた。結衣が見つめていると、視線を感じたらしい、佳子が顔をあげた。

結衣は自分の左手を眺めた。指先が意志にしたがい、ちゃんと曲がる。喋《しゃべ》れそうにも思える。結衣は声を絞りだした。「何日経った？」

「四日」佳子がぶっきらぼうに応じた。

「宇都宮東署の刑事が、なんで警視庁にいるの」

佳子がふんと鼻を鳴らし、手もとの書類をまとめた。「そんなこと気にかける女子高生なんて、ふつうじゃない」

すっかり容疑者扱いかもしれない。だが手錠をかけられてはいなかった。不可解な状況に思える。

まだ思考が鈍かった。逮捕はこれからかもしれない。結衣がそう感じたとき、ドアの外にあわただしい靴音がきこえた。ふたり以上が足ばやに歩いてくる。

男性の声がじれったそうにいった。「いまご覧になったとおり、硝煙反応は彼女の発砲を裏付けてます」

もうひとりの年配の男性の声には、どこかでききおぼえがあった。「自分の意志で撃ったわけじゃないんだ！　逮捕は行きすぎだろう」

「そういう証言があるというだけで、発砲の事実のほうが優先……」

「電極を貼りつけた痕《あと》が腕じゅうにあったそうだな。看護師の証言のほうは無視する気か」

「川崎区で長谷部家の三人が惨殺された件とも、無関係とは思えません」

「あんたたちがどう思おうと勝手だが、物的証拠はなにもない。毎度のことだが、なにもかも彼女のせいにするのはよせ」

　誰の声なのか思いだした。支援団体の人権派弁護士、たしか名前は須永《すなが》といった。幸運な人選とはいいがたい。宮園《みやぞの》弁護士のように結衣の素顔を知ってはいない。ただ優莉匡太の子を無罪と信じ、人権保護の立場から警察による弾圧を非難する、よくいる弁護士のひとりにすぎない。結衣の正体が大量殺戮《さつりく》魔だと知れば、まず味方してくれるとは思えない。

　佳子が立ちあがり、ドアの外にでていった。廊下でささやく声がする。優莉結衣の意識がはっきりしてきました、佳子はそういった。

　またドアが開いた。佳子は仏頂面でわきに立った。初老のスーツが入室してきた。

須永弁護士は心底ほっとしたようにいった。「優莉結衣さん。ああ、よかった。酷《ひど》い目にあったね。なにも心配いらないから」

結衣はきいた。「いままでなにが……」

戸口にふたりのスーツが立った。四十代ぐらいの角刈りと、三十代半ばの生真面目そうな細面だった。角刈りのほうが吐き捨てた。「自分がいちばんよくわかってるだろ」

廊下で須永弁護士と話していた声だとわかる。須永は角刈りを振りかえるや一喝した。「言葉を慎め！　彼女を被疑者扱いする気か。逮捕に踏みきるつもりなら、こっちとしても考えがあるぞ」

細面のスーツが不満げにいった。「銃で人を傷つけた事実に変わりはないんですがね」

須永は動じなかった。「撃たれた被害者はどう証言した？　ほかならぬ被害者が、優莉結衣さんは加害者じゃないと主張しとるんだぞ」

「拳銃も弾も３Ｄプリンターによる製造です。優莉匡太半グレ同盟のＤ５は、その種の銃の密造も……」

「また始まった。どうしてきみら警察官は、凶悪犯の娘という先入観を捨てきれんのだ。冷静になれ」

　佳子が困惑のいろを浮かべた。「須永先生。彼女はわたしたちのもとから逃走したんです」

「受刑者じゃないんだから、いわゆる逃走の罪にはあたらない。きみら地元警察や、公安の刑事らは、優莉結衣さんを軟禁状態に置いた。身寄りのない彼女が不安を覚えるのもわかる」

「現在の監視体制は、支援団体側も納得済みのはずですよ」

「行方不明の田代勇次君が、彼女に危害を加えないともかぎらん。そう判断したからだ。警察はあくまで彼女の身辺警護に努めるはずだろう。支援団体はそう解釈しとる」

「優莉結衣が田代夫妻を死なせたからこそ、息子が復讐《ふくしゅう》心を抱くのではないですか」

「支援団体の見方はちがう。過去の数々の事件は、田代一派が結衣さんに濡《ぬ》れ衣《ぎぬ》を着せようとしたにすぎない。マフィアに内紛が勃発《ぼっぱつ》し、半グレ集団の抗争で夫妻が死んだ、それが事実だろう。なおも勇次君が結衣さんをつけ狙う可能性がある。現にいまも……」

　角刈りのスーツが制した。「須永先生」

喋ってはいけないことがあるらしい。須永は戸惑いがちに口を閉ざした。妙な気配を感じた。結衣は須永弁護士にたずねた。「なにが起きてるんですか」須永が渋い顔で応じた。「警察はきみが看護師を撃ったと決めつけてる。だが当の本人、松崎美緒さんは否定してる。たしかに発砲したのはきみだが、腕に心電計のような吸着ゴムをいくつも貼られ、電気でコントロールされていたようだと」

細面のスーツが苦言を呈した。「電気刺激を受けていたからといって、発砲が優莉結衣自身の意志だったかどうか、美緒さんにはわからないはずです」

「いい加減に黙れ！」須永が怒りをあらわにした。「結衣さんは必死で抵抗し、本来は美緒さんの胸を狙っていた銃口を、なんとか下方に逸《そ》らした。美緒さんがそう証言しとるんだぞ」

　角刈りのスーツは冷静な口調で告げた。「須永先生。その吸着ゴムというのを貼って、電気刺激を加えた人物は何者ですか。優莉結衣を被疑者としないのであれば、そこをあきらかにする必要があります」

「それは」須永が言葉に詰まった。「今後の警察の捜査によって……」

「われわれに一任するということでよろしいんですね？」

「だからといって結衣さんの逮捕は容認できん」

あの女性看護師は一命をとりとめたらしい。結衣は須永を見つめた。「美緒さんは無事ですか」

「ああ。右大腿《だいたい》部に被弾したが、幸い松葉杖《づえ》での歩行は可能だ。リハビリには時間がかかるようだが」

ひそかに安堵《あんど》しつつ結衣はきいた。「彼女の退院はまだ先ですか」

「そうなんだが」須永が深刻そうにささやいた。「警察はきみばかりじゃなく、美緒さんまでここに引っぱってきてる。取り調べと称し、証言を撤回させる気だ」

ふたりのスーツが揃って抗議の声を発した。角刈りが憤然としていった。「私たちの一存ではない。事情はわかっておいででしょう」

結衣は疑問を募らせた。「事情？」

戸口に別の女性刑事が顔をのぞかせた。「失礼します。松崎美緒さんが、優莉結衣さんと話せるのなら話したいと」

須永弁護士がうなずいた。「声がきこえたんだな。結衣さんの意識が朦朧《もうろう》としてるとか、そんな警察の言いわけは通じなくなった」

角刈りが苛立《いらだ》たしげにいった。「ついさっきまでは本当にそうだったでしょう」

どうやら複雑な背景がありそうだった。結衣はふたりのスーツを眺めた。「この人たちは？」

「捜査一課でね」須永は先に角刈りを指さした。「野村《のむら》さん。連れは安藤《あんどう》さんだったな」

　ふたりは頭を下げず、ただ苦い表情を向けてきた。まだ名乗る気はなかった、どちらの顔にもそう書いてある。

　結衣は須永にいざなわれ、席を立ち退室した。一行に囲まれながら通路を歩きだす。熱はまだ下がっていない。悪寒がするうえ、足もふらつく。めまいもあいかわらずだった。それでも睡眠剤の効力が切れたせいだろう、さっきよりは周りの状況が把握できる。フロアはいくつもの小部屋に仕切られていた。いたるところに私服が待機し、デスクのパソコンを注視する。刑事部屋とも捜査本部ともちがう。なんらかのモニタリングに追われているようだ。

　すれちがった別の刑事ふたりが、ひそひそと言葉を交わす。「加納《かのう》とはまだ連絡がとれないのか」

「ええ、もう何日も音信不通です」

　ひとつのドアから中年夫婦がでてきた。ふたりの顔は美緒によく似ている。両親は美緒に連れ添っていたらしい。野村刑事らにおじぎをし、通路を立ち去っていく。代わりに入室するよう、須永弁護士が結衣に勧めてくる。

部屋に入った。結衣がいた室内に似ている。ワンピース姿の美緒は二本の松葉杖をつきながら、部屋の隅に向かおうとしていた。棚に紙コップがあるからだ。まだ片脚での移動に慣れていないらしい。見るからに辛《つら》そうにしていた。

結衣は急いで紙コップを手にとった。「どうぞ」

美緒がほっとした顔になった。「ありがとう……。ああ、優莉さん、ですね」

憔悴《しょうすい》しているものの、美緒は落ち着きをとり戻していた。右の太股《ふともも》を固定するギプスが、ワンピースに浮きあがって見える。結衣はいたたまれない気持ちになった。

察したように美緒が微笑した。「あなたのお陰で助かったんです」

そうとはいいきれない。あのとき結衣は腕を振り下ろそうとした。だが上方に引っぱられる感覚に抗《あらが》いきれなかった。ついに発砲に至ってしまった。結衣はつぶやいた。

「わたしはなにもできなかった」

「いえ」美緒の目は潤みだしていた。「あなたはわたしを撃ってはならないと、全力で抗ってくれました。わたしにはわかります」

須永弁護士が刑事たちを振りかえった。「きいたかね！　結衣さんが美緒さんを撃ったなんて、とんでもないデマだ」

角刈りの野村刑事が不満げにいった。「美緒さん。あなたを公園のジャングルジムに縛りつけた人物を、私たちは捜さなきゃならないんですがね。それが優莉結衣でないのなら、いったいどこの誰ですか」

美緒は当惑をしめしながらうつむいた。「あのう……。優莉さんとふたりきりで話したいんですが」

刑事らは反論しかけた。しかし須永弁護士が間髪をいれずうながした。「刑事諸君。阻む権限はないはずだ。さあ廊下にでよう」

さも不服そうな顔の野村と安藤が、戸口の向こうに消える。須永も退室し、外からドアを閉じた。

美緒は椅子に腰かけようとしたが、右膝《ひざ》を曲げられないせいだろう、体勢を崩しかけた。結衣は美緒を支え、そっと座らせた。

「ありがとう」美緒が結衣を見上げた。「あなたにどうしても話しておきたくて」

結衣は室内を眺め渡した。盗聴器らしき物は目につかない。結衣がこの部屋を訪ねるとは、誰も予想していなかったからだろう。それでも結衣は警戒しながらささやいた。「なるべく小声で」

すると美緒の顔がこわばった。震える手をワンピースの胸もとに挿しいれる。折りたたんだ紙きれをとりだした。付着した血液が乾いたらしく、半分ほど褐色に染まっている。それを結衣に手渡してきた。

結衣は紙切れを開いた。手帳の一ページを破りとり、ボールペンで走り書きしたようだ。雑な字だが、かろうじて読みとれる。〝同僚、患者、家族を想え〟。

「なんですか?」結衣はきいた。

美緒は涙ぐんでいた。「嶋倉先生が去りぎわに、わたしの白衣のポケットに押しこんでいったの」

なら意味は推察できる。病院の同僚や患者、美緒の家族の身が心配なら、沈黙を貫け。そんな脅しにちがいない。ぞんざいな走り書きも、筆跡をごまかすためだろう。

結衣は美緒を見つめた。「警察には……」

「知らせてません」美緒が悲痛な声を発した。「嶋倉先生は外科医長で、病院内での地位も高くて……。だからわたし、嶋倉先生の名をいいたくても、どうしてもいえなくて」

「落ち着いて」結衣は美緒の手を握った。「喋《しゃべ》りたくないことまで、警察に明かさなくてもいいから」

「だけど刑事さんたちはあなたを疑ってる」

むろんそうなる。しかし美緒の身近な人々に危害が及ぶ可能性がある。現時点で真犯人の素性を伏せることは誤りではない。結衣はいった。「嶋倉って名をださなくても、わたしが発砲を強制されたって、あなたは証言してくれた。おかげで警察も逮捕を保留してる。だから感謝してます」

「でも刑事さんたちが、いつ態度を変えるかわからない」

そこは否定できない。だからこそいまのうちに情報を得て、後手から先手にまわらねばならない。結衣は美緒にたずねた。「嶋倉と一緒にいた金髪のデブ、誰だか知ってますか」

「刻駕さん。刻駕要八《ようはち》、だったかな……。ケースワーカーとして嶋倉先生が採用したんです。勤務はこのひと月ぐらい。薄気味悪い人だなと思ったけど、人手不足だし、力はありそうだからしようがないかなって」

「嶋倉はいまどこに……」

「さあ。わたしが搬送されたのは別の病院で、ずっとそこに入院してたから」美緒はふと思いついたようにいった。「優莉さん。わたし、退院がまだずっと先ときいてたんです。なのにきょう急にここに連れてこられた。理由をきいても教えてくれなくて」

同じ境遇にある、結衣はそう思った。強引に病院から警視庁に移送されたものの、逮捕には至っていない。被害者とふたりきりでの会話が許されている。すなわち重要参考人という扱いでもないようだ。美緒への発砲が捜査の要ではないのか。ふたりが呼ばれた理由はほかにあるのだろうか。

ドアをノックする音がした。結衣は紙切れをセーラー服の胸ポケットに滑りこませた。

佳子が入ってきた。緊張の面持ちで佳子はいった。「優莉さん。すぐに来てください」

のっぴきならない状況だ、目がそううったえている。結衣は佳子に従い通路にでた。美緒の心配そうなまなざしが見送る。

通路に待機していた須永弁護士も、今度は刑事らを制止しようとしなかった。佳子の先導で、結衣は通路を歩きだした。野村と安藤が後につづく。須永はいちばん後ろをついてくる。

結衣は歩きながら佳子の背にきいた。「なんですか」

佳子が振りかえりもせずにいった。「説明してる暇はないの。とにかく急いで」

通路を右へ左へと折れていく。それぞれの部屋に待機する刑事たちが、なぜかこちらを見守っている。不穏な空気がフロア全体に充満していた。だが被疑者の連行とは思えない。いったいなにが待っているのか。

やがて大部屋に入った。私服たちがそれぞれ事務机につき、パソコンのモニターに見いっている。そこを抜け、隣接するガラス張りの個室へと案内された。こちらの部屋は狭かったが、大部屋が透けて見える。野村や安藤は大部屋に留《とど》まった。結衣とともに個室に入ったのは、佳子と須永弁護士だけだった。

個室には大型テレビが据えてあった。傍らのウェブカメラがこちらを向いている。テレビの前に事務机がひとつ。椅子に着席すれば、テレビと真正面に向きあうことになる。いま画面にはなにも映っていない。

なぜか電話の着信音がずっと鳴り響いている。佳子が目で椅子を勧めた。結衣は座るしかなかった。

わきに立った佳子が、ガラスの向こうに合図する。大部屋で刑事らが一様に身構えた。

着信音が途絶えると同時に、目の前のテレビ画面に映像が出現した。テレビ電話がつながったとわかる。結衣は思わず息を呑《の》んだ。

画面の向こうは薄暗い部屋だった。だが大写しになった田代勇次の顔は、強烈な照明を浴び、白く飛びがちになっていた。部分的におかしなイントネーションが交ざりながらも、勇次は生意気な響きの日本語でいった。「ああ、やっと本人のおでましか。優莉結衣。やつれて智沙子そっくりになったな。熱でもあるのか？」

17

鳥肌が立つとはまさにこのことだった。結衣はテレビ画面を通じ、田代勇次と向きあっていた。

けれども結衣は努めて平静を装った。事情は理解できていなくとも、すべて想定内のできごと、そんな態度をしめしておく。

勇次は虚勢を見抜いたようにいった。「鳩が豆鉄砲を食ったような顔だな。警察はろくな説明もなしに、きみを警視庁まで引っぱってきたのか」

鎌をかけているにちがいない。結衣は推測できる範囲のことを、堂々と口にしてみせた。「あんたがわたしとしか会話しないと言い張ったのは知ってる」

「正確にはきみだけじゃなくて、きみの逮捕に待ったをかけてる人間も呼ぶよう伝えた。そこにいるのか？　後ろに立ってるふたりのうち、きみが殺しかけたのはどっちだ？」

結衣の背後には佳子と須永弁護士がいる。勇次は撃たれたのが誰なのか知らないようだ。嶋倉医師とその後、連絡を取りあっていないとも考えられる。

しかしブラフの可能性もあった。結衣は正直に応じた。「どっちもちがう」

「そうか」勇次の顔いろは変わらなかった。「でもまずはきみと話そう。しばらくきみ以外とはいっさい口をきかない。ほかの奴がでしゃばってきたら通話を切る」

「なんでそんなに高飛車？」

「警察はきみに重要なことを伝えてないな」勇次が身体を引き、椅子から立ちあがった。

勇次の服装があきらかになった。黒のタンクトップに迷彩のズボン、ミリタリーブーツだった。どれも新品だとわかる。長谷部家から現金を盗み、どこかで買ったのかもしれない。傭兵《ようへい》然とした身なりのせいか、死んだ兄にうりふたつに見える。あるいは十七という年齢ゆえか、ニュースで目にする海外の少年兵のようでもある。

健全さを売りにしていたオリンピック選手候補から、傭兵くずれへの転身。ずいぶん落差が激しいが、画面に映っている勇次を観ると、これが日常といわんばかりの自然な振る舞いをしめしている。

画面の向こうの部屋には窓がない。コンクリートの内壁は塗装が剝《は》げかかっている。床も土間打ちとわかる。映る範囲内にはなにも置かれていない。だが勇次が合図をするや、ほかに人影が三つフレームインしてきた。

三人とも十代らしい。それぞれイキった服装ながら、一見してにわかっぽさが漂う。スキンヘッドは鍛えた上半身を見せつけているが、あとのふたりは筋肉質とはいえない。金髪頭で耳と鼻にピアスをした男は、どこか弱腰な性格が見え隠れする。三人は右手にオートマチック拳銃《けんじゅう》をぶら下げていた。３Ｄプリンター製の拳銃なのはあきらかだった。

勇次がいった。「顔だしオーケーの三人を紹介する。カズマとタイホウ、テカデラ」

結衣はあえて軽口を叩《たた》いた。「川崎あたりで拾った不良？」

「ここ何日かで射撃の腕はあがった。無防備なこの国じゃ充分な脅威になるだろ」

「面が割れちゃ脅威じゃなくなる。外にでたとたん、巡回中の警官に追いまわされるでしょ」

「ほかにも仲間がいる。いまあちこちに散ってるよ。もちろん飛び道具を持たせてる。埼玉の狭山《さやま》市や、神奈川の平塚《ひらつか》市で銃撃があったろ？　きみを電話口にださないと、市民にもっと犠牲者がでると教育してやった」

結衣はガラスの向こうを一瞥《いちべつ》した。大部屋に控える野村刑事が硬い顔でうなずいた。

安藤刑事が顎《あご》をしゃくる。大部屋の天井から吊《つ》られたテレビに、ニュース番組が映っている。関東で銃撃相次ぐ、見出しはそう表示されていた。流れるテロップがリアルタイムの情報を伝える。死者六名、負傷者十九名。犯人のひとりは射殺、十代の若者。

市街地での無差別発砲が同時多発している、そんな事態らしい。結衣はテレビ電話の勇次に向き直った。「どこで作られた拳銃か、どうせすぐにばれる」

「コバルトクロム合金を精製可能な３Ｄプリンターなんて、そう多くはないからな。きみのいた公園の近くに怪しい施設もある」

川崎総央病院のことだった。嶋倉医師を庇《かば》う気はないのか。結衣はきいた。「わたしになんの話があるの？」

「罪を認めろよ」勇次が真顔でいった。「武蔵小杉高校で大勢を射殺した。柚木大臣も殺したよな？　辻舘親子を殺害。チュオニアンで仲間を少年兵に育成し、戦闘に強制参加。清墨《きよずみ》学園でパグェを皆殺しにした。与野木《よのき》農業高校でも傭兵部隊を一掃。沖縄ラングフォード兵器試験場で社員らを惨殺。甲子園署の警察官らと、俺の兄、両親まで殺した」

張り詰めた空気が漂いだした。ガラス越しに無数の視線が結衣に突き刺さる。しかし結衣は画面のなかの勇次から目を離さなかった。

背後の須永弁護士が身を乗りだした。「証拠もなしに一方的な誹謗《ひぼう》中傷は許さん！」

勇次がつかつかと前方に歩み寄ってきた。カメラに手を伸ばす。ふいに画面は暗転した。ビジートーンがこだまする。テレビ電話の通話が切れたらしい。

ガラスの向こうで刑事たちが一様に嘆いた。佳子が須永弁護士に怒りをぶつけた。

「先生！　田代勇次は優莉結衣以外の者とは喋《しゃべ》らないといったんですよ。口をきいちゃ駄目でしょう！」

「ああ」須永はおろおろと応じた。「すまん。だが彼の言いぐさはあまりにも……」

大部屋にいる野村刑事がヘッドセットを装着した。室内のスピーカーから野村の声がきこえた。「須永先生。恐縮ですが退室していただけませんか」

須永は当惑をしめしたものの、佳子にうながされ、仕方なさそうにドアに向かった。去りぎわ結衣に一礼する。佳子もでていこうとした。

結衣は腰を浮かせ、佳子を呼びとめた。「まって。逆探知は……？」

佳子が首を横に振った。「海外のサーバーを何百何千も経由してるって」

野村刑事の声がスピーカーから告げてきた。「前回の通話と接続がちがう。会話は長引かせてもらいたいが、それで発信源が特定できるかといえば、まず不可能だろう」

いっそうの重苦しさがひろがる。佳子が浮かない顔でささやいた。「もう電話してこないかも」

「いえ」結衣は椅子に座った。「すぐにまたかかってくる」

佳子は黙って結衣を見つめていたが、やがて踵《きびす》をかえし退室した。ガラスの向こうの大部屋で、佳子や須永弁護士がこちらを見守る。結衣は個室にひとりきりになった。

着信音が鳴り響いた。大部屋の刑事たちがざわっと反応した。

ほどなく画面のなかに勇次が現れた。またカメラの前に座っている。ほかの三人はもういなかった。

「ああ」勇次が表情を和ませた。「弁護士らしきおっさん、消えてくれたみたいだな」

「あんたの話し相手はわたしだけ」

「だがきいてる奴らは大勢いるよな？　弁護士先生、まだ近くにいるんだろ？　気にいらねえな。警視庁から立ち去ってくれないか。その場に留《とど》まるなら犠牲者がでるよ」

結衣はガラス越しに大部屋を見た。刑事たちが須永弁護士を睨《にら》みつける。須永は身を小さくし、逃げるように退散していった。若い刑事が出口へと案内する。

思わずため息が漏れる。結衣は勇次に向き直った。「でていった」

「ほんとかな？　数分以内に庁舎をでる姿が確認できなきゃ、どこかで誰かが死ぬよ」

霞が関に監視要員を配置しているといいたいのだろう。結衣は平然と吐き捨てた。

「好きにすれば？」

勇次は表情を険しくし、カメラに手を伸ばした。「そうさせてもらう」

画面が消えた。ビジートーンが響き渡る。大部屋の刑事らが苦々しげな反応をしめした。

野村刑事がヘッドセットで怒鳴ってきた。「優莉！　人命がかかってるんだぞ。もっと慎重になれ」

結衣は静かに応じた。「どうせ須永さんが外にでる前に、もういちど電話がかかってくる」

「なに？」

「警視庁舎の出口をぜんぶマークするなんて無理。クルマででる可能性もあるし、とても把握しきれない。あいつは仲間が大勢いるように思わせてるだけ」

「ずいぶん慣れた口の利き方をするな。犯罪に手を染めてるんじゃないのか？」

いまさらな会話に感じられる。たとえ見え透いていようと、あくまでしらばっくれる必要がある。結衣はあえておっくうそうに応じた。「むやみに人を疑う気なら、もう電話にでない」

大部屋が静まりかえった。結衣は軽く鼻を鳴らした。警察はいつもこれだ。

着信音が鳴り響いた。刑事たちがいっせいに緊張する。テレビ画面が表示された。勇次がこちらを見つめている。

結衣は悠然といった。「勇次。無差別殺人で脅して、わたしに罪を認めさせたところで、そんなの自白にならないでしょ。あんたはこれまでも、わたしに濡《ぬ》れ衣《ぎぬ》を着せてきた。世間でもそういう評判が立ってる。今回もその一環だと思われるだけ」

「なるほど、それはいえてるな」勇次がじっと見つめてきた。「世間の馬鹿な大人たちは、俺ときみを天秤《てんびん》にかける。どっちが怪しいか憶測しつづける。ふたりとも似た者どうしだからかな。そういう運命なんだろうね」

「あんたとわたしは似てない」

「馬鹿いうなよ、そっくりだろ。どっちも物心ついたときには、もう悪事をおぼえてた」

「それはあんただけ」

「刑事が聞き耳を立ててるから遠慮してるのか？　十八歳を目前に控えたいま、思うことはひとつだけだろ。生まれてこなきゃよかった。きみも日々そう感じてるんじゃないのか」

　細かい霧のように、かすかな焦りの感情が漂いだす。結衣はつぶやいた。「なんのことだか」

「反出生主義を知ってるか。デイヴィッド・ベネターやエミール・シオランが主張してる哲学的命題」

「存在してしまうことは害悪だって？」

「自分についてそう思わないか」

「ただの厭世《えんせい》観でしょ」

「そんな漠然としたものじゃないな。もっと深いよ。明白でもある。生まれた結果、大量殺人魔になっちまったんだから」

ひそかに心が波立ち騒いで落ち着かない。結衣は苛立《いらだ》ちとともにきいた。「あんたの話？」

「とぼけんなよ。俺たちふたりの話だ。親ガチャってのは残酷だよな。どの親のもとに生まれるか、子供には選べないんだから。生まれるか生まれないかの選択権もない。強制的にこの世に送りだされる」

「いまさら中二病とはね」

「十七はそんなに大人かよ？　そうでもないだろ。親に習いごとをさせられた結果、それが社会における害悪、犯罪だと知らされる。犯罪者は忌み嫌われ、愛されないと自覚する。知ったときにはもう遅い。自分にはそれしかなくなってる」

「バドミントンを頑張ればよかったでしょ」

「見せかけだけの上っ面が、大人になる条件だなんて笑えるよな。みんな表面上は愛されキャラを装って、人から好かれようと必死に競いあう。嘘で塗り固めただけの虚像なのに、大勢が支持さえしてくれりゃ、それが自分だってさ。ほんとに大人は汚い」

「スポーツで国民的アイドルといわれて、やたらうぬぼれてた十七歳なら知ってる」

勇次はあくまで自分を棚の上にあげ議論する気らしい。「まさに中二あたりを境に、世のなかはそういうもんだと割りきるよう強制されるよな。ありゃなんだろうね。子供は夢を語れとさんざんいってたくせに、今度は夢みたいなことほざくなと否定してくる」

「あんたは割りきってたでしょ。親子で善人アピール、じつは経歴を偽り放題の人殺し一家」

「きみも似たようなもんだろ」勇次はいっこうに動じなかった。「感謝してるよ、結衣。人生の空虚な二面性に気づかせてくれたことに」

「天職だと思ったからこそ、東南アジアでマフィアの首領をめざすんじゃなくて？」

「知ってるか。ヤフーで『死にたい』って検索すると、命の相談窓口の電話番号がでてくる」

「ネットに問いかけたって答えなんかでない」

「死ぬのは悔しい。俺が死ぬのを望んでる奴らを喜ばせちまう。だからのさばってやる。生まれたようにしか生きられないんなら、その道で大成するだけだ。なんでもない凡人たちを見下し、徹底的に踏みにじってやる。こんな世のなかを存続させてる、日和見主義のつまらない大人たちを」

「川崎の不良が友達になるわけ。いってることが同レベル」

「なあ結衣。十七歳の自分は、親の影響なんてないって強がってるだろ。あんな親に似てたまるかってな。ところが年とった人に話をきくと、そんなのは若者の錯覚にすぎないってさ。子は親の作品そのもの。先天的にしろ後天的にしろ、どっちにしても親の生き写し。理不尽だよ。なら猛毒親の下に生まれちまった自分は、どうしたらいいんだよ」

結衣は黙りこんだ。ともすれば共感に傾きかねない思いが胸中にひろがる。いまほど発熱による感情の混乱を恨めしく思うときはない。勇次とは同じ穴の狢《むじな》なのか。断じて受けいれられない。

勇次の声が耳に届いた。「俺がきみとつきあって結婚すれば、両親を喜ばせられる。ずっとそう信じてきた」

冷たい水を浴びたように、一時的に熱が引いた気がする。結衣は勇次を見つめた。

「なにかいった？」

「父は俺に彼女ができるかどうか、いつも気にしてた。うわべだけのつきあいじゃなくて、ちゃんと将来を考えられる、人生の伴侶《はんりょ》と呼べる相手。ファミリーの事情を考えれば、そんな女はそう多くない。俺はきみが好きになった」

ずいぶんあっさりといってくれる。結衣は嫌悪感とともに突っぱねた。「わたしに恋愛感情なんかありえない」

「ぼろぼろになったきみが玄関先に現れたとき、俺はすなおに感動したよ。この子がジン以下、武装勢力を皆殺しにしたんだって。一緒になるならきみしかいないと思った」

「親の期待に応《こた》えたがってただけでしょ」

「そのとおり」勇次は無表情に身を乗りだした。「きみはとんでもなく魅力的に見えた。でも恋愛なんて幻想だった。俺は父や母に気にいられたかった。そんな思いが優先すること自体、まさに親の作品でしかないからだろう。信頼してた父の失態が許せなかった。どんどん弱体化し、醜態をさらす父が憎くなった。父の肩を持つ母も同様だった」

「母親への恨みを敷島先生に重ねること自体、どうかしてる」

勇次は凍りついた。結衣をじっと見つめたまま、カメラに手を伸ばす。

画面が消え、ビジートーンがこだました。また通話が切れた。暗くなったテレビに結衣の顔が反射している。鏡のようだと結衣は思った。

大部屋に視線を移した。刑事たちがガラス越しに結衣を見守る。今度はみな沈黙を保っていた。勇次からまた電話がある、誰もがそう信じているようだ。

ほどなく着信音が鳴った。画面のなかに勇次が現れた。

勇次の燃えるような目が睨《にら》みつけてきた。「いかに両親が嫌いでも、殺されればむかつく。それ以上に、誰よりも尊敬してた兄貴が死んだなんて、いまでも受けいれられない。だから結衣、おまえを殺す」

「電話でマイクパフォーマンスしてないで、直接出向いてきたらどう」

「おまえより先に死んでもらいたい人間がいる。敷島……三井和美先生の居場所は？」

「さあ」と結衣はいった。

「とぼけるなら誰かほかの市民が死ぬ」

「わたしが知るわけない。夜中に永福の公園まで出向いたなら、その場で先生を殺せばよかったでしょ」

「先生のスマホの位置電波情報は曖昧《あいまい》だった」

「それでも先生が駆けつけるのを待ち伏せりゃいい」

「ただ殺すだけならな。まず苦しめなきゃおさまらない。でもなぶり殺しにしてる時間的余裕はなかった。住宅街だったし、周辺住民による通報は避けられねえ」

「クルマで先生を拉致《らち》できたはずじゃない？」

「スマホが通話状態だったら？　拉致の事実自体がばれちまう。拙速な誘拐なんか危険だよ。だから元夫が焼け死ぬところを見せつけ、恐怖のどん底に突き落とすことにした」

「その結果は？」結衣はからかう口調でいった。「先生は警察に匿《かくま》われ、居場所がわからなくなった。本末転倒」

「それでかまわない」勇次は凄《すご》んできた。「居場所については、これからおまえの口を割らせる」

「わたしは知らないっていってるでしょ」

「そこにいる刑事たちがおまえに伝えることになる。無差別発砲の犠牲者を増やしたくないばかりに」

結衣はガラスの向こうを一瞥《いちべつ》した。野村刑事や安藤刑事が、険しい表情で首を横に振る。当然だった。警察が脅しに屈し、三井和美の居場所を明かすなど、到底考えられない。

勇次がいった。「結衣、刑事にきけよ。三井先生をどこに匿ったか」

「教える気ないって」

「ならロをつぐんでろ。おまえらは無力感を味わう。わかるか。警察が全力で匿い、結衣も必死に守ろうとしながら、三井先生の無残な死に直面する」

「あんたの怒りの矛先を向けられた先生にしてみれば、とばっちりもいいとこ」結衣は勇次を見つめた。いまこそ核心を突くべきだ、そう思った。「親がくれるはずだった愛情を、学校の先生に求めすぎた」

　勇次の顔面が紅潮しだした。「あの女はフェリーで俺を侮辱した。教師のくせに、俺の身を案じちゃくれなかった。しかも突然の誹謗《ひぼう》中傷で、俺のファンをみんな寝返らせてよ」

「母親と同一視してたぶん、裏切られたショックを何十倍にも感じてる。だけどあれは裏切りなんかじゃなかった。あんたの一方的な誤解でしかない」

「三井和美はいいかげんな大人の代表格だ。オリンピック選手候補の俺には媚《こ》びを売り、犯罪者とわかったとたんてのひらを返す。なにも理解しちゃくれない。頼りにするよう仕向けておきながら、いざ手を差し伸べてほしいと願えば、すべては職務上の務めだったと居直る。断じて許せねえ！」

　興奮するとベトナム語風に子音が飛ぶ。ヤクザの物言いを真似たような巻き舌には、凄味というより滑稽な響きが加わる。だが誰も笑わなかった。

　親代わりの大人から拒絶され、深く傷つく心理だけはわからないでもない。単なるマザコンでないことも、似た境遇の結衣には理解できる。ただしそれ以外は、なにもかも勇次の逆恨みだった。和美は真っ当に勇次の罪状を暴いただけだ。

結衣はしらけた態度をとってみせた。「わたしにいわれてもね」

「もういちどきく。あの女はどこだ」

「誰か知ってる人を呼ぶ？」

しばし沈黙があった。画面のなかの勇次は首を横に振った。「いや。警察にはほかに仕事がある。おまえの逮捕を怠ってるのは許しがたい」

「この場で手錠をかけろって？」

「もうひとりのゲストを電話口にだしてくれないか。きみの逮捕を阻む者。きみに撃たれたにもかかわらず、その事実を否定してる者。そういう奴がいるんだろ？」

なぜそこについてはあやふやな物言いになるのだろう。嶋倉医師から報告を受けていないとすれば、その理由はどこにある。結衣は勇次にたずねた。「なにを話すつもり？」

「五分後にまたかける。それまでにそこに座らせろ。間に合わなきゃ死人がでる」

通話が切れた。ビジートーンが響く。大部屋の動きがあわただしくなった。刑事たちが松崎美緒を呼びに走る。壁の時計が目に入った。午後一時十七分。ようやく時刻を気にする余裕がでてきた。

佳子が戸口に現れた。気遣うような目を向けてくる。「だいじょうぶ?」

「ええ」結衣は腰を浮かせたものの、佳子とは視線を合わせなかった。

警察と言葉を交わす気にはなれない。なにを問いただされようと、ひとことも答えない、そう心にきめていた。

コバルトクロム合金を精製可能な3Dプリンターが、川崎総央病院にある。そんな事実ぐらい、間もなく警察が突きとめるだろう。勇次もみずからヒントをほのめかしていた。嶋倉はあの病院に勤務し、しかも勇次の主治医でもある。いずれは重要参考人となる。

それでも現時点で、結衣の口からは嶋倉の名を明かせない。美緒の周囲に危険が及んでしまう。

松葉杖《づえ》を突く音がした。佳子が通路を振りかえる。複数の私服に誘導され、美緒が必死に歩いてくる。佳子はドアを大きく開け放ち、美緒を個室に迎えいれた。

美緒は不安のまなざしを結衣に向けてきた。「刑事さんたちがわたしに、テレビ電話にでろって……」

「ええ」結衣はささやいた。「田代勇次があなたと話したいって」

「わたしと？　なんで？」

「意図はまだよくわからない。とにかく対話に応じてほしいんです。できますか」

「はい……。でもなにを話せば……」

「向こうの出方しだいです。とにかくこっちへ」結衣は美緒を個室内の席にいざなった。さっきまで結衣が腰かけていた椅子だった。佳子とふたりがかりで美緒に手を貸し、慎重に座らせる。

　着信音が鳴った。ガラスの向こうの大部屋に、またも緊張がひろがった。結衣は佳子とともに、美緒の後ろに立った。美緒が振りかえり、心配そうな顔で見上げてくる。結衣は小さくうなずいてみせた。

　テレビ画面に田代勇次が現れた。美緒が怯《おび》えたように居住まいを正した。

「ああ」勇次がささやいた。「あなたが優莉結衣に撃たれた人？」

　美緒は震える声で応じた。「あのう……。でも、優莉さんが撃ったんじゃなくて……」

「本当か？　結衣が拳銃《けんじゅう》を発砲したんだろ？」

「それはそうなんですけど、ちがうんです。優莉さんが撃とうとしたわけじゃなくて」

「結衣が撃とうとしてなかったとなぜわかる？」

警察と同じ誘導尋問だった。美緒はうつむいた。「わかるんです。あの場にいれば、わたしじゃなくても……」

勇次はため息をついた。「きみは俺のことを知ってるだろうけど、俺はまだきみの名前も知らない。まず自己紹介が礼儀だろ」

佳子が美緒に耳打ちした。「答えなくていいから」

「おい」勇次が声を荒らげた。「そこの女、黙ってろ。おまえの意見はきいてねえ。結衣、名乗るように説得しろ。犠牲者が増えるぞ」

美緒がすくみあがった。「犠牲者？」

結衣は前かがみになり、美緒にささやきかけた。「落ち着いて。なにを喋《しゃべ》っても平気だから。わたしから代わりにいおうか？」

勇次が遮った。「だめだ。結衣、もうでしゃばるな。俺は今後そいつとしか口をきかない」

沈黙が生じた。美緒は蚊の鳴くような声を絞りだした。「ま、松崎美緒です」

「美緒さんか」勇次はスポーツ選手だったころのような、快活な笑いを浮かべながらきいた。「歳はいくつ？」

「二十二です」

「職業は？」

「看護師……」

「へえ。そうなのか」勇次は軽い口調でたずねた。「結衣にどこを撃たれた？」

「右脚です」

「痛むか？」

「いまはモルヒネが効いてるので……」

「松崎美緒」勇次が殺気に満ちた表情に転じ、低い声を響かせた。「わかってんのか。おまえの証言のせいで、警察は優莉結衣を逮捕できねえ。三井先生より先に殺してやる」

美緒は恐怖にすくみあがった。うろたえて椅子ごと後ろに倒れそうになった。

佳子があわてぎみに身を乗りだした。「田代勇次君。いまのは脅迫にあたる行為で……」

勇次はさも不快そうに顔をしかめ、前方に手を伸ばしてきた。画面が真っ暗になった。ビジートーンだけが室内に反響する。

通話が途絶えた。美緒以外とは喋らない、それが現在の勇次のルールだった。佳子は気まずそうに視線を落とした。

刑事たちが戸口に殺到してきた。野村の額に汗が滲《にじ》んでいた。「すまない、松崎美緒さんに話がある」

結衣と佳子は個室をでろと要求されている。やむをえない状況だった。ふたりは急《せ》き立てられるように退室し、大部屋に移った。ほかの刑事たちとともに、ガラス越しに個室を見守る。壁の時計は午後一時四十一分。

個室では野村と安藤が美緒に話しかけていた。美緒は両手で顔を覆っている。

大部屋の机に放りだされたヘッドセットから、個室内の会話が漏れ聞こえてくる。

野村の声がささやいた。「あなたの身の安全は、私たちが責任を持って守ります」

美緒が涙声でうったえた。「病院に帰りたい」

安藤の声が戸惑いがちにいった。「気持ちはわかりますが、少しだけ辛抱してください。病院はもう危険です。こちらで隠れられる場所を用意します」

個室内で野村が安藤に向き直った。「現状、三井和美さんの警備で手いっぱいだ。捜査員を分散させるのも好ましく……」

佳子が音声に気づいたらしい。ヘッドセットに手を伸ばし、スイッチをオフにした。

会話はきこえなくなった。結衣はガラス越しに個室のようすを眺めた。野村が美緒を説得している。美緒は泣きながら首を横に振っていた。病院に帰りたい、ひたすらそう繰りかえしているのが、唇の動きからわかる。

　またも着信音が鳴り響いた。野村と安藤があわてて個室をでて、大部屋に戻ってきた。ガラスの向こうには美緒ひとりが残された。おろおろと目を泳がせる。

　大部屋の刑事たちがヘッドセットを装着する。ここのモニターにも、通話相手の勇次が映しだされた。音声がスピーカーからきこえてくる。

　勇次が尖《とが》った目を向けてきた。「よく考えなよ、松崎美緒。一歩まちがえば、おまえは死んでた。優莉結衣がおまえを撃ったのは、れっきとした事実だ。だからこそききたい。結衣には本当に、おまえを殺す意志がなかったのか？」

18

　関東各地で銃撃事件が起きている。犯人の少年たちが都内方面に逃走後、集結が危《き》惧《ぐ》されるとの情報もある。数日前、田代勇次の生存が確認された件との関わりも指摘されていた。そこまではスマホに表示されたニュースで、校内の誰もが知っている。

　教壇に立つ三年D組の担任、男性教師のなかでは若手に属する萩原《はぎわら》が、眼鏡の眉間《みけん》を指で押さえた。「午後の授業は中止になった。下校についてだが、警察の指導もあり、保護者に迎えにきてもらうことが推奨されている。事情があって連絡がとれないなどの場合は、先生に相談してくれ」

ざわめきがひろがった。机についたモスグリーンのブレザーが、それぞれに動きだし、教科書類を片付けだす。近くの男子生徒らの声がきこえた。相談って、先生がなにしてくれるんだ。ワンボックスカーで家まで送るってんだろ、前にもあったよな。ああ、千葉の農業高校で騒ぎがあったときだっけ？　ったく、麻布《あざぶ》から遠く離れてんのに、過剰反応だよな。今度も神奈川の平塚や、埼玉の狭山とかだろ。

岡崎《おかざき》寧々《ねね》は腰を浮かせた。窓の外を眺める。フェンスの向こうに、もう警備のパトカーが連なる。この学校ならではの迅速な対応だった。同じく気の早い保護者らのクルマも、路上に列をなしている。高級外車がずらりと並んでいた。

寧々は暗い気持ちになった。麻布にある慧修《けいしゅう》学院高校では、普段から送迎つきの生徒もめずらしくない。親が大企業の経営者もしくは政治家であっても、さほど驚くに値しない。生徒の安全が最も重視される。不穏な事件が発生するたび、ただちに下校時刻が早められる。保護者はそれを予想し、連絡が来る前から、迎えのクルマを差し向ける。一方、庶民の寧々は、むろん少数派の例外に含まれる。親は共働きで、迎えにくる余裕はない。

附属小学校からエスカレーター式に進学した生徒が、Ｄ組の大半を占めている。生まれや育ちのちがいなど、漫画のなかだけの話だと思っていたが、そうではなかった。すべては現実だった。高校から受験で入学した寧々にとって、周りの生徒はいまだ別世界の住人に思える。

習いごとの楽器購入だけで百万円台。冬休みはオーストラリアの別荘に滞在。十八になるのを目前に控え、間もなくＢＭＷを買ってもらえるという話。卒業後の独り暮らしのために、すでにマンションを買い与えられた、そんなクラスメイトもいる。歯の治療費もやはり百万円台で、腕は庶民の行く町医者と根本的に異なるらしい。

入学してわかったことだが、代々金持ちの家系は、そういう事実を喧伝《けんでん》したがらない。そんなに暮らしが変わらないというふりをする。世間の常識との乖離《かいり》もある。この学校では、親からの寄付金の総額が、ひとつの部活ごとに一千万円を軽く超える。謝恩会のテーブルにペットボトルや紙皿が並んだりはしない。会場が高級ホテルの広間だったりする。

帰り支度に勤《いそ》しむ生徒らに、萩原先生が声を張った。「課題の提出を忘れるな。自宅でも問題演習は時間を計っておこなうように」

宿題の量は膨大だった。偏差値七十二、東大受験に挑戦する生徒も少なくなかった。東大合格者数がベスト5から陥落したことがない、国内唯一の高校でもある。寧々の成績は学年二百一人中、百八十六位。慧修学院大学への推薦入学も、このままではかなり厳しい。

女子生徒がふたり近づいてきた。巻き髪の久保田《くぼた》瞳《ひとみ》が軽い口調でいった。「岡崎さん、先生が職員室に帰っちゃうよ。早く申しでたほうがいいんじゃない?」

ふっくらとした丸顔の鴨川《かもがわ》怜香《れいか》も同調した。「家、遠いんでしょ。練馬《ねりま》区だっけ」

寧々は黙りこんだ。ふたりの助言が親切心によるものでないことは、百も承知している。この学校では、目に見えるいじめはあまりない。遠まわしで陰湿なからかいなら毎日のように受ける。裕福な家に育った生徒たちは、教師の手配するワンボックスカーを、貧困者専用バスと呼んでいる。

にやにやとした笑いを浮かべるふたりと、極力目を合わせないようにする。それでも担任の萩原が廊下にでていくのを、無言で見送るわけにいかない。寧々はカバンを手にすると、足ばやに萩原を追いかけた。

瞳と怜香が笑い声を発しながらついてくる。ワンボックスカーに乗る生徒たちは、職員室の廊下に集められる。それを遠目に見物する気らしい。

教室をでる寸前、別の女子生徒が目の前に立った。「岡崎さん」

寧々ははっとして立ちどまった。後続のふたりも同じ反応をしめした。

ろくに話したこともない、ただ顔と氏名は日本の隅々まで知れ渡っている。長い黒髪に映える、透き通るような白い肌、切れ長の目。つんと高い鼻とは対照的に、清楚で礼儀正しい。

雲英《きら》亜樹凪《あきな》。旧財閥系の雲英グループ本家のお嬢様。これこそ少女漫画そのものという存在感ゆえか、よくマスコミの取材を受ける。扱いは皇族の内親王に等しい。寧々も同じクラスになって以降、それがフィクションのキャラづけでないことを知った。現実離れした人生を送る女子は、亜樹凪にかぎらず、この世に多く存在する。

金持ちは性悪とよくいわれるが、亜樹凪の家柄には当てはまらない。そもそも暮らしぶりが成金とは比較にならない。いかにまっすぐ育ってきたか、学校生活における日々の振る舞いにも、如実に表れている。性格はすなおでおとなしく、学業の成績も優秀。いっさいの隙がない。意地悪なクラスメイトらもちょっかいをだせずにいる。

亜樹凪が穏やかに話しかけてきた。「岡崎さんは電車通学だったでしょう。わたしのクルマに、一緒に乗っていく？」

寧々は驚いた。親しくもない亜樹凪に誘われるなんて、まるで想定もしていない。

「いえ、あのう……」

瞳が口をはさんだ。「雲英さんのお屋敷、ここから近いでしょ？　うんと遠まわりになっちゃうよ」

拳銃を持った非行少年が、方々で発砲騒ぎを起こしている。それを受け保護者がクルマで迎えにきている。わざわざ遠方に向かうとは不条理にちがいない。

ところが亜樹凪は寧々の手をとった。「行きましょ」

呆気《あっけ》にとられたようすのふたりを残し、寧々は教室から連れだされた。気づけば亜樹凪と廊下を歩いていた。

困惑とともに寧々はささやいた。「ありがとう。でも、やっぱり……」

「遠慮しないで」亜樹凪が控えめに告げてきた。「まっすぐ家に帰るより、いろいろ話したい」

「親に怒られない？」

「友達を送ってあげたといえば反対しない」

寧々がいじめられているのを、亜樹凪が察したのはあきらかだった。けれどもいいのだろうか。雲英家のお嬢様にとって、練馬区は下界も同然かもしれない。

亜樹凪が廊下を歩きながらいった。「石神井《しゃくじい》川緑道を散歩したことがあるの。桜がきれいだった」

「へえ」寧々の家の近所だった。ふと亜樹凪の勘のよさに気づかされる。またしても亜樹凪は、寧々の不安を先まわりし、配慮をしめしてくれる。これが育ちの差だろうか。

下り階段に向かう生徒たちには、亜樹凪のほかにも有名人がちらほら交じる。足ばやに追い越していった華奢《きゃしゃ》な男子生徒もそのひとりだった。周りの女子生徒らが熱い視線を向けている。

一見ラフに思える髪型に細面、人形のように長く伸びる腕と脚。オーケストラ指揮者を父に持ち、十一歳のときウィーンのピアノコンクールで優勝、十七歳にして将来を期待されるピアニスト。桐宇《きりゅう》翔季《しょうき》がちらと振りかえった。女子なら誰もが心を奪われそうな、このうえなく涼しい目を向けてくる。

ただし桐宇が見つめているのは亜樹凪のほうだった。亜樹凪が先に話しかけた。

「桐宇君。もう迎えがきてるの？」

「迎えなんて」桐宇は苦笑し、また背を向けた。「普通にバスと電車で帰るよ」

「ならわたしたちと一緒に……」

「遠慮する。週刊誌に写真撮られたくないし。どうせ危険なんかないだろうし」

寧々は思わず呼びかけた。「注意しなきゃだめ。世間には本当に悪い人がいるから」桐宇が足をとめた。振りかえった顔に怪訝《けげん》ないろが浮かぶ。「きみ、田代勇次の知り合いかなにか？」当惑とともに口をつぐんだ。知り合いのわけがない。だが桐宇らのような上級国民ほど、凶悪犯罪に対し楽観的ではいられない。庶民だけに相応の体験もしてきている。

亜樹凪がやんわりと咎《とが》めた。「桐宇君」

「ああ、悪い」桐宇は気にしたようすもなく応じた。「侮辱するつもりなんてない。僕からすると、田代家なんて最初から胡散《うさん》臭い存在でしかなかった」

校内でよく耳にするフレーズだった。田代勇次の人気が沸騰していたころから、本物のセレブである慧修学院の生徒らは、勇次を自分たちと同類とは感じなかったらしい。偏差値そこそこの公立高校にしか入れない時点で、なにか訳ありだと思ったようだ。

きょうの社会情勢に対する無関心も、おそらくそんな棲《す》み分けからきている。この高校の生徒らの生い立ちが、庶民には想像もつかないのと同じだった。桐宇のほうも非行少年たちを、現実の存在ととらえていない。

桐宇はぶらりと立ち去っていった。ひょっとして、なにか亜樹凪に話したいことがあったのではないか。だとしたら自分は邪魔者だった、寧々は気まずさとともにそう思った。

亜樹凪がきいた。「岡崎さんは怖がってるの？　きょうのこと」

不安がないとはいいきれない。寧々はこぼした。「誰だって、いつどんな目に遭うかわからないから……。やっぱ雲英さんも、まっすぐ帰ったほうがいいかも」

「わたしは平気」亜樹凪は凍ったような表情のままだった。「恐れてなんかいられない。世界でいちばん凶悪犯罪が起きる場所に、もうすぐ行くから。あなたも」

19

結衣はじれったい思いを嚙《か》み締めながら、ガラス越しに個室のなかを見守った。美緒は恐怖に身を震わせるばかりで、いっこうに口がきけずにいる。そのため会話は成立せず、勇次が苛立《いらだ》ちをあらわにし、ほどなく通話を切る。またしばらくすると、勇次がテレビ電話をかけてきて、美緒が恐怖におののき沈黙する。その繰りかえしだった。

勇次が定期的に通話を切るのは、腹を立てているだけの理由ではなさそうだった。

野村刑事のいったとおり、頻繁に接続を変える意図があるのだろう。大部屋の刑事たちの動向を見ても、逆探知がままならないのがわかる。

なぜ勇次はそこまでして通信を強行するのか。勇次は美緒に対し、結衣が自分の意志で発砲した、そう認めさせたがっている。そのように証言しろと執拗《しつよう》に求めつづける。いったいどんな意味があるのか。

何度目かの中断に入った。個室内で美緒は疲弊しきっていた。

大部屋の隅で刑事どうしがひそひそと会話している。ひとりがささやいた。「この際、美緒さんに認めさせちゃどうだ。優莉結衣は彼女を撃とうとして撃ったと」

「思ってもいないことを告白させるのか」

「こっちとしちゃ願ったりだろ」

「だな……。優莉結衣を逮捕できるんなら儲《もう》けもんだ」

結衣は黙ってうつむいた。大部屋のあちこちから似たような会話がきこえてくる。

警察ならそういうスタンスだろう。意外なことではない。

佳子がキャスターつきの椅子を転がしてきた。「座る？」

「いえ」結衣はささやいた。「でもありがとう」

「逃亡したあなたが都内で見つかったせいで、わたしはこっちに出張する羽目になった。本庁であなたの世話係を務めるつもりなんかなかったのに」

「宇都宮に帰りたい？」

「とりあえず餃子《ギョーザ》は恋しくなった」佳子が仏頂面で耳打ちしてきた。「ここにはろくな人間がいない。わたしもストレスで熱がでそう」

佳子はさっさと遠ざかっていった。結衣に愚痴をこぼすとは、よほど不満が溜《た》まっているのかもしれない。

着信音が鳴り響いた。刑事たちが事務机に駆け戻った。野村や安藤らがヘッドセットを装着する。

結衣は壁の時計を見上げた。午後三時半。ずいぶん時間が経過している。勇次が美緒を話し相手に指名してから、もう七度目の着信になる。

美緒が疲れきった顔をテレビ画面に向ける。そろそろ体力の限界だろう。結衣は思わず唸《うな》った。刑事たちのいうとおり、発砲が結衣の意志だと認めてもいいのかもしれない。そうでもしなければ対話は膠着《こうちゃく》状態のままだ。

モニターに映る勇次も、いくらか消耗したようすだった。椅子の背に身をあずけている。勇次が投げやりにいった。「美緒。おまえはどうあっても考えを曲げない気だな。結衣に撃つつもりがなかったと本気で信じてるのか。彼女が生来の人殺しだったとしてもか」

美緒は視線を落とし、力なく首を横に振った。また涙がこぼれそうになり、両手で顔を覆った。やれやれという態度をしめし、勇次がわずかに腰を浮かせた。尻《しり》のポケットから、透明ケースに入ったCDをとりだした。カメラに近づけられ大写しになる。CDではない、青みがかっている。Mディスク、耐久性を高めたブルーレイ・ディスクだった。一世紀以上は記録保持が可能とされる。

勇次は椅子に座り直した。「周りのサツどもに伝えてくれるか。メンパスはここにあるって」

大部屋がにわかに騒然となった。野村が目のいろを変え、安藤にささやいた。「あいつが持ってたのか」一部の刑事たちが事務机で受話器をとる。佳子もスマホをいじりだした。結衣はモニターを注視しつづけた。メンパス。ディエン・ファミリーのナムがいっていたブツか。中身はいったいなんだ。

Mディスクをしまいこむと、勇次は天井を仰いだ。「話題を変えるか。美緒、看護師の仕事はやり甲斐《がい》があるか？　ちゃんと声をだして答えろよ。顔を隠すな。返事は？」

　びくっとした美緒が両手を下ろした。美緒はうつむいたまま、震える声を絞りだした。「はい」

「どんなところにやり甲斐がある？」

「あの……。患者さんが元気になられたりとか……。笑顔を見たりすると」

「理想的な回答だな。雇い主も感激するんじゃないか？　どこの病院に勤めてるんだよ？」

　美緒は言葉を詰まらせた。話題が嶋倉医師に及ぶのを恐れているのだろう。

　勇次が身体を起こした。「子供のころから看護師になりたかったのか？」

「いえ……」

「本当はどんな職業に就きたかった？」

「パン屋さんに……」

「ああ。なりたい自分と、なれる自分はちがうよな。人にはそれぞれ役割があるなんて教えられた。でもさ。そもそも役割を与えられていない人間に生まれちまったら、どうしたらいい？」

　美緒は戸惑いのいろを濃くしながら、充血した目をテレビ画面に向けた。

勇次が語気を強めた。「なあ。答えろよ。俺はどうすりゃいい⁉」

怯《おび》えきり身を小さくした美緒が、うわずった声で応じた。「バドミントン選手は、立派な役割だと思います」

「バドミントン？」勇次が鼻を鳴らした。「そりゃ役割じゃなくて、役割演技ってやつだ。そこにいる刑事たちにきいてみなよ、この世に犯罪者はいるべきじゃないっていう。でも犯罪者になるしかない人生だったら、いったいどうする。俺の将来だよ」

さっき結衣にも似たような不満をぶつけてきた。どんな相手だろうと口にせずにはいられない時点で、よほど勇次の頭を煩わせる悩みらしい。だが美緒にたずねてどうしようというのか。

勇次は頭を掻《か》いた。「美緒。おまえを撃ったのが結衣の意志じゃないとしたら、誰の意志だ？」

美緒が息を呑《の》む反応をしめし、また膝《ひざ》に目を落とした。緊張に身震いがとまらずにいる。

「いえよ」勇次が身を乗りだした。「結衣に銃を撃たせたのは誰なんだ？」

大部屋の刑事たちが固唾《かたず》を呑んで見守る。安藤刑事が紙に『名前を』と大書し、ガラス越しに美緒に向けた。美緒が弱りきったまなざしを投げかける。

すると勇次が苛立《いらだ》たしげな声を発した。「よそ見すんな。答えろ」

びくついた美緒がまたテレビに向き直った。

身近な人々が危険に晒《さら》されるのを恐れ、美緒は嶋倉医師の名を口にできずにいる。刑事らの態度を見るかぎり、まだ捜査の手は嶋倉にまで及んでいない。3Dプリンターから川崎総央病院が割れるのは、時間の問題と思っていたが、なんらかの理由で裏がとれずにいるのか。ありえなくはない。犬猿の仲とも喩《たと》えられる警視庁と神奈川県警の関係。巨大病院と地方行政の癒着。結衣の父もそれらを利用し、うまく追跡の手を逃れていた。

「なあ」勇次が執拗にきいた。「誰が結衣に銃を撃たせたってんだ? いえなきゃ結衣が自分で撃ったと判断されても仕方ねえだろ」

「そんな」美緒が悲痛な声を発した。「でも……。いえません」

「なに?」

「いえないんです」

結衣はじれったく思った。勇次はなぜ美緒の口を割ろうとするのだろう。主治医の嶋倉は勇次にとって、唯一のまともな味方ではないのか。父親代わりを売るつもりか。

勇次がため息とともに立ちあがった。画面の外に向かい、なにやら合図を送った。

不良っぽい三人がまたフレームインしてきた。カズマとタイホウ、テカデラ。三人は誰かを連行している。ぼろぼろになったスーツ姿の初老をひきずってきた。男の顔は煤《すす》にまみれていたが、負傷には至っていないようだ。

大部屋の刑事たちがどよめいた。結衣も愕然《がくぜん》とした。人質は須永弁護士だった。

両手首を縛られた須永が、さっきまで勇次が腰かけていた椅子に座らされた。真っ黒に汚れた顔に恐怖のいろが浮かぶ。須永が力なくカメラを眺めた。嗄《か》れた声で切実にささやいた。「助けてください。頼みます」

勇次が須永の襟に手を伸ばし、弁護士バッジを引きちぎった。「無事に帰れるかどうかは、松崎美緒しだいだな。祈ってろ」

美緒は激しくうろたえていた。さかんに大部屋に救いの目を向けてくる。野村刑事が苦い表情で沈黙している。警察になんらかの対抗手段があるとは思えない。

壁の時計は午後四時に近づいている。結衣の動悸《どうき》が激しくなった。須永弁護士がここをでて数時間が経過した。警視庁の周辺で拉致《らち》されたとはかぎらない。仲間の不良が須永を尾行し、襲撃したのだろう。勇次の居場所は都内近郊らしい。わかるのはそれぐらいだった。

勇次がふと思いついたようにいった。「そうそう。罠《わな》にかかった獲物はもうひとりいる」

タイホウとテカデラが須永弁護士を引き立たせ、画面の奥に放りだした。須永の身体は土間に転がった。ほとんど力尽きたように横たわる。

カズマが代わりに、別の薄汚れたスーツを連れてきた。今度の男は顔が傷と痣《あざ》だらけだった。唇の端から血が滴っている。結衣の知らない男だ。髪を短く刈った三十代半ば、衰弱しているらしく目がうつろだった。よろめく男を、カズマが椅子に着席させた。

結衣の近くに立つ刑事が驚きの声を発した。「加納!?」

大部屋の誰もが激しい動揺をしめす。受話器をとる刑事もいた。上層部らしき相手に急ぎ報告している。

加納とはここ数日、連絡がつかない。結衣はさっき通路でそんな会話を耳にした。弁護士のみならず、警視庁の捜査員まで、勇次の手に落ちた。

勇次が画面内に警察手帳を突きだした。表紙を開いて身分証をしめす。勇次の声が悠然といった。「加納宏昌《ひろまさ》警部補。警視庁捜査一課所属。さすが鍛えてる。空手と柔道の腕もたいしたもんだ。おおいに手こずったけど、俺のボビナムの敵じゃなかった」

安藤刑事が紙に大きな字を書き殴る。なんでも要求を呑みます、そう書いてあった。それをガラス越しに美緒に向ける。そのようにいえと必死に身振り手振りで伝える。けれども美緒は泣きじゃくり、首を横に振るばかりだった。

前屈姿勢になった勇次の顔がフレームインした。手にした拳銃《けんじゅう》をしめす。３Ｄプリンター製ではない、シグザウエルＰ２３０だった。勇次がつぶやいた。「やっぱ本物はいいねえ。信頼度がちがうよ。惜しむらくは加納警部補が撃ちまくったせいで、あと一発しか残ってねえ」

野村刑事が血相を変え、ヘッドセットに怒鳴った。「よせ！　やめさせろ。松崎さん、勇次に撃たないよういってくれ。早く！」

画面のなかの勇次が、拳銃を加納に向けた。加納が表情をこわばらせる。ふいに閃《せん》光《こう》が走った。銃火がハレーションを起こしたとわかる。銃声がノイズとなり、スピーカーから割れた音を響かせる。発射された銃弾は加納の頭部を貫通した。のみならず衝撃波が頭骨を砕く。額に生じた無数の亀裂《きれつ》から血を噴出させ、加納は椅子ごと後方に倒れた。土間に真っ赤な液体がひろがる。須永弁護士がのけぞりながら絶叫した。

個室で美緒が悲鳴をあげた。半狂乱になり座ったまま暴れた。佳子が大部屋から個室へと駆けていった。

結衣は立ちすくむしかなかった。銃殺はまやかしではなかった。あきらかに現実だとわかる。まぎれもなく即死だった。

美緒のヒステリックな絶叫がこだまする。すでに複数の刑事らが個室に飛びこんでいた。佳子が美緒をなだめにかかる一方で、野村や安藤がテレビ画面に向き直る。

野村は怒りをあらわにし、画面のなかの勇次にわめき散らした。「自分がなにをしたのかわかってるのか！　十七歳は殺人罪が成立するんだぞ。おまえは弁護士を誘拐し、捜査員の命まで奪い……」

勇次はカメラに目を向けようともせず、ただ片手だけを伸ばしてきた。「松崎美緒以外とは喋《しゃべ》らない」

画面が消えた。またしても通話が切れた。重い沈黙のなか、ビジートーンだけが反復する。

佳子らは美緒を支え、個室から連れだそうとしている。結衣も個室に向かおうとしたが、大部屋の刑事たちが包囲を狭めてきた。敵愾《てきがい》心に満ちた目がいっせいに向けられる。警察にしてみれば、結衣も勇次と同類だった。史上最悪といえる危険分子の十七歳でしかない。

結衣は苛立ちとともに立ちどまった。ガラスの向こうを眺める。美緒は佳子の手を借りつつ、個室をでようとしている。

しかしまた着信音が鳴った。刑事たちが狼狽《ろうばい》の反応をしめす。画面に勇次が映った。やはり椅子に腰かけている。背景には誰もいない。土間に血《けっ》痕《こん》が広がっているものの、加納の死体は運び去られていた。須永弁護士も姿を消している。不良ら三人もいない。勇次ひとりきりだった。

「いいか」勇次は脚を組み、くつろいだ姿勢でいった。「もういちどいっとく。テレビ電話の相手は松崎美緒だけだ。ほかの奴らはめざわりだ、立ち去れ」

佳子が足をとめ、後ろめたそうな顔で美緒を見つめた。

「いや！」美緒は顔を真っ赤にし、激しく首を横に振った。「もういや！　帰して。病院に帰してよ！」

だが野村や安藤らが佳子をうながす。嫌がる美緒は引きずられるように、椅子へと連れ戻された。

「それとな」勇次がつづけた。「優莉結衣はどこへも移送せず、近くに待機させとけ。まだあとで話があるからな」

大部屋の刑事らがいっせいに結衣を振りかえる。結衣は視線を落とした。

勇次の考えが読めない。なぜ美緒に固執するのだろう。結衣の発砲を故意だと認めさせたり、嶋倉医師の名を自白させたりすることが、真の目的とは思えない。この通信を通じ、なにを要求するつもりなのか。

20

結衣は大部屋で刑事の群れに囲まれていた。ガラス越しに個室を見守りつづける。ひとりきりになった美緒は、もはやぎりぎりの精神状態にあるようだ。すでに泣きわめくことさえなくなった。涙でくしゃくしゃになった顔は、いっさいの表情が消え失《う》せ、ただ虚空を眺めるのみになっている。

画面のなかの勇次が声を張りあげた。「松崎美緒。おい。きいてるか。答えろ」

美緒がかすれた声で応じた。「きいてます」

「おまえが対話を拒否したら、どこかで誰かが死ぬ。わかるな」

「はい」

野村刑事が唸《うな》るようにつぶやいた。「痛々しくて見てられん」

大部屋の全員が同感だろう。勇次はずっと優勢を維持している。父親とはちがう。田代槇人は傭兵《ようへい》部隊を動員しながら、なにひとつ目的を果たせなかった。勇次はひと握りの不良を服従させただけで、警視庁を手玉にとっている。

もしや父とのちがいを証明しようとしているのか。それだけが動機とは思えない。東南アジアでマフィアの首領になるための布石か。もしくは単なる復讐《ふくしゅう》心か。なんにせよ勇次は才能に恵まれている。父や兄よりずっと犯罪者向きの知性を備える十七歳だった。

人質のひとりを殺してまで、対話の継続を要求する。理由はなんだ。依然としてわからない。美緒から本当はなにをききだそうというのか。

また熱で頭がぼうっとしてくる。結衣は自分に腹を立てた。思考が鈍化したまま、いまだろくに働かない。

勇次がきいた。「美緒、俺をテレビで観たことある？」

「はい」

「どんな番組を観た？」

「試合の中継で……」

「ああ。どう思った？」

「……かっこよかった」

「そっか」勇次は上機嫌そうに座り直した。「たとえ話をしよう。ふたりの女万引き犯が捕まった。仮に結衣と美緒とする。被害に遭った店長がいった。おまえたちには黙秘する権利がある。美緒。結衣が罪を認めなくても、おまえが自分の罪を認めれば、警察に突きだすのは結衣だけにする。おまえは無事に帰れる。ここまではわかるか」

「はい」

「よし。でも結衣と美緒がふたりとも黙秘したままなら、店長も確たることはいえないから、厳重注意だけに終わらせるつもりだ。それもわかるか」

「はい」

「一方でふたりとも、自分が万引きしたと認めれば、もちろん店長はただちに警察を呼ぶ。美緒はどうする？」

「どうって……」

安藤刑事の眉間《みけん》に皺《しわ》が寄った。小声でつぶやきを漏らす。「囚人のジレンマだ」

結衣のなかに、なんらかの注意を喚起させるものが生じた。思考が停滞しがちな脳内に電流が走る。少しずつ眠りから覚めていくような刺激をおぼえる。

勇次が得意げにつづけた。「結衣も美緒も黙秘してりゃ、厳重注意で済むんだから、当然黙っていたいよな。だけど美緒、おまえは結衣を信じきれるか？　結衣はおまえが黙秘してるうちに、自分だけ罪を認めちまうかもな。すると結衣は助かり、警察に突きだされるのは美緒ひとりだ」

大部屋の刑事たちはみなモニターに見いっている。結衣を注視する目はなかった。近くの事務机の引き出しに、結衣はそっと手を伸ばした。筆記具のなかにカッターナイフがある。それをとりだした。

美緒が辛《つら》そうにささやいた。「あのう。どういう意味だか……」

「黙ってきけ」勇次がぴしゃりといった。「結衣も黙秘を選びかねてる。おまえに裏切られるのを恐れてるからだ。おまえはどっちにする。黙秘するのか、それとも罪を認め……」

前に立つ刑事の背を、結衣はいきなり突き飛ばした。刑事がつんのめると、大部屋にどよめきがひろがった。結衣は猛然と駆けだした。個室のドアをめざす。私服の群れが襲いかかってくる。結衣は跳躍した。宙で身体を半回転させ、事務机を乗り越えた。パルクールのターンヴォルト、とっさの動作で包囲を脱する。

なおも背後から刑事らが押し寄せる。結衣はドアに達した。ただちに開け放ち、個室のなかに踏みこんだ。美緒が我にかえったように、びくっとしながら結衣を見つめた。

結衣は美緒の背後にまわった。左手に握ったカッターナイフの刃を、美緒の喉《のど》もとにあてがう。個室に突入しようとする刑事たちに、結衣は怒鳴った。「来《く》んな！」追っ手の先頭は野村だった。野村は後続の同僚らを押しとどめながらも、結衣を睨《にら》みつけてきた。「優莉。とうとう本性を現したか」

だが結衣はかまわず右手で美緒の口をふさいだ。美緒は唸り声を発し、じたばたと暴れた。

画面のなかの勇次がいった。「そっか。それが答えか」

野村が怪訝《けげん》な顔になった。ほかの刑事たちも同様だった。

勇次はなおも平然とカメラ目線で喋《しゃべ》りつづける。「そいつはちょっとちがうな。美緒。おまえがババを引いちまう可能性があるだろ」

結衣は野村に指示した。「でてって。みんなを下がらせてドアを閉めて」

捜査員の失態により、人質の喉が掻《か》き切られる、そんな状況を捜査一課が望むはずもない。野村が苦々しげな顔で後ずさった。全員が大部屋へと撤退していく。ドアが閉じられた。

個室内で美緒とふたりきりになった。結衣はカッターナイフを突きつけながら、右手で美緒のワンピースをまさぐった。ポケットはなかったが、インナーの下にスマホを挟んでいた。ワンピースの襟もとから手を突っこみ、スマホをつかみだした。怯《おび》える美緒の顔に向ける。顔認証によりロックを解除する。

ＳＭＳの送信済みメッセージが表示された。〝千代田《ちよだ》区平河町《ひらかわちょう》３－１－２　４０４〟とある。結衣は鼻を鳴らした。美緒のほうは恐怖に凍りついている。身震いがとまらないようだ。

画面のなかの勇次は、相手のいない問答を継続していた。「なるほどね。おまえのいいたいことはわかった。たしかに自分で通報して、店長の支配から逃れる手もありだよな」

野村刑事の声がスピーカーからきこえた。「優莉。いったいなんの真似だ」

結衣はガラス越しに大部屋を眺めた。野村がヘッドセットで結衣に問いかけてくる。ひしめきあう刑事たち全員がこちらを注視していた。

刃を美緒の喉に突きつけたまま、結衣は平然とつぶやいた。「お父さんの代から警視庁って進歩なし。勇次からのテレビ電話は、何時間も前から録画に切り替わってる。美緒はリハーサルどおり相槌《あいづち》を打ってただけ」

「優莉」野村が目を怒らせた。「おまえの差し金か」

「当然でしょ」

「まさかと思ったが、やはり田代勇次と組んでいたのか」

佳子もヘッドセットを装着した。戸惑いのいろとともに佳子がいった。「録画だなんて、そんな馬鹿な。勇次は須永弁護士を捕まえて人質に……」

結衣は遮った。「加納警部補とちがって、須永弁護士は負傷してなかった。顔が煤《すす》まみれだっただけ。数日前の撮影」

「須永弁護士がグルだっていうの？」

「そう。須永はわざときょうの予定を空白にして、霞が関の近くにいた。支援団体からの連絡を受け、自分が弁護を担当するといった」

野村が歯ぎしりした。「弁護士まで共犯という噂は本当だったんだな。優莉、なにが目的だ」

「間抜けな質問はよしてよ。勇次の雇った不良どもがあちこちで暴れて、すでに広域犯罪化してる。よって捜査の指揮は警視庁が執ってる。三井和美先生を匿《かくま》ってるのも、もう高井戸署じゃなく警視庁。だけど勇次が美緒にまで殺意を向けたとしたら？」

午後一時四十一分、個室内で安藤は美緒に話しかけた。病院はもう危険です、こちらで隠れられる場所を用意します。だが野村が安藤に小声で告げた。現状、三井和美さんの警備で手いっぱいだ。捜査員を分散させるのも好ましく……。きこえたのはそこまでだった。

けれども状況ははっきりしている。美緒の警備のためだけに、警察は新たな頭数を動員できない。

安藤刑事が愕然《がくぜん》としてつぶやいた。「三井先生の居場所を突きとめるためだったのか」

「当たり前でしょ」結衣は軽い口調でいった。「警察は美緒をひとまず三井先生と同じ場所に避難させようとする。美緒が不安がって、今後どこで暮らすのか尋ねたら、あんたたちも答えるしかない。千代田区平河町３－１－２、４０４号室。このすぐ近く」

美緒が震える声でささやいた。「だ、だけど、ほんとは……」

結衣はカッターナイフの刃を美緒の首筋に食いこませた。「黙っててよ」

野村刑事が声高に警告してきた。「住所がわかったところで、おまえの仲間がそこに向かうころには、警備が充分に強化されてる」

「鈍すぎ」結衣は挑発した。「なんで勇次の録画で時間を稼いだか、まだわかんない？　三井先生がどこに匿われていようと、勇次が仲間を呼び集め、そこに向かえるだけの時間が、もうとっくに経過してる」

ポーカーフェイスが得意なはずの捜査一課が、いまや揃って狼狽《ろうばい》をあらわにしていた。安藤刑事が泡を食っていった。「俺たちをここに引き留めるための茶番だったのか。田代勇次がどっかのヤサから動いていないと信じさせたんだな」

野村が憤懣《ふんまん》やるかたないようすで唸《うな》った。「どうりで勇次の問いかけが支離滅裂だったわけだ。勇次は優莉結衣を近くに待機させておけともいった。主犯の彼女がまんまとこの場に留《とど》まるためにな」

　正確には、勇次が結衣をこの場に釘《くぎ》づけにするためだった。結衣が逮捕された場合、本来なら留置場送りになるはずだが、熱があるため病院に戻されてしまう。そこから逃亡する恐れがついてまわる。よって逮捕を阻止する目的で須永弁護士を送りこみ、結衣がこのフロアからでられない状況をつくりだした。

　勇次はいった。警察が全力で匿い、結衣も必死に守ろうとしながら、三井先生の無残な死に直面すると。

　あいつは巧妙に餌を撒《ま》いた。結衣が長谷部家に目をつけることも、弾頭カバーを発見することも、川崎総央病院に侵入するのも想定済みだった。どうりで美緒が足音ひとつ響かせず、いきなりB2の作業室に入ってきたわけだ。美緒は人質にとられたフリをし、結衣を罠《わな》に嵌《は》めた。すなわち美緒は嶋倉医師と同じく、勇次の共犯者だ。主治医のころから嶋倉の助手だった可能性もある。

結衣が高体温症で入院していた事実は、各医療機関に伝達されていた。人質を盾にすれば、結衣が従来のような射撃の腕を発揮できず、撃つのをためらう。嶋倉はそう踏んだ。

だが疑問もある。結衣は室内マイクに拾われないよう、美緒の耳もとにささやいた。

「あんたさ。撃ち殺される危険を承知で、ジャングルジムに張りつけになったの？」

美緒が忌々しげに小声で応じた。「弾は頭の上に逸《そ》れるはずだった。なのにあんたが……」

そういうことか。左腕が上方に引っぱられていたのは電気刺激のせいだ。けれども結衣は狙いを下方に逸らそうとし、力が拮抗《きっこう》した。銃弾は結局、美緒の右大腿《だいたい》部に命中してしまった。

「優莉！」野村刑事の声がスピーカーを通じ、結衣に呼びかけてきた。「囚人のジレンマなんて陳腐な問答は、いたずらに時間を稼ぐためだったんだな。答えのでない問いなら、いつまでも引き延ばせるからか。安易で幼稚な、子供じみた発想だ」

「そのとおり」結衣はガラス越しに野村を見つめた。「でもそこにいる誰かひとりでも気づいた？　これが時間稼ぎにすぎないって」

野村が口ごもった。刑事たちもみな押し黙っている。無理もないと結衣は思った。

警視庁捜査一課は馬鹿ではない。凶悪犯の心理に精通し、交渉も巧みにおこなう。かつて優莉匡太半グレ同盟を追い詰めた手腕はみごとだった。ただし彼らの有する経験則もデータも、大人の犯罪者相手にかぎられる。ありふれた思考実験のひとつ、囚人のジレンマが持ちだされるような事態など、きっと不慣れにちがいない。

結衣にはむしろ馴染《なじ》みの発想だった。思春期は哲学の高尚さに惹《ひ》かれる。利口な自分をアピールしたくなる。答えのでない問題を用意しようとして、勇次は囚人のジレンマを披露する衝動に抗《あらが》えなかった。まさしく中二病だった。十代の凶悪犯とは、いわば中二病の極みなのかもしれない。気づいた結衣は、どうやら勇次と同じ病をこじらせているらしい。

勇次はいまだ得意げに、相手のいない三文芝居をつづけている。「美緒、おまえには難しかったか。ゲーム理論におけるナッシュ均衡が、パレート最適にならないのを、社会的ジレンマというんだ。……そっか。そんなに悩まなくていい。つづきはまたあとだ、今度はちゃんと答えられるようにしとけよ」

画面のなかの勇次がカメラに手を伸ばす。表示が真っ暗になった。ビジートーンが反復したのち、静寂がひろがった。

野村刑事がきいた。「すべてが録画だったとして、テレビ電話を定期的にかけているのは誰だ？」

「なめないでよ」結衣は応じた。「わたしの仲間なら大勢いる」

本当は誰なのか知らない。だが誰かひとりでもタブレット端末を持ち歩いていれば、充分に送信係の役目を果たしうる。勇次は最小限の労力により、捜査一課と結衣を長時間、ここに釘づけにしたことになる。

大部屋の奥に動きを見てとった。刑事たちの後方に、いつしかＳＡＴの装備が紛れこんでいる。自動小銃をかまえる姿が複数ある。私服の一部も拳銃《けんじゅう》を抜いていた。

結衣は美緒にいった。「立って」

美緒が情けない声を発した。「膝《ひざ》が痛い。無理」

「喉《のど》を刺し貫かれたら、痛いどころじゃ済まない。さっさと立ってよ」

ほとんど羽交い締めも同然に、力ずくで美緒を引き立たせた。結衣はカッターナイフを突きつけたまま、美緒の背後に隠れた。

野村刑事が怒鳴った。「優莉！　刃物を捨てて投降しろ」

「断る」結衣は声を張った。「そっちこそ銃を下ろさせてよ」

「仲間の喉を掻《か》き切る気か」

「それだけじゃ終わらない。あと七分以内にわたしから連絡がなきゃ、勇次の雇った不良たちが、新たに十人殺す。場所はわたしと勇次しか知らない」

佳子が両手を挙げ、ガラスに近づいてきた。「きいて。わたしは本庁の人間じゃない。人質が必要なら、わたしが身代わりになる」

結衣は早口でまくしたてた。「SATがわたしの頭をぶち抜いたら、関東各地で死人がでる！　それでかまわないのなら、さっさとトリガーを引け！」

野村刑事が動揺をしめし、同胞らを振りかえった。「撃つな。銃を下ろせ」

いつまでも警視庁で籠城《ろうじょう》ごっこはしていられない。結衣は佳子に目を向けた。「丸腰でしょ？　拳銃を一丁借りて、ドアのすぐ外まで来て。スライドを引いて、最初の弾を装塡《そうてん》して。セーフティーは外しといて」

佳子が浮かない顔で動きだした。そのわきで安藤刑事がヘッドセットを通じ、なにやら応答している。

安藤が告げてきた。「優莉。三井和美先生の警護班から連絡が入った。襲撃の兆しすらないようだぞ。先生ももちろん無事だ」

「そりゃ結構」結衣は心からいった。「ならいまのうちに、もっと警備を強化しときなよ。なにがあっても絶対に突破されないぐらいに」

ドアをノックする音がした。結衣は美緒を盾にしながら、ゆっくりと横歩きした。

ドアに近づいていく。美緒は片脚をひきずっているが、転倒させるわけにいかない。盾を失い無防備になったとたん、結衣は蜂の巣にされる。不良らによる無差別銃撃が抑止力になっているものの、ぐずぐずしていると七分を超過してしまう。十五分にしておけばよかったと結衣は悔やんだ。やはりまだ頭の働きが本調子ではない。

「止まって」結衣はドアの手前で美緒に命じた。ドア越しに佳子に怒鳴る。「周りを半径五メートル以上空けさせて！　エレベーターまでの動線も。完了したらゆっくりドアを開けて、二歩下がって。拳銃は下向きにして、銃身を胸ポケットにいれておくこと。グリップはあなたから見て右向き」

ガラスの向こう、刑事たちが集団移動を開始するのが見えた。緊張に反し、結衣の心は落ち着きだしていた。警察に包囲されてこそ精神の安定が保たれる。皮肉を感じた。やはり父の血にちがいない。

遠慮がちにドアが開いた。佳子は両手を挙げていた。胸ポケットに拳銃を挿している。少し離れた場所に刑事たちが密集していた。一同が油断なく状況を見守る。

結衣は美緒を盾にしつつ、ドアから通路に滑りでた。佳子に指示する。「手を下ろさず、わたしに近づいてきて」

佳子が接近してきた。結衣は美緒の喉もとからカッターナイフを離さずにいた。佳子との距離が五十センチにまで縮まった。結衣は美緒を突き飛ばした。美緒は刑事らに抱きとめられた。間髪をいれず結衣は佳子を羽交い締めにし、拳銃を引き抜いた。

感触でシグザウエルＰ２３０、コッキングしてあるとわかる。重さからマガジン内の装弾も確認できた。銃口を佳子のこめかみに押し当てる。結衣は佳子にささやいた。

「このままエレベーターまで歩いて」

佳子が小声で応じた。「本庁の構造には詳しくない」

「建物の出入口を確認しない刑事なんて会ったことがない。詳しすぎないのはむしろ歓迎できる。裏をかかれずに済むから」

かすかにため息がきこえる。佳子がゆっくりと前進しだした。結衣は佳子の背に密着しながら、ともに移動していった。私服たちが距離を置きつつ包囲する。行く手の通路のみ、刑事らは両脇に退き、進路を空けた。

野村刑事が怒鳴った。「無駄なあがきはよせ！　庁舎をでられると思うな」

結衣はいっこうに臆《おく》しなかった。「父が一回、幹部が二回、ここの取調室や留置場から脱走してる。忘れた？」

反感に満ちた沈黙が包みこむ。通路を何度か折れていった。結衣はめまぐるしく記憶のページを繰った。勇次のテレビ電話が、リアルタイムから録画に切り替わった、そのタイミングはいつだろう。

勇次が加納を撃ち殺したとき、刑事たちは個室内に殺到した。すると勇次が再度、松崎美緒としか話さないと念を押し、ただちに通話を切った。だがあのとき勇次はカメラを見ていなかった。加納を射殺すれば、混乱が起きることぐらい予想できる。あれも録画だったにちがいない。

それよりずっと前、結衣は佳子とともに、美緒の背後に立った。午後一時台の前半だった。勇次は美緒を対話の相手に選んだ。しばらくは結衣の発言に反応していた。いったん通話が途切れ、次にまたかかってきた。以降が録画だったと思われる。

結衣が個室をでて、大部屋に移ったのは午後一時四十一分。約三時間、美緒のひとり芝居がつづいた。勇次が三井和美の隠れ家周辺に到達していないとは考えにくい。襲撃がまだでも、着々と準備を進めている。きっと残り時間はほとんどない。

エレベーターホールに着いた。私服の職員たちが、なにごとかと青ざめながら退いていく。

ただちにエレベーターの扉を背にして立った。結衣は佳子の耳もとにささやいた。

「ここ何階?」

「十二階」

「下りボタンを押して」

私服とSATが遠巻きに包囲する。前方の私服は両手を下ろしているが、後方に控えるSATのライフルが、油断なく隙間から狙う。佳子も瞬時に床に伏せる恐れがあった。そんな事態を防ぐため、右腕でしっかり佳子の脇の下を支える。

到着のチャイムが鳴った。エレベーターの扉が開く寸前、結衣は佳子を抱き寄せ、扉の傍らに退いた。

開いた扉のなかにSATが三人いた。自動小銃の銃身はいずれも正面を向いている。結衣の位置を無線で知らされていたからだろう。だが標的が見つからず、銃口がわずかにさまよった。

結衣はいった。「でて」

わずか一秒の差が勝敗を分ける。エレベーター内に潜んでいたSATたちは、結衣に銃口を向けきれなかった。不意を突いた狙撃《そげき》に失敗した以上、人質が撃たれるリスクが発生する。

三人のSATが銃口を逸《そ》らしたまま、渋りがちにエレベーターを降りてくる。結衣は佳子を盾にしながら、エレベーターのなかに後ずさった。常に佳子の陰に隠れ、一階のボタンを押させる。エレベーターの扉が閉じた。

結衣は佳子を内壁に押しつけ、ジャケットをまさぐった。手錠を奪うと佳子から離れた。一階のボタンを押したのち、五階と六階のボタンを同時に押し、ランプを点灯させる。交互に繰りかえし押す。それらのランプが消灯した。

下降が始まった。結衣は佳子にきいた。「メンパスってなに？」

「知らない」

「スマホでどっかに連絡したでしょ」

「検索しただけ！」佳子が吐き捨てた。「明太子《めんたいこ》パスタ、ラーメンパスポート、タイヤ館のメンテナンス・グリーンパス。どうせどれもちがう」

宇都宮東署の刑事には情報が提供されていないのか。警視庁捜査一課の極秘事項かもしれない。

佳子が硬い顔で見つめてきた。「どこへ行く気よ。映画みたいに天井から抜けだすの？」

そんなことは無理だとわかっている。『ダイ・ハード』を知らない警察官はいない。天井救出口は工具を用いなくても開けられるが、停電時にも手動で昇降可能なエレベーターの場合、設置が義務づけられていない。警視庁庁舎は当然、天井救出口のないエレベーターを採用している。

エレベーターは六階と五階の中間で止まった。開いた扉の向こうは、いかにもバックヤード然とした、剝《む》きだしの鉄骨に囲まれた暗い通路だった。啞然《あぜん》とする佳子を、結衣はエレベーターの外に連れだした。

浸水で地下の電気室をやられがちなタワーマンションとちがい、官庁のビルはそうした設備を中間階に置く。通常はエレベーターがスキップするが、さっきの裏操作で停止できる。操作後はエレベーターが途中階に停まることもない。

どこに電気室があるかは、むろん非公表だった。だが霞が関は最大の津波到達時、地上約十二メートルまで水没するとされている。一方で電気室は梯子《はしご》車が届くよう、なるべく低い位置が望ましいとされる。父はそれらの情報をもとに、警視庁庁舎の電気室はぎりぎり水没の危険のない、五階と六階のあいだと考えた。メンテ以外には誰も利用しないフロアだが、火災発生時に備え、専用外階段の設置も義務づけられている。

エレベーターの扉が閉じ、無人のまま一階へと下降していく。結衣は佳子に銃を向け、手錠を投げつけた。「右手首にかけて。片方はその柱に嵌《は》めて」

佳子がためらいがちに指示にしたがう。「あんた、本当は主犯じゃないでしょ」

「なんの話よ」

「わたしたちと同じく田代勇次にだまされた。でなきゃ三井先生の警備を強化させるわけがない」

刑事に理解を求める気はない。結衣は慎重に歩み寄った。「手錠の鍵《かぎ》は？」

「……内ポケット」

結衣は佳子の懐に手を突っこんだ。鍵をとりだすと、少し離れた床に投げた。「どうせすぐ助けが来る。それまでここにいて」

壁に金属製の防火扉がある。押し開けると赤い夕陽が射しこんできた。都会の喧噪《けんそう》とともに外気も吹きこんでくる。

「まって！」佳子が呼びとめた。「三井先生は警察が守る。田代勇次のことなんか忘れて。あなたはお父さんとはちがう！」

ふと静止した。結衣は佳子を振りかえった。佳子の目は潤みだしていた。

利口な大人は厄介だ。十代の嘘を見抜き、なんとしても立ち直らせようとしてくる。並みの不良に生まれたかった。親代わりになるのを惜しまない大人たちが、絶えず気にかけてくれる。

結衣の現実はそのレベルにない。鉄扉を開け放ち、外階段に飛びだした。皇居方面が紅いろに覆われている。夕焼け空がきれいだった。風も穏やかに頬を撫《な》でていく。

逮捕されまいと神経をすり減らすうち、ストレス性高体温症になった。だが逮捕を免れるより重要なことがある、いまはもうそんな事実を悟った。

外階段を全力で駆け下りた。父が通った道をまさしくたどる。朦朧《もうろう》としていた意識が、いつしか覚醒《かくせい》に向かっていた。過去のあらゆる罪も、新たな罪を重ねる瞬間には、心を煩わせなくなる。中毒症状に近いのかもしれない。

高校事変はなおもつづいている。三井先生の命を失わせるわけにいかない。毒には毒を求められる。犯罪者の馬鹿どもだけが殺し合っていれば、いずれ世のなかは平和になる。生まれてきたことに意義を求めるとすればそこしかない。

21

三井和美はホテルのツインベッドルームで、窓から遠いほうのベッドに浅く腰かけていた。

室内にはふたりのスーツがいる。住江《すみえ》と桑崎《くわざき》、どちらも屈強そうな身体つきを誇る三十代だった。いま住江は窓辺に立って外を見下ろし、桑崎がドアの内側に待機している。それぞれヘッドセットを装着し、ときおり一階の同僚と連絡をとりあう。

「あのう」和美は不安とともにきいた。「もうひとり、ここにおいでになる看護師さんというのは……」

住江が振りかえった。「松崎美緒さんといって、川崎総央病院に勤務してる人です。怪我をして松葉杖《づえ》を突いていますが、警視庁からここまでは近いので、クルマに乗りさえすればすぐでしょう」

「その人も狙われてるんですか」

桑崎が真剣なまなざしを向けてきた。「どうかご心配なさらずに。ここの場所は外部に知られていませんし、警備も万全です」

内堀《うちぼり》通りをクルマで警視庁から五分ほど、約二キロほどでタグラット半蔵門《はんぞうもん》ホテルに着く。住所は千代田区平河町3-1-2。ビジネスホテルよりはいくらか高級な印象の宿泊施設だった。貝坂《かいざか》通りに面した立地で、国立劇場の近くにある。買い物はすべて刑事たちが代行してくれる。和美には一歩も外にでる自由がなかった。

高井戸署から警視庁に捜査が引き継がれた、そうきかされたのはけさ早くのことだ。警視庁に近い新たな隠れ家、それがこの部屋になる。全国各地で銃撃事件が多発中のようだが、詳細を知る手段がない。テレビは点《つ》けないよう指示を受けている。スマホも電源をオフにしたうえ、警察に預けっぱなしだった。

ふいに室内が暗くなった。照明のいっさいが消え、窓から射しこむ夕陽が唯一の光源と化す。エアコンの作動音もフェードアウトしていった。

　ふたりの刑事に緊張が走った。桑崎がヘッドセットに呼びかける。「ロビー班どうぞ。ロビー班。……応答がない。住江」

「こっちも駄目だ」住江が窓の外を一瞥《いちべつ》した。「ほかのビルの明かりや、信号は点いてる」

　桑崎はスマホをとりだし、画面をタップしたものの、すぐにしまいこんだ。上着の懐に右手を突っこむ。「ワイファイが停波しても圏外にならない高さのはずだ。なのに電波が入らない」

「ジャミングか」住江が部屋の備え付けの電話に手を伸ばした。静寂のなか、和美の耳にも受話器が無音だとわかった。住江も懐に手をいれ、窓から距離を置いた。

　和美は急激に心細くなった。「あのう、なにか……」

　桑崎が緊迫した声で応じた。「そのまま座っててください」

　ドアの外で破裂するような音が響き渡った。花火の音にも似ている。和美は思わずすくみあがった。瞬時に記憶が呼び起こされた。同じ音をフェリーでもきいた。武蔵小杉高校でも。

住江は姿勢を低くし、窓の下に飛びこんだ。わずかに頭をあげ、ガラスに顔をくっつけんばかりにし、ビルの外壁をたしかめる。ふたたび窓を離れ、住江が身体を起こした。「桑崎。窓に突入の気配なし。ドアを……」弾《はじ》けるような音とともに、窓ガラスに放射状の亀裂《きれつ》が走った。住江が床に突っ伏した。割れた後頭部から骨と大脳半球の一部がのぞく。流出した血がカーペットを染めだした。

和美はのけぞり、思わず悲鳴を発した。桑崎が駆けてきて、和美の腕をつかみ、ドアのほうへ引きずっていった。

腰が抜けたとは、こういう状態をいうのだろう。脚がまるで立たない。和美はドア付近にへたりこんだ。

桑崎が荒い息遣いとともにささやいた。「近隣のビルから狙撃《そげき》されてます。廊下にでるまで立ちあがらないでください」

「ろ」和美は全身の震えを抑えられなかった。「廊下って……」

「外と連絡がとれない以上、脱出するしかありません」

「そんな。いまはとても走るなんて……」

「落ち着いて。このフロアには、ほかにも警備が配置されていますから」

突き上げる振動とともに、轟音《ごうおん》が部屋を揺るがす。銃声が音量を増し、断続的に連射される。さっきより近づいている。宿泊客らしき悲鳴がこだまする。和美の心臓は恐怖に凍りつきそうだった。

桑崎がそっとドアに近づく。いま廊下にでるなんて無理。和美はそう叫びたかったが、桑崎は逆に手で制してきた。動くなという意味らしい。

和美は身を小さくしながら見守った。桑崎の手がドアノブをつかみ、瞬時に開け放った。廊下で別のスーツが呻《うめ》き声を発し、激しくつんのめった。拳銃《けんじゅう》が投げだされた。刑事のひとりが撃たれた瞬間だった。ホテルの女性従業員が慌てふためきながら逃げていく。だが背中に銃撃を受けたらしく、もんどりうって転倒した。

甲高い叫びを発しながら、ふたりの男が廊下を駆けてきた。どう見ても十代、ヘヴィメタルな黒シャツに革ズボンの不良少年が、拳銃を握り突進してくる。いずれも異様な興奮状態にあった。桑崎が両手で拳銃を構え、二発つづけざまに撃った。まさに眼前の落雷に等しい銃声が連続して轟《とどろ》く。不良少年ふたりは揃ってのけぞり、仰向《あおむ》けに倒れた。桑崎がドアを閉め施錠した。部屋のなかにいるのは和美と桑崎、それに住江の死体のみだった。

赤く染まる夕陽が、桑崎の額に滲《にじ》む汗を光らせる。切羽詰まったまなざしが和美を見つめた。和美は怯《おび》えきり瞬《まばた》きすらできなかった。火薬のにおいが濃厚に漂う。これで何度めになるだろう。吐き気ばかりがこみあげてくる。

視野がふいにほの暗くなった。夕陽が遮られたせいだとわかった。和美は窓を振りかえった。とたんに全身が総毛立った。四階の窓の外に黒い人影が貼りついている。亀裂の入ったガラス越しにスキンヘッドがのぞきこむ。猿のように外壁にしがみつき、右手に握った拳銃で和美を狙い澄ます。

「よせ！」桑崎が和美を飛び越え、窓辺に駆けだした。

だが桑崎が発砲するより早く、スキンヘッドの拳銃が火を噴いた。窓ガラスは粉々に砕け、桑崎の胸部に血の霧が舞った。脱力した桑崎がくずおれ、横倒しになった。ぴくりとも動かない。顔は和美のほうを向いている。桑崎は目を開けたまま絶命していた。

和美はおののきながら両手で口を押さえた。痺《しび》れに似た顫動《せんどう》ばかりが全身を包みこんだ。

ガラスを失った窓から、濁った都心の空気が流入してくる。サイレンの音がきこえていた。夕焼け空を背負うスキンヘッドのシルエットが、ゆっくりと室内に踏みいってくる。和美の近くに立って見下ろしてきた。

裸の上半身にヒョウ柄のコートを羽織る。眉毛《まゆげ》を剃《そ》った顔は死神に見えた。しかし面立ちはやはりまだ十代のようだ。

　チャイムが鳴った。スキンヘッドがドアへと向かう。解錠したものの、乱暴に開け放ったりはしない。廊下側に立つ誰かが、スキンヘッドの手を借りず、みずから慎重にドアを開ける。

　和美は愕然《がくぜん》とした。不良少年らを引き連れ、田代勇次が入室してきた。黒のタンクトップにコーディガンを羽織っている。迷彩のズボンにブーツ。目鼻立ちは中性的な童顔でも、全身から醸しだす不穏な風格は、まさしく外国から来たテロリストだった。

「おう」勇次がぶっきらぼうにスキンヘッドに声をかけた。「カズマ。さすがだ」

　ついこのあいだ、和美は勇次が人を殺すのを見た。ふたりの女性を連続して射殺した。いまはフェリーのつづきにちがいない。勇次の殺気に満ちた目が和美を見下ろしている。

　いきなり勇次の手が伸びてきて、和美の髪をわしづかみにした。苦痛に耐えていると、勇次のもう一方の手が和美の頬をしたたかに張った。何度か往復ビンタを浴びせたのち、勇次は軽く跳躍し、和美の胸を蹴《け》った。激痛とともに和美はベッドに転がった。不良少年たちが下品な笑い声を響かせた。

勇次が迫ってくる。和美は声もあげられなかった。殺される。

そのとき別の靴音がドアを駆けこんできた。中学生ぐらいとおぼしき小太り、だが服装だけは不良ぶった少年が、あわてぎみに勇次にまくしたてた。「サツが包囲してる。早くでよう。武蔵小杉まで行くんだろ？　急がないと……」

武蔵小杉ときいた瞬間、勇次が表情をこわばらせた。コーディガンの下から、和美が見たこともない、刃渡り五十センチほどの剣を出現させる。小太りの少年に反応する隙も与えず、銀いろの刃を水平方向にひと振りした。茫然《ぼうぜん》とした少年が目を剝《む》き、血だらけになった喉《のど》もとを掻《か》きむしる。気管が横一文字に斬り裂かれていた。周りの不良少年たちは無反応だった。みな動揺もせず、ただ醒《さ》めた顔で見守る。小太りは血の染みこんだカーペットに突っ伏し、痙攣《けいれん》とともに息絶えた。

和美は全身の体温が失われていく気がした。喩《たと》えようのない恐怖だけが皮膚を這《は》いまわる。極度の前後不覚におちいる。急速に意識を喪失しかけていた。

勇次が和美の胸倉をつかみあげた。殺意のみにとらわれた豹《ひょう》のようなまなざしが、間近に和美を睨《にら》みつける。

「撃ったりはしねえ」勇次が低い声を響かせた。「死がむしろ解放になってたまるかよ。屋上から投げ落としてやる。永遠に思える時間ってやつを体験しなよ、先生」

22

夕闇迫る都心の市街地を、結衣はひとり全力疾走していった。

あちこちにサイレンがこだまする。車道に赤色灯の閃《ひらめ》きを目にするたび、脇道に飛びこむ。ただし皇居の近くだけに、どこも区画整備されている。見通しがよく、警官にいつ発見されてもおかしくない。

防犯カメラにもすでにとらえられているだろう。映像にいっさい記録されず移動するなど、根本的に不可能な場所といえる。通行人にも目撃されていた。けれどもかまいはしない。

千代田区平河町まで、内堀通りから貝坂通りを突っきるのが早いが、さすがに無数のパトカー群に併走はできない。やや遠まわりになっても日比谷《ひびや》高校から赤坂見附《あかさかみつけ》方面を経由するしかなかった。すでに街路灯が点灯し、ほのかに照らされた歩道が延びる。結衣は通行人の隙間を縫って走りつづけた。

十七にもなればだいたいわかる。この国は平和のため、完全に牙《きば》を抜かれた。アメリカなら親が六歳児を鹿撃ちに連れていき、ライフルの使い方を教える。銃は子供でも使える市販の工業製品でしかない。なのに日本人は実銃も光線銃も同じ絵空事ととらえる。刃渡り六センチのナイフを携帯していたら捕まる国だ。それで犯罪が皆無なら申しぶんない。問題は銃も刃物もこの世にあって、犯罪者だけが使い方を知っていることだ。

　武蔵小杉高校事変が起きる前、兵器類を用いたテロなど日本には無縁と、自称識者らが声高に主張していた。優莉匡太ですら３Ｄプリンター製の銃や、自家精製したサリンがせいぜいだったではないか、誰もがそういった。みな樹脂製の不格好な銃まがいや、実験室ていどの設備でできる毒ガスを思い描いていたのだろう。パニックを避けるため、警察がマスコミに公開する情報を制限したせいもある。

　だが実状はちがう。父の製造する銃は本物とさして変わらなかった。実銃も多く密輸していた。牧場に巨大なサリンプラントを建設し、全国各地のキュウリには無数の武器弾薬が隠匿してあった。

　国内で兵器類が揃うはずがない、そういいたがる人々は世間知らずだ。東芝《とうしば》や三菱《みつびし》電機がミサイルを生産し、三菱重工業が戦闘機を製造し、エアコンで有名なダイキン工業が銃弾を作っている。博識ぶる大人たちは、子供には銃が撃てるはずがない、そんなふうにきめつける。かつて戦場に送りだされたのは十代ばかりだったというのに。

非行少年といっても、せいぜいバタフライナイフで凄《すご》むだけ、誰がそう断じられるだろう。暴力団は子供による報復を恐れ、めったなことでは拳銃《けんじゅう》を提供しなかった。しかし田代勇次のような亜種はいつでも出現しうる。海外から来た凶悪犯にその気があれば、いつでも不良どもが武装する可能性があった。十代は見境を知らない。とんでもなく愚劣な大人のもとで、想像を絶するほど非常識な生活環境のなか、ねじ曲がった異常者に育つ。そいつらに人殺しの道具が渡ったらどうなる。警察が抑止力になればいいが、いま田代勇次は裏をかいた。

同じぐらいの馬鹿にしか止めようがない。不良どもとタメを張る愚かな女子高生が、いまこうして走っている。こんなときしか生きられない。生が意味をなさない。

赤坂見附駅の地下道を抜ける。平河町のビル群のなかを駆けていった。区立麴町《こうじまち》中学校を越え、貝坂通り沿いを目にした。結衣は立ちどまった。

パトカーが密集している。消防車や救急車も待機していた。十四階建てのビルに窓明かりはひとつもない。非常灯の光すら見てとれない。タグラット半蔵門ホテルの看板は暗がりに埋没している。両脇のビルはほぼ同じ高さだが、それらは照明が灯《とも》っていた。勇次がホテルを停電させたにちがいない。真っ先に電気室を破壊したか。黄昏《たそがれ》の空を仰いだ。両隣りのビルの屋上に人影が蠢《うごめ》く。シルエットからＳＡＴだと識別できる。ビルの狭間《はざま》はごく狭い。ホテルの屋上に乗り移り、そこから侵入することも可能だろう。

　ホテル前に梯子《はしご》車が横付けした。四階の割れた窓に梯子を伸ばそうとしている。だがおそらく勇次はもう四〇四号室にいない。三井和美の死体が転がっているとも思えなかった。たぶん連れ去られているだろう。勇次なら和美を射殺せず、窓から突き落としたがる。その執拗《しつよう》さがあればこそ、わざわざ元夫が焼死するのを目撃させた。けれども四階では落下の恐怖が充分ではない。屋上に向かったと考えられる。停電でエレベーターが動かないから、階段を上りきるには時間がかかる。

　とはいえ屋上にでれば、両隣りのビルにＳＡＴが待ち構えている。勇次はどうするつもりだろう。三井和美を殺したのち逃亡するはずが、警察が早々に駆けつけてしまった。いまや包囲されている。脱出経路がない以上、勇次にはもうこの先がない。

　結衣はふたたび走りだした。一本入った路地を駆け抜けていった。ホテルを囲むビルのあらゆるフロアは、警察に占拠されているだろう。勇次が逃げだせないのと同様、結衣にもホテルへ侵入する手段がない。だが頭上に目を向ければ、ホテルの四軒隣りが建設中のビルだとわかる。外壁は一部が完成しているものの、大半は鉄骨が露出していた。作業用の白熱灯が点《つ》いているが騒音はきこえない。建設業の就業時間は夕方五時までになる。近所での事件発生も影響するはずだ。ついいましがた作業を切りあげた、そんな状況にちがいない。

建設現場に達した。車両出入口が開いている。結衣はなかに駆けこんだ。剝きだしの土を踏みしめながら走った。黄いろいヘルメットの作業員らが徘徊《はいかい》している。建設用エレベーターを探したが見当たらない。代わりに地面すれすれに浮く、巨大な鉄パイプの束が目にとまった。藍《あい》いろの空に視線を向ける。屋上のアームから極太のワイヤーで吊《つ》り下げられていた。

アームはクレーンではなく大型ウインチだとわかった。父の半グレ集団は犯罪のカモフラージュのため、よく建設業者を装った。足場用にしろ荷上げ用にしろ、ウインチの操作方法なら図面を見たことがある。

照明の当たらない暗がりを選び、鉄パイプの束に駆け寄った。近くの支柱に設置されたリモコンのボタンを押す。水平になった鉄パイプの束がゆっくりと上昇しだした。鉄パイプの束は一メートルほど上にある、立方体の形状をなす吊荷旋回制御装置にぶら下がっている。ウインチのワイヤーが直接吊り下げているのは、その装置のほうだった。内蔵するフライホイールが横方向に高速回転し、ジャイロ効果で吊り荷が回るのを防いでいる。

結衣は猛然と走り、跳躍してワイヤーにしがみついた。吊荷旋回制御装置を足場にして立つ。

「なんだ⁉」作業員の怒鳴り声がきこえた。「女学生がいるぞ！　危ねえ、降りろ！」

黄いろいヘルメットが大勢見上げてくる。結衣は足で装置のレバーを蹴《け》り、吊り荷を解放した。鉄パイプが盛大な音を奏でながら地面に落下した。

軽量になったとたん結衣の身体は急上昇しだした。ウインチの巻きあげ速度が最大限に達している。各階を構成する鉄骨の梁《はり》の端が、結衣の身体をかすめながら、上から下へと飛び去っていく。甲子園で経験したジェットパックにも匹敵する加速だった。地面がみるみるうちに遠ざかる。このままいけば空高く放りだされてしまいそうだ。

横風が強く吹きつけてくる。すでにそれだけの高さに達していた。ふいに視界が開け、ウインチが急停止した。ワイヤーを巻ききったとわかる。慣性の法則により、結衣の身体は垂直方向に舞いあがった。

だが結衣はそれを予期していた。両手でワイヤーをつかんだまま、逆さになって頭上の鉄骨に足をかけ、勢いを利用し上半身を引き上げる。結衣は骨組のみの屋上に立った。地上約五十メートル、眼下のはるか彼方《かなた》にヘッドライトの川が流れる。周りのビルの屋上もほぼ同じ高さにあった。

幅の狭い足場を走りだした。ここにも黄いろいヘルメットが何人かいる。ひとりが指さしてきた。「あんた、なにやってんだ！　命綱は？　ってかセーラー服かよ！」

きこえたのはそれまでだった。結衣は足場の終点で踏みきり、膝《ひざ》のバネで跳躍した。重心をあまり低くせず、走ってきた勢いを利用し、可能なかぎり遠くに飛んだ。空中で両腕を振り子のように大きく前に振りだし、推進力を増した。両足が隣りのビルの屋上に着地する。重心を前に置いているため、つんのめりそうになったが、コンクリートの上に転がることで負傷を防いだ。

この屋上はパラボラアンテナがあるだけで無人だった。ふたたび風を切りながら走り、次のビルの屋上へと飛ぶ。今度のビルの谷間は幅があった。結衣は落下しかけたものの、ぎりぎりで手すりをつかんだ。腹這《はらば》いにビルの外壁に叩《たた》きつけられる。痺《しび》れるような痛みに握力が緩みそうになった。結衣は歯を食いしばって耐えた。懸垂の要領で全身を引き上げ、手すりを乗り越える。

だし抜けに銃声が轟《とどろ》いた。結衣ははっとしてビルの屋上に伏せた。

ホテルは二軒先だったが、すぐ隣りの屋上に、銃火がいくつも閃《ひらめ》いている。甲高い喚声もこだましていた。不良少年らが両手に拳銃を握り、駆けまわりながら四方八方に乱射する。ＳＡＴが待機する場に、先制攻撃とばかりに乗り移ってきたらしい。あろうことかＳＡＴが押されていた。理由は一目瞭然《りょうぜん》だった。あきらかに十代とわかる敵勢に対し、ＳＡＴ隊員は発砲をためらっている。短機関銃では至近距離の敵を狙いにくくもある。けれども不良少年どもは容赦しない。威嚇しようとするＳＡＴ隊員の背後に、別の少年がまわりこみ、間髪をいれず銃撃する。ＳＡＴ隊員は防弾ベストを着ているが、少年らは無防備な箇所を狙い、むやみに連射しまくる。結果として隊員が続々と撃ち倒される。少年が死体から短機関銃を奪い、フルオートで弾幕を張りだした。少年たちは仲間に弾が当たろうと、いっこうにかまわないようすだった。むろんＳＡＴは反撃を開始していた。銃殺された少年らの屍《しかばね》も累々と横たわる。だが不良少年の群れは、なおもホテルの屋上から乗り移ってくる。隊員ひとりは複数の敵を倒しうる。それでも多勢に無勢、ＳＡＴ隊員の最後のひとりが、狂気の集団に呑《の》まれていった。そこまではわずか数秒のできごとだった。

結衣はセーラー服の裾《すそ》の下から、スカートベルトに挟んだ拳銃《けんじゅう》を引き抜いた。シグザウエルＰ２３０を水平に構え、隣りのビルの屋上を狙撃《そげき》する。狙いうる少年四人の頭部を撃ち抜いた。結衣はがむしゃらに走り、ビルの谷間を飛び越えた。敵陣の真っただなかに躍りこんだ。

前転しながら着地した直後、ただちに片膝《かたひざ》で立ち、至近の人影を連続して銃撃した。不良少年らが悲鳴を発し、暗がりに突っ伏していく。七発目で撃ち尽くしたが、最後に倒れた少年の手から短機関銃をもぎとった。背後に敵が迫る気配があった。距離が近すぎ、短機関銃での狙撃には向かない。結衣は振り向きざま銃剣術の突きを放ち、不良少年を後退させてから、その胸部を撃ち抜いた。

なおも敵勢の乱射が追いまわしてくる。銃声から察するに、不良少年らの一部は3Dプリンター製の拳銃でなく、結衣と同じシグザウエルを使っていた。ホテルにいた私服刑事から奪ったにちがいない。よほど大勢で一気に奇襲したのだろう。

三井和美にとっての退避所、ホテルの四〇四号室は、住所が秘密にされていた。警備も必要最小限だったはずだ。脅威は十七歳の少年ひとり、ゆえに十人の武装した刑事がいれば充分、そう判断してもおかしくない。だが実際には圧倒的に不充分だった。勇次は無数の捨て駒を有している。未成年への発砲をためらう、良心的な日本の警察官は、人数以上の不利に置かれる。

結衣にとってはそのかぎりではなかった。少年どもの不幸な生い立ちには同情の余地がある。更生などまず不可能なのもわかる、自分のことだからだ。ゆえにこの手で殺して人生をリセットさせてやる。生まれてこなかったのと同じ状態に戻してやる。

不良少年らは経験不足のせいで、狙いが著しく不正確だった。その隙を突き、結衣は次々と射殺していった。距離の近い順に眉間《みけん》を撃ち抜く。高熱で腕が鈍っていたぶん、ヘボいガキどもはいい練習の的になる。徐々に精度があがってきた。

四時の方向、短機関銃で狙えないほどの近距離から、首にタトゥーをいれた不良がつかみかかってきた。手にアーミーナイフを握りしめている。結衣はとっさに跳躍し、両太股《ふともも》で敵の胴体を蟹挟《かにばさ》みにした。ボビナムの技で敵をねじ伏せる。アーミーナイフの落下音が響く。だが息の根をとめる前に、さらなる敵勢がホテルの屋上から乗り移ってきた。短機関銃を構えている暇はない。

結衣は寝技の体勢のまま、捕獲した敵の胸ポケットをまさぐった。タバコと百円ガスライターしかない。しかしライターは圧縮ガスだとわかった。着火部分を歯で噛《か》んでフレームガードを外し、炎調節装置を最大にして点火、発火鑢《フリントホイール》の下にフレームガードの破片を挟みこんだ。手首のスナップをきかせ、縦方向に回転させながら敵勢に力いっぱい投げた。結衣は両太股に挟んだ敵の襟首をつかんで引き上げ、横たわったままその陰に隠れた。

縦方向に空中回転するライターは、噴出する炎がたちまちプラスチックケースを溶かしきる。中身の圧縮ガスに引火、ライターは手榴弾《しゆりゆうだん》並みの爆発を引き起こした。爆風と飛散する破片が敵勢を薙《な》ぎ倒す。結衣は盾にしていた敵を蹴ってどかした。なおも起きあがろうとする敵に短機関銃を掃射する。

ただちに姿勢を低くしアーミーナイフを拾った。背後に迫る人影の風圧を感じたからだった。結衣は振り向かず、ただナイフを逆手に握り、後方に突きを放った。背後で不良少年が呻《うめ》き声を漏らし、ばったりと倒れる音がした。

焦げくさい悪臭を残し、ビルの屋上は静かになった。少年の死体を見下ろす。死に顔が怯《おび》えたように引きつっているあたり、本物の武装半グレとちがう素人っぽさが漂う。後悔するぐらいなら、やめとけばよかったものを。

女の悲鳴を耳にした。三井和美の声に思えた。前方に見えるホテルの屋上に目を凝らす。

田代勇次がいた。和美の両腕を背後にまわさせ、しっかりとつかんでいる。貝坂通り側の手すりへと近づいていく。和美は激しく抵抗しているものの、いっこうに逃れられずにいた。ジャケットにブラウス、ロングスカートという、つかめる部分の多い服装のせいもある。勇次の護衛は三人だが、スキンヘッドのカズマのほかは知らない顔だった。テレビ電話で見たタイホウとテカデラではない。

和美を屋上から投げ落とす気のようだ。結衣はホテルの屋上に飛び移るべく後ずさりした。ビルの狭間《はざま》はやや広めだった。短機関銃は邪魔になる。結衣は助走しながら武器を放りだすと、替わりに落ちていた拳銃を拾った。

グリップの感触で、シグザウエルではなく3Dプリンター製拳銃だと知った。運の悪さを悔やんでいる暇はない。結衣は全力疾走に転じた。この拳銃なら撃った。美緒の右大腿《だいたい》部に被弾させたときには心底悔やんだ。だがいまはなんとも思わない。手製銃の常として、薬莢《やっきょう》排出の反動で左にブレがちになる以外、命中精度もさほど低くなかった。

向かい風のなかを猛然と駆けていき、屋上の端で踏みきり、大きく跳躍した。結衣はあえて高く飛んだ。ホテル屋上の手すりに片足をつき、後方に蹴《け》って屋上に着地する。勢いのまま走りながら、両手で拳銃を構える。「勇次！」

屋上にいた五人がこちらに視線を向けた。勇次の両端に護衛がいる。手前のひとりが拳銃で結衣を狙う。結衣は突っ走りながら銃撃し、敵の発砲前に撃ち倒した。もうひとりの護衛は、和美の向こうに半身を隠し、結衣を撃たんとしてくる。しかし結衣は全身の勢いを緩めず、ただ照門と照星をしっかり敵の頭部に合わせ、手ブレのおさまる一瞬にトリガーを引いた。弾は和美の顔をかすめて飛び、敵の額に命中した。血飛沫《しぶき》をあげ、のけぞった不良少年が仰向《あおむ》けに倒れた。

一気に距離を詰めようとしたとき、反対側のビルの屋上に銃火の明滅が見えた。アサルトライフルの強烈な跳弾が、コンクリートの床面を弾《はじ》き飛ばす。狙撃されている。結衣は横っ飛びに転がり、空調排気口の陰に身を潜めた。

隣りのビルから狙撃してくるのはSATにちがいない。結衣は顔をのぞかせ、和美のようすをうかがった。勇次とカズマが和美を引きずり、給湯用膨張タンクの向こうに退避した。SATの狙撃からは逃れている。なぜか銃火とは異なる青白い光が、勇次のいる辺りに点《つ》いては消えた。

いきなり遠雷のような音が轟き、SATによる銃撃が断続的になった。遠雷にきこえたのは、スナイパーライフルの発射音だとわかる。隣りのビルの屋上では、SAT隊員が次々と突っ伏していった。たちまち全滅した。

結衣は息を呑んだ。別のビルからの狙撃がSATを一掃した。貝坂通りを挟んだ向かいのビルか。そこにもSATの別部隊がいるはずだが、やはり撃ち倒されたらしい。さらに遠方から狙っている可能性が高い。方角から察するに、おそらく東京ガーデンテラス紀尾井町《きおいちょう》の屋上辺り。

にわか仕込みの不良少年に可能なわざとは思えない。けれども勇次の仲間は不良少年だけではなかった。狙撃したのはたぶん刻駕だった。刻駕は傭兵《ようへい》経験者だろう。

嶋倉医師といい須永弁護士といい、無一文に等しい勇次を、いまだ助けたがる大人がいる。なぜなのか。海外でマフィアの首領になる、そんな十七歳の妄想を、ただ鵜《う》呑《の》みにする大人がそう多くいるとも思えない。

ヘリが上空を通過した。警視庁の機体にちがいない。嵐のごとく突風が吹き荒れ、サーチライトが屋上を照らす。結衣は苛立《いらだ》った。ここが明るくなったのでは周囲がよく見えない。

次の瞬間、結衣ははっとした。光と風のなかに勇次がたたずんでいる。ひとりだけ物陰から姿を現し、全身をさらしていた。

結衣は拳銃を構えようとした。だが近くで空調用蓄熱槽が火花を散らし破損した。スナイパーライフルが結衣を狙っている。結衣はただちに空調排気口の陰に伏せた。

ヘリが遠ざかり、サーチライトの光が逸《そ》れていった。別のビルにいる狙撃《そげき》手を捜し始めたようだ。

爆音が小さくなり、風もやんだ。勇次が余裕の声を響かせた。「結衣。おとなしく警視庁庁舎に籠《こ》もっていなかったのかよ」

いま身を乗りだせば不利になる。暗くて勇次の姿を視認しづらいうえ、和美を人質にとられている。結衣は物陰に潜んだままいった。「美緒の三文芝居と録画で時間を稼ぐつもりだったんでしょ。なのに予定より警察が早く駆けつけて、ホテルから逃げられずゲームオーバー」

「そうでもない。三井先生を殺せば俺の勝ちだよ。そもそも俺はそれが目的だったんだからな」

「海外でマフィアのドンになるとかいう夢は破れたわけ」

「そこもちがう。俺は確実に生き延びる。死ぬのは三井先生とおまえだよ。大量殺戮《さつりく》魔になった自分に悲観し、生まれてこなきゃよかったと悩んで、熱に浮かされてるおまえ」

少しずつ声の位置が移動している。結衣は耳を澄ましながらささやいた。「あいにく頭がすっきりしてきた。自分の存在意義がわかってきたし」

「ふうん。どうわかった？」

「クズはクズにしか殺せない」

まわりこんできた勇次のシルエットを視界の端にとらえた。結衣は即座に身を翻し、拳銃《けんじゅう》で狙い撃った。だが勇次も銃撃しながら駆け戻っていく。給湯用膨張タンクには逃げこませない。結衣は矢継ぎ早に射撃したが、勇次は花架拳《かかけん》に似た舞いを披露し、一瞬たりとも静止しなかった。予測不能な動作ゆえ狙いにくい。さすが元アスリートの身軽さだった。

勇次はタンクの陰に飛びこんだが、すぐ半身をのぞかせ、また銃撃してきた。タンクを盾にする気なら、こちらにも勝機がある。現れるタイミングを見計らって撃てばいい。勇次が身を隠した。ほんの数秒でふたたび飛びだしてきた。けれども結衣のなかに電流が走った。トリガーを引きかけた指の力を、とっさに緩めた。タンクからのぞいたのは勇次ではない、手で口をふさがれた和美だった。泣き腫《は》らした目がじっとこちらを見つめる。和美を抱きかかえているのはカズマの腕とわかった。

結衣は瞬時に銃口の向きを変えた。勇次はタンクの陰から太陽光発電パネルの下をくぐり、高架水槽の向こうに顔をだすだろう、そこまでは予測できた。しかし結衣が思ったより一秒早く現れた。勇次が高架水槽のわきに転がりながら銃撃してきた。結衣は避雷針に飛びつくことで、位置を変えた直後ながら、瞬時に身体を安定させた。そこから勇次を狙い撃った。勇次はあわてぎみに高架水槽の陰に隠れた。

また静寂が訪れた。勇次とスナイパーライフルの双方から身を守れる場所、排気ファンの手前に結衣は潜んだ。近くに落ちていた拳銃を拾った。軽く振って数発の残弾があるのを知る。横たわった死体のポケットもまさぐった。スマホが見つかったもののメニュー画面は開けない。死体の頭部は粉々に砕け、顔認証は不可能だった。

勇次の声がきこえてきた。「病みあがりにしちゃやるな」

「あんたはたいしたことない」

「強がりはよせ。高校のスポーツ競技でも、男子と女子の力の差はあきらかだろ」

「ああ。あんたの馬鹿親父もそんなこといってた」

「いま喜びをおぼえてるのか、結衣？　三井先生を助けることに生き甲斐《がい》を感じてるんだよな？」

「少なくとも生まれてこなきゃよかったとまでは思わない」

「それはちがうだろ。そもそも存在しなきゃ、喜びが奪われることもない。最初から生まれずに済んでれば、それはマイナスじゃなくプラマイゼロだ。そこに憧《あこが》れをおぼえないか」

「存在には非存在に勝る利点がないって？　まさしくベネターの反出生主義」

「親が人格者じゃなきゃ、まともに子育てはできない。でも人格者じゃなくてもセックスすりゃ子供ができちまう。この世は根本的にまちがってる」

「大勢殺した言いわけにきこえる。自分が死ぬための言いわけにも」

「おまえはそうじゃねえってのか」

「あんたみたいなマザコンじゃない」

受水槽の向こうで物音がした。ブーツの靴音だとわかった。結衣は反射的に銃撃し、勇次の人影を追いまわした。まるで害虫のようにすばしこい。勇次はまた給湯用膨張タンクの陰に逃げこんだ。

和美の嗚咽《おえつ》がきこえる。頬を張るような音が反響し、悲鳴があがった。次いで首を絞められたらしい、和美が苦しげな呻《うめ》き声を漏らした。

勇次の声が低く告げてきた。「三井先生はこの場でぶっ殺す。結衣、おまえはなにもできず、そこで哀れな先生の叫びをきいてろ」

結衣は動じなかった。「勇次。先生に暴力を振るう生徒をどう思う？　まして女の先生が、お母さんみたいに接してくれなかったって理由で」

「母は関係ない。この女は無責任な大人の代表だ。だから処刑してやる」

「人が生まれてこなきゃ、責任を感じる動物はこの世にいない」

「それがどうした」

「責任ってものを認めてる時点で反出生主義に徹しきれてない。あんたのいってることは幼稚なへ理屈」

「挑発に躍起だな、結衣。でも俺が三井先生を殺すのをどうやって止める。カズマが三井先生を素っ裸にして、ビルから投げ落とすこともできるんだぜ？」

「親子揃って変態趣味」

「親父を侮辱するな！　こんな女いますぐ殺してやる」

「無理。いまから一分後には、先生はわたしのもとにくる」

「なんのたわごとだよ」

「いまきいたとおり」

結衣は銃撃しつつ飛びだした。勇次らの潜む給湯用膨張タンクに猛然と駆けていった。勇次が身をのぞかせ発砲してくる。このまま距離が詰まれば勇次の圧倒的有利になる。結衣が撃たれるのは時間の問題だった。それでも結衣はジグザグに走った。右手に持ったスマホの背面を一定の方角に向けながら、画面を親指でタップする。メニュー画面は開けなくとも、懐中電灯機能を点《つ》けたり消したりはできる。短、短、長。

短、長、短、長、長。

だしぬけにスナイパーライフルの狙撃が浴びせられた。タンクの側面が大きく凹《へこ》み、次々と穴が開き、水が噴きだした。なおも狙撃はつづいた。勇次らは被弾を逃れるため、位置を変えざるをえなくなった。タンクの陰から勇次とカズマが駆けだした。カズマは和美の腕をつかんで引きずっていたが、和美は脚が立たず、ほどなくその場にくずおれた。手を放してしまったため、カズマが駆け戻ろうとする。結衣は容赦なく銃撃した。カズマは舌打ちし、闇雲に発砲しながら勇次とともに逃走した。

勇次は走りながらリュックをまさぐっている。モールス信号を送るためのLEDライトを探しているのだろう。刻駕が日本人のせいで、和文メッセージを送信せねばならなかったのが、勇次にとっての不運だった。ベトナム語なら結衣には解読できなかったかもしれない。

スナイパーライフルによる狙撃はなおも続行された。勇次は苦々しげな顔で逃げまわった。結衣も勇次の動きを目で追い、トリガーを引きつづけた。勇次が反射的にリュックで胸もとを覆った。弾丸はそこに命中した。

瞬時にリュックを盾にするとは、類《たぐ》い希《まれ》なる敏捷《びんしょう》さといえる。だがリュックはばらばらになり、中身が一帯に散乱した。防弾用の鉄板のほか、液体入りペットボトルが数本転がる。蓋《ふた》にロウマッチが仕込んである馴染《なじ》みの仕様だった。ほかにタブレット端末、手帳、筆記具、ナイフ、鎖、紙幣や硬貨、銃弾、マガジン、銃身の手入れ用とおぼしきブラシ。あらゆる物がぶちまけられた。そのなかにプラスチック消しゴムのような質感の、白い円盤形の小物が転がった。

勇次が血相を変え、回収のため引きかえそうとする。しかし結衣はすばやく飛びこんだ。ほかの物にはいっさい目もくれず、消しゴムだけをつかんだ。

顔をあげたとき、勇次の燃えるようなまなざしが見下ろしていた。結衣は横たわったまま、左手に握った拳銃で勇次を撃った。勇次はバク転しながら躱《かわ》したものの、ペットボトルを一本つかみとった。蓋をコンクリートにこすりつけ、ほかのペットボトルに投げた。

まずい。結衣は急いで起きあがるや、和美のもとに走った。直後、屋上に閃光《せんこう》が走り、巨大な火柱が立ち上った。灼熱《しゃくねつ》の旋風が襲いかかる。ガソリンの爆発が巨大な火球を膨れあがらせ、轟音《ごうおん》が耳をつんざいた。結衣は和美を庇《かば》いながら伏せた。背に焼けるような熱さを感じる。

火炎ペットボトル、それも数本がいちどに引火した。ホテルの屋上はまさしく火の海と化した。真っ赤に燃えさかる炎が周囲をとり巻く。夜空が陽炎《かげろう》のごとく揺らいでいた。無数の火の粉が舞い散る。黒煙が辺りに立ちこめだした。

和美が激しく咳《せ》きこんだ。結衣はただちに和美を助け起こした。頬に痣《あざ》ができているものの、和美に負傷はないようだった。

ゴウゴウと燃える炎の向こうに、弾《はじ》けるような音をきいた。階段塔のドアが開け放たれた。ＳＡＴの群れが躍りでたものの、一面の火炎地獄にひるむ反応をしめす。怒鳴り声があちこちから響いてくる。両隣りのビルの屋上にも、新たに制服警官たちが出現した。

　警察が包囲網を狭められないのは炎のせいだった。結衣にしてみれば、どこにも脱出ルートがない。勇次も同様のはずだった。このまま焼け死ぬか警察に捕まるか、運命はどちらかでしかない。

　ところが燃えさかる炎のなかを突っきり、勇次とカズマが走っていくのが見えた。ふたりは屋上の隅へと向かった。貝坂通りとは逆側に位置する、ホテルの裏手方面だった。勇次が手すりを乗り越え、ふいに姿を消した。カズマも勇次に倣い、空中に身を投じた。

　まさか飛び下りたのか。いや、そうは思えない。あらかじめ決められた動作に思えた。結衣は和美にきいた。「立てますか」

「ええ。なんとか」和美が辛《つら》そうに顔をしかめ、ゆっくりと立ちあがった。おろおろと辺りを見まわす。「どうすればいいの」

「ついてきてください」結衣は歩きだした。ふらつく和美の手をとる。焼け尽くすような熱風のなか、炎のわずかな隙間を抜けていった。和美のロングスカートの裾《すそ》に火の粉がまとわりつくたび、結衣は蹴《け》って払い落とした。それでも焦げ痕《あと》はどんどん増えていく。

勇次が残したリュックの中身は、ほとんど燃えるか溶けてしまったが、鎖だけは原形を留《とど》めている。結衣は鎖をとりあげた。熱さに手放しそうになったものの、もう拾える物はこれしかない。鎖の長さは一メートルほど、一方の端に南京錠がつけてある。おそらく即席の分銅鎖として武器に用いる気だったのだろう。

火災はなおも激しく、SATとの距離は大きく開いていた。いっこうに鎮火に向かわないのは、排気ファンが屋上に空気を送りこむせいかもしれない。轟音が響き、新たな火柱が至近に立ち上った。まるで噴火だった。和美がすくみあがり足をとめた。結衣は和美を抱き、歩くよううながした。

勇次たちの消えた辺りに近づいた。手すりに鉄製のワイヤーが結びつけてある。ワイヤーは都心の夜景のなかを、斜め下方へとまっすぐ延びていた。ふたつの人影がワイヤーにぶら下がりながら滑降していく。わずか数秒のうちに、離れたビルの低層階にあるバルコニーに到達した。

ジップラインだった。専用の滑車に命綱で身体を吊《つ》り滑降する。どこのレジャー施設でも見かけるしろものではあったが、あいにく滑車はもう残っていない。ワイヤーは銛《もり》を射出して張ったらしい。ならゴールとなるバルコニーは、勇次らが力ずくで占拠した部屋と考えられる。

ぐずぐずしてはいられない。結衣はいった。「先生。抱きついてください」

「まって」和美が悲痛な声を発した。「なにをする気なの」

「ムーミンバレーパークで唯一人気のアトラクション」

「先生はそんなのやりたくない！　高いところなんて怖い。お願いだから許して」

足もとにガソリンが流れてくる。それにつれ炎も迫ってくる。結衣は和美を見つめた。「屋上がこっちに傾斜してるようです。警察が来る前に焼け死にます」

「やだ！」和美は少女のように泣きじゃくった。「助けて。ここから連れだして」

「ならしっかりつかまって、絶対に放さないように」

和美が強く抱き締めてきた。結衣はワイヤーに鎖をかけた。両端を左右の手に巻きつける。結衣は思わず唸《うな》った。生まれてこなければよかったとは思わない、勇次に対してはそんなふうに強がってみせたものの、早くも撤回したい衝動に駆られる。

背面に強烈な熱風を感じた。新たな爆発が起き、炎の壁が間近に迫ってきた。和美の悲鳴が耳もとに響いた。結衣は手すりを越え、身体を空中に投げだした。

両手にふたりぶんの体重がかかる。鎖に締めつけられ、指が切断されそうなほどの激痛が走った。和美が必死でしがみつく。滑降は思いのほか速かった。息もできないほどの風圧が押し寄せる。しかもどんどんスピードが上昇していく。足が宙を蹴った。空中にいる実感が恐怖とともにひろがる。頭上で火柱が散った。摩擦熱が鎖にも伝導してきた。眼下の夜景が急速に拡大されつつある。前方には平河天満宮が見えるが、ワイヤーはそれより手前が終点になっている。真下は低層ビル群の谷間だった。商店街らしき路地がある。高度はもう二十メートルを切った。ドラッグストアが目にとまった。その前に段ボール箱が積みあげられていた。業者が箱を一個ずつ平らにしながら、軽トラックの荷台に積んでいく。

ドラッグストア上空を通過した。もう通行人の顔が識別できるほどの高さになった。

そのときふいにワイヤーが弛《たる》んだ。身体が垂直に落下しだした。和美が絶叫とともに抱きついてきた。

脱出を果たした勇次らが、バルコニー側のワイヤーを切断した。しかし結衣はそれを予想していた。結衣は鎖を手放し、ワイヤーそのものをつかんだ。振り子のごとく斜め後方に落ちていく。結衣は空中でワイヤーをたぐり寄せ、落下位置を調節した。電線を避ける必要がある。背中を下に向け、和美を衝突から庇う。

爆発に似た騒音が轟《とどろ》き、全身が硬い物に叩《たた》きつけられた。だが地面だったらこんなものでは済まない。結衣は和美とともに段ボール箱の山に埋《うず》もれた。痺《しび》れるような背筋の痛みに失神しかけたが、顔に降り注ぐ無数の段ボール箱に殴られ、かえって正気が保たれる。

　和美はもう悲鳴をあげてさえいなかった。静寂のなか、人々のざわめきがきこえた。わずかに和美が身体を起こした。結衣はその顔を見つめた。茫然《ぼうぜん》としたまなざしが結衣を見かえす。

　関節がようやく反応するようになった。結衣は激痛を堪《こら》えつつ、段ボール箱の山から這《は》いだした。通行人らが足をとめ、こちらを眺めている。業者も目を丸くしていた。結衣は和美の手を引き、無理やり立たせようとした。和美は足もとがおぼつかなかったが、よろめきながら何歩か前進するうち、結衣にしがみついた。声をあげて泣く和美を支えつつ、結衣は歩きだした。落ちていた鎖を拾い、できるだけ足ばやにその場を離れる。街頭防犯カメラには映っているだろうが、スマホで撮影されるのは好ましくない。長居はできなかった。結衣と和美が屋上から脱出したことを、勇次らも見てとったはずだ。

　地下鉄半蔵門駅の入口を近くに見つけた。階段を駆け下りていく。幸いこの辺りには、まだ警察の手が伸びていないようだ。地下二階のコンコースに改札があった。感覚を失いがちな指を無理に動かしながら、ポケットから財布をとりだした。結衣はきいた。「先生、パスモある？」

和美はうつろな目で見かえすと、首を横に振った。切符を買うしかないと結衣は思った。

改札を抜けたのち、さらに地下へつづくエスカレーターに乗った。ふたりは言葉を交わさなかった。ホームに着くと、中央林間《ちゅうおうりんかん》方面の電車が来ていた。さほど混んではいない。永田町《ながたちょう》のほうに戻ることになるが、いまは足をとめたくなかった。車両に乗りこむと、ほどなくドアが閉まった。

動きだした電車のなかで、結衣は和美とドア付近に立った。和美の髪はぼさぼさになっている。ブラウスとスカートもいたるところが焼け焦げ、細かな穴が開いていた。結衣も同じありさまなのは確認するまでもない。だがこれぐらいなら、さほど不審な目は向けられない。いままでの経験がそう告げていた。

結衣は周りにきこえない小声でささやいた。「先生は渋谷あたりで降りて、警察に保護を求めてください」

「嫌」和美が涙ぐんで拒絶してきた。「そんなの安心できない。目の前で……。刑事さんが殺された。田代君はなにも恐れてない」

思わずため息が漏れる。結衣は円盤形の消しゴムをとりだした。正確には、消しゴムのように見える物体だった。

和美がきいた。「それは？」

長谷部家に行かなかったら、この物体を拾おうとは思わなかっただろう。しかし形状に覚えがあった。手作りクッキーの鋳型のなかに、こんな円盤形があった。

父から教わった知識だった。牛乳を耐熱容器にいれ、沸騰させないていどに電子レンジで温めてから、酢をいれて混ぜる。スープ漉《こ》し器で漉すと、カゼインが凝固し、プラスチック消しゴムに似た物質ができあがる。大事な物を隠すのに重宝する。

円盤に爪を這わせ、わずかな亀裂《きれつ》を作ってから、力ずくで折り曲げる。割れた物体のなかに、一本の鍵《かぎ》がおさまっていた。複雑なカットと凹《へこ》みを有する、あまり見かけない鍵だったが、結衣には知識があった。「合鍵が作れないプラントマ錠。大企業のエントランスによく採用される」

「企業」和美は目を瞠《みは》った。「そういえば、田代君たちは武蔵小杉に行くと思う」

「なぜですか」

「わたしの前で口を滑らせた子を、田代君は容赦なく……」

「ああ。ならこれは田代ホールディングス本社の鍵でしょう」

「なんでそんな物のなかに隠してあったの？」

「仲間に奪われたら、だし抜かれかねない危険があったとしか思えない。たぶん田代ホールディングスにメンパスがあるんです」

「メンパス？」

「なにかはわかりません。Mディスクに保管する重要なデータで、警察も探してました。勇次は動画でMディスクを見せ、メンパスがここにあるといった。でもそれは嘘です」

「どうしてわかるの」

「先生を殺すことが唯一の目的と見せかけて、じつはホテルを脱出したのち、武蔵小杉の社屋を探すつもりだったんです」

警察は田代ホールディングス本社を調べ尽くした、ナムが電話でそういった。それでもなお家宅捜索が継続中だったため、勇次は手がだせなかったのだろう。そこで勇次はメンパスを持っていると主張した。さらにきょう関東各地で銃撃事件が起き、勇次が和美を襲ったとなれば、警察も本社のガサいれどころではなくなる。むろん社屋の警備は続行されるだろうが、大勢の捜査員が夜通し建物に滞在することはない。

警察組織は慢性的な人員不足だった。神奈川県警も中原《なかはら》署も、すでに田代家の所有でなくなった廃墟《はいきょ》の捜索よりも、不良少年らに対し警戒を強めねばならない。メンパスを持つ勇次の行方も追う必要がある。きょうのような状況下で、警察がどのような配置をおこなうか、優莉匡太の次女には手にとるようにわかった。田代槇人の次男にとっても同様にちがいない。

電車がホームに滑りこんだ。永田町駅だった。停車しドアが開く。人々が降りていき、また大勢が乗りこんできた。ホームに制服警官を見かけたときには緊張が走った。だがやがてドアが閉じた。電車はなにごともなく発車した。

和美が小声できいた。「田代君は、そのメンパスって物を必要としてるの？」

「そう思います。火炎ペットボトルとジップラインを用意してたのは、先生を殺したのち屋上に火災を起こし、行方をくらます気だったからです」

「わたしを殺そうとしてたのはたしかなのね……」

「いまでも殺意が消えたとは思えません。よりいっそう燃えあがってるでしょう」

「優莉さん」和美がじっと見つめてきた。「武蔵小杉へ行くの？」

結衣は視線を逸《そ》らした。教師に対しては答えにくい質問だった。しかし結論はもうでている。

和美がいった。「わたしも一緒に行く」

困惑がよぎる。結衣は和美に視線を戻した。「なぜですか」

「本社に入ったことがある」

「……先生が？」

「武蔵小杉高校に勤務してたとき、本社すぐ近くのマンションに住んでた」

「あの辺りのマンションといえば、タワマンばかりでしょう」

「そんな高価なところじゃなくて、市《いち》ノ坪《つぼ》の交差点に面した角に、賃貸マンションがあるの。そこに暮らしてた」和美の目にまた涙が滲《にじ》みだした。「伸吾さんと……」

結衣は真っ暗な車窓を眺めた。煤《すす》で汚れた自分の顔があった。袖《そで》で頬を拭《ぬぐ》いながら結衣はささやいた。「近所だからって招かれないでしょう」

「わたしから挨拶《あいさつ》に行ったの。伸吾さん……夫がそうしたほうがいいっていうから。田代勇次君の実家兼社屋だったし」

　オリンピック選手候補として有名だったころの勇次に対しては、教師も浮かれて当然かもしれない。結衣は和美にきいた。「なかに招かれたんですか」

「土曜日だったから、田代君もいて、案内するよといってくれて……。企業フロアも最上階のお家《うち》も、隅々まで紹介してくれた。もちろん見てないところはあると思うけど、いまでもかなり覚えてる」和美は静かに付け加えた。「あのときの田代君、とても嬉《うれ》しそうだった。やさしくて、親切で、ありえないぐらいの優等生に思えた」

結衣は黙って考えた。初めて侵入する巨大な社屋は迷路も同然にちがいない。構造を知る人間がいれば強みになる。だが和美を危険な目に遭わせられない。常識で考えれば、和美をどこか遠くに避難させておくべきだ。

とはいえこれがまた勇次の罠《わな》でないとはいいきれない。結衣を武蔵小杉におびき寄せておき、ひとりきりになった和美の居場所を急襲する、そんな策略を否定できるだろうか。

大人の犯罪者は理詰めで計画を立案する。しかし勇次はちがう。結衣と同じく衝動や欲望、快楽を優先するところがある。よって犯行の目的さえも気まぐれにころころ変わる。大人は十七歳を侮りたがるが、実際には知力も体力もピークに近い。一方で思春期ならではの不安定さと、無教養な非常識さを兼ね備える。こんなに厄介な存在はほかにあるまい。

和美の安全を優先し、どこかへ逃亡するにしても、やはり結衣が一緒にいなければならない。警視庁の刑事たちが守っていても襲撃を受けた。新たな隠れ家をも、武装不良少年の群れが包囲しないとはかぎらない。和美をひとりにはできない。

どうせ集団の餌食《えじき》になるなら、どこにいても同じ。ゆえに和美を連れ田代ホールディングス本社に乗りこんでしまえばいい。そんな狂気じみた判断が頭をもたげてくる。

和美もそう考えているのだろう。もはや理性的とはいいがたい。

いや。しょせんいかれた未成年どうしの殺し合いだ。叡智《えいち》を持ちこもうとする意識高い系の大人は死ぬ運命にある。和美がそうでないのなら、むしろ生き延びられる可能性も高まる。

結衣は和美を見つめた。「田代勇次は生徒じゃありません。先生を殺しにくる異常者です。そのうえでわたしがどうするか、理解してくれますか」

和美の疲弊しきった顔がうつむいた。「もう頼れる人はほかにいない。怖いけど、いまのままにしておいたら、いずれ殺されると思う」

結衣はまた車窓に映りこむ自分に目をやった。武蔵小杉高校のブレザーから、泉が丘高校のセーラー服に戻った。なのにときは戻せない。何度となく制服を新調するたび、返り血を染みこませてばかりいる。

「先生」結衣はささやきを漏らした。「その覚悟なら充分です」

23

渋谷駅で東急東横線《とうきゆうとうよこ》に乗り換え、武蔵小杉駅に着いた。夜七時すぎ、駅構内は大勢の人で賑《にぎ》わっている。南口をでると、綺麗《きれい》に整備されたロータリーがあった。グランツリーという大型ショッピングモールに向かう群れのなかに、結衣は和美とともに紛れた。

遠まわりになるが、中原警察署からはなるべく距離を置きたかった。グランツリーの外壁に沿い、綱島《つなしま》街道の歩道を歩いた。多くの自転車が通行人とすれちがう。道の反対側にはステーキのあさくま、ジーンズメイト。その向こうにタワーマンションが林立していた。

和美が心細げにささやいてきた。「教師として、田代君みたいな生徒にどう対応するのが正解だったのか、いまだにわからない」

結衣に対してもだろう。すれちがう通行人が途絶えるのをまって、結衣は小声できいた。「どんな生徒だと思ってるんですか」

「フェリーで田代君の人格をきめつけるようなことをいった。教師は心理学の本を読むよう推奨されてるけど、専門家じゃないんだから、勝手に色眼鏡で見てはいけないとされてるのに……」

「でもそれは勇次の人格について、三井先生がだしたひとつの答えでしょう」

「ただの偏見かも……。自己愛性、演技性、反社会性パーソナリティ障害で、しかもサイコパスだなんて」

結衣は無言で歩きつづけた。優莉匡太の精神鑑定結果と重なる。むしろ報道が和美の先入観になっているのかもしれない。結衣も遺伝しているか、後天的影響を受けた可能性がある人格だった。一方で田代槇人も、自身のことをサイコパスだといった。

ガソリンスタンドがある市ノ坪交差点で横断歩道を渡る。行く手の角にあるカーキいろの瀟洒《しょうしゃ》なマンションを、和美が指さした。「ここのイースト棟、八階に住んでた」

タワマンの密集する公園のような緑地の端だった。女子中学生がオートロックのエントランスを入っていくのが見える。周辺の歩道の幅は広く、花壇さえ設けられていた。通りすがりの若いカップルが談笑する。片側一車線の道路を、クルマのヘッドライトがひっきりなしに行き交う。

マンションから生活道路を一本挟み、フェンスに囲まれた広大な敷地が見えてきた。ゆとりのある芝生の庭の真んなかに、うっすらと闇に紛れ、褐色のタイル張りの社屋が建つ。

結衣はつぶやいた。「目と鼻の先……」

「そうなの」和美が憂鬱《ゆううつ》そうにうなずいた。「大きな会社だなと思ってたけど、ここが田代ホールディングスだと知ったときには驚いた」

「前は半導体やプリント基板製造をおこなう企業だったとか」

「そう。東京王化《とうきょうおうか》工業。当時わたしが見た地図でも、まだその社名になってた。移転後に入居したって」

「ゴミ収集車が多く待機する場所に隣接してたはずだけど」

「中原生活環境事業所でしょ。このすぐ向こう側」

道路の反対側には二階建ての民家が連なる。どれも小ぶりだが真新しい。ずっと先にはコンビニの看板も見える。歩道は自転車用と歩行者用のツートンカラーに塗り分けられていた。バス停にベンチが据えてあるが、いまは乗車を待つ人の姿はない。あきれるほど平穏な市街地の一角。田代ホールディングス本社の正門は、そんな歩道に面していた。

スライド式のゲートは閉じているものの、高さはなく、敷地内は楽に見渡せる。明かりひとつない暗がりに、ガラス張り五階建ての、左右に幅広い巨大な建築物が浮かびあがる。印象としてはニュースで見かける総理官邸に近い。建物全体が門の形状をしていて、中央が二階部分まで刳《く》り抜かれ、乗りいれた車両が停められる広いスペースを有する。高級ホテル並みに贅沢《ぜいたく》な空間の使い方だった。

そこに一台のパトカーが停車している。車体後部をこちらに向けていた。結衣は目を凝らしたが、車内に警官の姿はなかった。エンジンもかかっていない。

和美が不安そうな声を漏らした。「やっぱり警備が……」

「いえ」結衣はゲートに近づいた。「見張るべきは外のはずなのに、ここにいないのは変」

背後の路上にクルマが渋滞している。市ノ坪の信号が青になり、それらが走りだすまで待った。なお往来は途切れないものの、どうせもう駅周辺の防犯カメラに映っている。結衣はゲートに沿って軽く助走すると、脚を前方に振りあげ跳躍した。パルクールのシーフヴォルトでゲートを飛び越える。

敷地に侵入した。社屋は死んだように無反応だった。窓ガラスのなかに懐中電灯の光ひとつ見えない。だが結衣は確信していた。勇次たちはもう内部にいる。

和美に手を貸し、ゲートを慎重に乗り越えさせる。ふたり揃って不法侵入を果たした。通行人が敷地内の結衣たちを一瞥《いちべつ》していったが、いっこうにかまわない。パトカーがいる以上、大人の女と女子高生は不審人物と見なされない。

近くで見上げると、社屋がより巨大に感じられてくる。二階までは左右の二棟でフロアが分離されていた。三階と四階はつながり、建物の幅全体でワンフロアになっている。五階のみバルコニーを備えたペントハウス風だった。あれが田代家の住居だろう。

結衣は和美にきいた。「どこから入りましたか」

和美が左側の車寄せを眺めた。「あそこが玄関のはず……」

「離れないでください。後ろにぴったりついてきて」結衣は歩きだした。

暗がりのなかを歩く。空間的余裕があるため、いまのところ敵の不意打ちの可能性は低い。たとえ何者かが物陰に潜んでいようと、飛びだしてから駆け寄るまで数秒はかかる。狙撃《そげき》される危険も少ない。こんな市街地では銃声が響いたとたん通報されるからだ。田代ホールディングス本社だけに、なおさら付近住民は警戒心を募らせている。

車寄せに面した玄関は観音開きのドアで、壁と同じくガラス張りになっている。ただし内側に遮光用のロールカーテンが下りていた。隙間から内部をのぞいたが、真っ暗でなにも見えない。

結衣は把《と》っ手をつかんだものの、びくともしなかった。施錠されている。ドアの鍵《かぎ》穴《あな》はプラントマ錠とわかる。持ってきた鍵をとりだした。

和美が戸惑いをしめした。「鍵を失くした田代君は、なかに入れないんじゃ……」

「どうせ裏手の外壁をよじ登って、めだたない階上の窓を壊して侵入してます。家の合鍵を使うのが無難だけど、なくてもどこから押しいるべきか、すぐに思いつくでしょう。自宅だったんだし」

鍵穴に挿しこんだプラントマ錠をひねった。難なく回転し、ドアは解錠された。きしむドアを開け、なかに踏みいった。異様なほど真っ暗な空間だった。遮光カーテンが窓という窓を塞《ふさ》ぎ、道沿いの街路灯の明かりも射しこまない、そのせいだろう。靴音の反響により、かなり広々としているうえ、床が大理石張りだとわかる。警察がガサいれの際、ドアを開けっぱなしにしたようだ。砂が風に吹かれ流入し、床に堆積《たいせき》している。歩くたび雑音が混じる。

ゴミもいたるところに落ちていた。空のペットボトルに金網の切れ端、いにしえのフロッピーディスクまでが、うっすらと見てとれる。前の会社が残していった雑多な物を、倉庫からほじくりだし調べたのかもしれない。

結衣は和美にきいた。「ここは？」

「ロビー」和美が震える声で応じた。「二階まで吹き抜けで、あっちの壁に会社の受付カウンター。ほかには接客用ソファが並んでたと思う。エレベーターと階段は奥に……」

「しっ」結衣は静寂をうながした。

砂を踏みしめ歩く靴音がした。ぼんやりとソファだけは見えてきた。かなり前方に人影がひとつ浮かんでいる。

前進しようとしたとき、なにかにつまずいた。和美が息を呑《の》む反応をしめした。

結衣は身をかがめ、床に手を伸ばしてみた。人体が転がっている。触覚から警官の制服だと気づいた。首筋を探りあて、頸《けい》動脈に指を這《は》わせた。体温はまだ残っているものの、脈拍は消えていた。すぐ近くにもう一体が横たわっている。こちらも絶命はあきらかだった。

「なに？」和美が不安げに問いかけてきた。

正直に答えて怖がらせる必要もない。死体の腰、ベルトのあたりをまさぐる。ホルスターの拳銃《けんじゅう》がなくなっていた。ランヤードの切断された端が指先に触れた。もうひとつの死体も同様だった。

敵は新たに二丁、本物の拳銃を入手したようだ。だがむやみに発砲はできない。サクラＭ３６０Ｊの銃声は百八十デシベル、至近の落雷よりはるかに大きい。奴らの３Ｄプリンター製拳銃もそれぐらいの音を発する。密閉された建物内であっても、確実に外まできこえる。近隣住民による通報は免れない。

結衣は和美の手をとった。「床に大きな物が横たわってます。踏み越えてください」

和美がいわれたとおりにした。ふたりで闇のなかを歩いていく。前方の人影との距離が少しずつ縮まりだした。

すると人影が低い声を響かせた。「まさか女教師を連れてくるとは、想像以上に非常識な奴だな」

耳に馴染《なじ》みのある声だった。結衣はいった。「須永先生。今度は田代勇次の顧問弁護士になった？」

人影はソファの近くにたたずんでいる。須永弁護士の声が悠然と応じた。「私は誰の顧問にもならんよ。海外では弁護士資格も意味をなさなくなる。ただし日本への法的対処においては力になれる」

「本気？　須永先生まで勇次の将来を応援してるの？」

「非合法手段のすべてを悪いことに位置づけちゃいかんよ。各国の政府がさだめた法律なんて、それこそ支配階級の都合でしかない。マフィアのほうこそ経済活動を支えている事例はあまたある」

「ベテラン弁護士の先生が、そんなつまらないことをほざくとはね」

「弁護士も供給過剰だ。おかげで保護司も同然の雑用を押しつけられる。きみのような社会のクズの面倒をみなきゃならない。しかも報酬は雀の涙ときた」

「断りゃよかったのに」

「今回に限っていえば職務が役立った。馬鹿なきみと無能な警察を、三時間以上も警視庁内に釘《くぎ》づけにできた。思ったより早く抜けだしたようだが」

「三流弁護士の素人芝居が観るに堪《た》えなくて。映像作品として最低ランク」

「きみがボコボコにされて縛られたら、私が撮影して持ち帰るよ。個人的なコレクションにしよう。むろん卑《ひ》猥《わい》なポーズもとらせる。きみが殺されたあとも、少しずつ写真週刊誌に公開して定期収入を……」

無駄話が長すぎる、しかも頭に血を上らせようと画策している。そう気づいた瞬間、風圧が押し寄せてきた。少年の怒号が間近にこだました。結衣は和美の襟をつかみ、力ずくで押しさげた。「伏せて！」

間合いが詰まってからようやく、不良少年のシルエットがうっすら浮かんだ。だが暗闇を見通せないのは敵も同じだった。いまになって結衣の位置を正確にとらえたらしい、鉄パイプを水平に振ってくる。結衣は身を引いて躱《かわ》すと、セーラー服の裾《すそ》のなかに左手を捻《ね》じこんだ。

セーラー服の下、胴体に巻いておいた鎖の端をつかむ。みずから身体を回転させながらほどくと、もう一方の端の南京錠を錘《おもり》がわりに、遠心力で大きく振りまわした。鉄パイプより長く延びるリーチを利用し、敵の顎《あご》を強打する。不良少年は弾《はじ》き飛ばされ、盛大な音とともに床に転がった。

四時の方角からふたつの人影が迫っていた。結衣は分銅鎖の回転を加速させた。体側で縦に振りまわせば、一秒足らずで時速二百五十キロに達する。離れた間合いから敵の顔面に打ちこんだ。唾液《だえき》とともに白い歯が宙に舞い、ひとりが突っ伏した。もうひとりがナイフを振り下ろしてくる。結衣は両手のあいだに鎖を張り、刃を遮るや、敵の腹に膝蹴《ひざげ》りを浴びせた。少年が呻《うめ》き声を発し、前屈姿勢になった。その背後にまわる。鎖を敵の喉《のど》もとに這わせ、反りかえりながら絞めあげる。少年は両手両足をばたつかせ、苦しげに喘《あえ》いだ。窒息まで待ってはいられない。結衣は肘《ひじ》を敵の背にあてつつ、鎖を力いっぱいに引いた。梃子《てこ》の原理で首の骨をへし折る、軽い手応《てごた》えを感じた。鎖を緩めると、死体が床に落下した。

須永弁護士が狼狽《ろうばい》の声を漏らした。靴音をあわただしく響かせ、人影が奥へと逃走していく。

結衣は前方に滑りこむように伏せ、サイドスローで分銅鎖を投擲《とうてき》した。分銅鎖は床すれすれを水平に飛び、須永の脚に命中するや、南京錠が錘となって巻きついた。須永は前のめりに転倒した。ロビーのホール内に騒音が響き渡った。

暗がりのなか、結衣は和美の手を探りあて、ゆっくりと引き起こした。離れないよう和美をうながし、須永の倒れた場所に歩み寄る。

須永は立とうと身をよじっていたが、ままならないようすだった。鎖がしっかりと両脚に絡みついている。結衣は須永を蹴って仰向《あおむ》けにし、喉もとを踏みつけた。

「勇次は？」結衣はきいた。

「よせ」須永が咳《せ》きこみながら、かすれた声を必死に絞りだした。「悪いことはいわん。すぐ立ち去れ。おまえも三井先生も殺されるぞ」

「メンパスを探してるはずでしょ」

「そんな物ここにない。最初から勇次が持っとる」

「と見せかけただけじゃん」

「優莉。おまえは今後こそ実刑だ。どれだけの数の防犯カメラにとらえられたと思っとる。おまえに勝ち目はない」

須永は不敵に身体を震わせながら笑いだした。結衣が強く踏みつけると、さすがに笑い声は途絶えた。須永は苦痛の呻きを発した。

どうしてもきいておく必要がある。結衣は須永を見下ろした。「メンパスってなに？」

「常識でわかるだろうが。タイヤ館のメンテナンス・グリーンパ……」

「ここ喉仏。わかる？　わたしが全体重をかけて踏めばあんたは死ぬ」

「じ」須永は激しい動揺をしめした。「重要なデータだ」

「どう重要？」

「そのう……」

「早く喋《しゃべ》りなよ」

「わかった、そんなに強く踏もうとするな。人員《メンバー》、結果《エフェクト》、純益《ネット》、資産《プロパティ》、会計《アカウンタント》、金庫《セイフ》。略してＭＥＮＰＡＳ《メンパス》。田代ファミリー五年間の記録すべてだ。シビックに返済していない隠し財産の口座と、田代槇人の海外コネクションの全貌《ぜんぼう》を含む。ファミリー再建の鍵《かぎ》だ」

そういうことだったか。どうりで腐った医者や弁護士が勇次にまとわりつくわけだ。勇次は裏金を相続しようとしている。のみならず国外の同胞とふたたび手を結ぶつもりだった。それらがあってこそ、東南アジアでマフィアのドンなどめざしうるのだろう。なんのことはない、典型的な親のすねかじりの二世でしかない。

結衣は須永を踏んでいた足を浮かせた。須永が激しくむせた。

「消えて」結衣は奥へと歩きだした。「通報したら自分の身も危うい。承知してるでしょ」

和美の肩を抱きながら歩を速める。鎖の音が響いた。背後で須永が上半身を起こし、脚の鎖を解き放っている。

鎖をほどききったのが音でわかる。だがその後も騒音は途絶えなかった。けたたましい金属音を響かせ、人影が後方から突進してきた。須永の怒鳴り声がこだました。

「凶悪犯の小娘が！　ここで死ね！」

素人の振りまわす分銅鎖の封じ方なら心得ている。結衣はムエタイのストッピングキックを前方に繰りだした。飛んできた南京錠を靴の裏で蹴った。南京錠はまっすぐ跳ね返り、須永の鼻っ柱に激突した。顔面の骨が陥没したのが音でわかる。須永は仰向けに倒れた。砂埃《すなぼこり》が舞いあがるなか、ぴくりともしなくなった。

和美がか細い声でささやいた。「どうなったの？」

暗闇は和美にショックを与えずに済む。須永は即死していた。結衣は黙ってしゃがみ、死体のポケットをまさぐった。

スマホが見つかったものの、やはりロックがかかっている。結衣はため息をついた。

やや古い機種で、解除方法は暗証番号のみだった。とはいえ手放す必要はない。位置情報の精度も低いため、建物内を動きまわるだけなら、探知されても問題はなかった。結衣はスマホを持っていくことにした。

和美がきいた。「そのスマホ、ライトを点《つ》けられない？」

「機能がありません」

「そうか……。あ、でも」

「なんですか」

「この先の階段のわきに、非常用の懐中電灯が取り付けてあったの。まだあるかどうかわからないけど」

そうした備品は撤去されていないかもしれない。警察も緊急時に用いる可能性があるからだ。

画面のおぼろな明かりで足もとを照らす。結衣はいった。「おおよそでいいから、そちらのほうへ向かってください」

和美の汗ばんだ手が強く握ってきた。「いいけど、離れないでね」

ふたりでロビーを歩いていく。少しずつ目が慣れてきた。数メートル先までは、ぼんやりとだが見通せるようになった。

傍らにエレベーターの扉があったが、むろん稼働していない。すぐ近くに上り階段がうっすら浮かぶ。夜光塗料の放つ鈍い光点が見てとれた。歩み寄ってみると、壁に懐中電灯があった。

取り外せば即座に点灯するタイプだった。結衣は懐中電灯のレンズを手で覆いながら、手前に引き抜いた。すぐにレンズ部分のスクリューを回し、電極を緩めた。懐中電灯の光は消えた。

光源を堂々と持ち歩くわけにいかない。遠目に位置を知らせるも同然になってしまう。結衣は床を手で探った。雑多なゴミのなかにフロッピーディスクを見つけた。踏みつけながらへし折り外殻を割る。中身の薄いディスクを引きちぎると、小さなプラスチック片と化した。それを懐中電灯の豆電球とレンズのあいだに挟む。ふたたびスクリューをきつく締めた。豆電球は灯《とも》ったにちがいないが、レンズをプラスチック片に塞《ふさ》がれ、明かりはいっさい漏れない。

結衣はスマホのカメラを起動させた。懐中電灯を向けた先の光景が、はっきりと画面に映しだされた。

和美が感嘆の声を発した。「明かりもないのに」

「可視光線がカットされてるんです。赤外線ライトと同じなので、古いスマホカメラには映ります」

「お父さんの知識？」

「半グレには盗撮専門のバカもいたから」結衣は慎重に階段を上りだした。スマホの画面から漏れる微量の光以外、敵に視認される心配はない。けれども油断できる状況ではなかった。

階段の踊り場もゴミだらけだった。やはりフロッピーディスクが散乱しているが、メンパスのデータはそんなに小さくないだろう。Mディスクらしき物体は、いまのところ見当たらない。

二階に着いた。がらんとした通路がまっすぐに延びている。この階は左右の二棟に分かれているはずだ。

和美がささやいた。「こっちの棟は事務室が連なってた。等間隔にドアがあって、それぞれの部屋は二十畳ぐらい。もうひとつの棟はサーバールームばかりだったと思う」

ひとつずつあたるしかない。結衣は最初の戸口に近づいた。ドアが半開きになっている。赤外線ライトで照射しながら、スマホの画面で確認する。室内はもぬけの殻だった。事務机はすべて撤去済みで、やはりゴミが散らかっている。

なぜか真んなかに椅子が一脚のみ、ぽつんと置いてあった。その上に小さな物体が光っている。スマホの映像表示を拡大してみた。透明プラスチックに入ったＣＤ状の円盤。Ｍディスクかもしれない。

スマホの画面を眺めた和美が、室内に身を乗りだした。「なにかあの椅子の上に……」

「まって、気をつけて！」結衣は思わず怒鳴った。

室内の死角に潜んでいた複数の人影が、いっせいに襲いかかってきた。結衣はとっさに和美より前に躍りでた。刀剣とバットのスイングを躱《かわ》しつつ、左右交互蹴《げ》りを瞬時に放ち、ふたりの頭部を吹き飛ばした。背後からつかみかかってきた人影を、背負いながら前方に投げ、強く床に叩《たた》きつけた。

和美の悲鳴が響き渡った。通路側にも敵が押し寄せたようだ。だが突入してはこなかった。悲鳴が通路を遠ざかっていく。和美が捕らえられたらしい。結衣は室内にいる敵の攻撃に阻まれ、戸口から駆けだせずにいた。

前方の敵に蹴りを浴びせる。後ずさった少年が業を煮やしたように拳銃《けんじゅう》を抜いた。サクラＭ３６０Ｊ、警官から奪ったリボルバーにちがいない。

ほかの敵がそれを制止にかかった。「馬鹿！　銃は使うな」

小競り合いの隙を見過ごす結衣ではなかった。ふたりにまとめて足払いをかけ、揃って転倒させる。結衣は床に這《は》った状態から、水平方向に低く飛び、敵のひとりに肘《ひじ》打《う》ちを浴びせた。もうひとりの首に腕を絡め、力ずくで絞めあげる。やはり経験に乏しい十代は、かけられた技から脱するすべを知らない。結衣は敵の頭頂と顎《あご》をつかみ、瞬時に九十度までひねった。骨の折れる鈍い音とともに、不良少年は脱力した。だが新たに通路を駆けてくる靴音が響く。十人はいるようだ。結衣は死体の手から拳銃をもぎとり、左手にしっかりと握った。床から一リットルサイズの空のペットボトルを拾う。ぼろぼろになった金属製のタワシを、ちぎりながら内部にねじこんだ。さらに金網の切れ端を筒状に巻き、まっすぐなかに挿しこむ。拳銃の銃身をペットボトルの口に押しこみ、右手で支えつつ、底を戸口に向けた。

大声でわめきながら人影の群れが突入してきた。結衣はトリガーを引いた。ペットボトルの底に穴が開き、グリップに反動を感じる。遠雷ていどに軽減された銃声が室内に反響した。先頭の敵ひとりが突っ伏した。ペットボトル内部に放射されたガスが、金属製タワシをまんべんなく膨張させ、金網の筒の周囲を埋め尽くした。二発目以降の銃声はさらに小さくなった。

結衣は次々に敵を撃ち倒していった。即席の減音器《サプレッサー》だった。無音にはほど遠い。そもそもサプレッサーをつけたところで、映画のようにガスの噴射音のみに留《とど》まったりはしない。拳銃本体のチェンバー内で火薬が炸裂《さくれつ》するのだから、相応の銃声は轟《とどろ》く。それでも効果は大きかった。この社屋の二階なら、周辺住民の耳にまでは届かずに済むだろう。

　弾を撃ち尽くし、もうひとつの死体に手を伸ばす。腰のベルトに挿した拳銃は視認してあった。一丁を放りだし、もう一丁をペットボトルの口に突っこむ。間髪をいれずトリガーを引き、残りの人影を射殺していった。また弾が切れた。敵はふたり残っていた。ひるみがちな反応をしめすあたり、パグェのスプキョク隊とちがい、単なる不良少年の素顔を晒《さら》している。だがふたりは逃げだすことなく、やけくそ気味の叫びを発し、結衣に突進してきた。結衣は刀剣を拾い、最初のひとりを水平斬りにし、もうひとりの胸部に尖端《せんたん》を突き刺した。

　返り血が噴霧状に顔に降り注ぐ。ふたりの敵は床に崩れ落ちた。静寂が室内にひろがった。

　苛立《いらだ》たしさが募り、ディスクの置かれた椅子を蹴り飛ばす。勇次は動画のなかでＭディスクを見せていた。中身はどうせ空っぽだ。これがそうかもしれない。メンパスが堂々と目に見える場所にあるはずもない。

結衣は赤外線ライトとスマホのみを拾い、通路にでた。これらを持ち歩く以上、両手がふさがる。ほかに武器を携えていても、どうせ瞬時には使えない。懐中電灯で殴りかかったほうが早い。

ふいに階上から声が響いてきた。「優莉結衣！」

嶋倉医師の声だとわかる。結衣は足をとめ、聴覚に意識を集中した。企業フロアなら声は一方的に呼びかけてきた。「そんなところは探すだけ無駄だ。調べ尽くした。五階に来い。おまえの愛する三井先生も待ってるぞ！」

腹立たしいヤブ医者。結衣は階段に戻ったものの、急ぎ駆け上ったりはしなかった。慎重に一段ずつ上がっていく。

ここは敵の城塞《じょうさい》も同じだった。武蔵小杉高校を地獄の戦場にした田代勇次の本陣。終《つい》の棲家《すみか》にしてやる。結衣のなかで激しく燃えあがるものがあった。この一年間に奴らが起こした凶悪犯罪の償いをさせる。復活の狼煙《のろし》などけっしてあげさせない。

24

四階から五階へと上る階段のみ、エンジいろのカーペットが敷いてあった。カーペットは五階の長い廊下にも果てしなくつづく。廊下沿いのドアはどれも木製で、ベトナム調の凝った装飾が施されていた。半開きのドアのなか、それぞれの室内にはまだ家具が残り、警察がさんざん掻《か》きまわした痕跡《こんせき》が見てとれる。

田代家の住居部分だけでもかなりの部屋数になる。勇次の自室らしき部屋が目にとまった。学習机とベッド、放置されたバドミントンのラケット、ユニフォームやスニーカー。この一室のみ遮光カーテンが風に泳いでいる。床に落ちた無数のガラス片が光っていた。

嶋倉医師の声が響き渡った。「こっちだ。まっすぐ来い」

結衣は歩きつづけた。廊下の突きあたりにはドアがなく、そのまま大部屋につながっていた。

赤外線ライトを照射しながら、スマホの画面で確認する。リビングルームの壁紙に見覚えがあった。原爆を発見した石掛《いしかけ》工業高校の地下、テレビが伊賀原と映像通信で結ばれていた。背景がこの壁紙だった。田代槇人はここで伊賀原を射殺したらしい。

奥のドアが開け放たれていた。そこから白髪頭がのぞいている。嶋倉医師はすぐに顔を引っこめた。靴音がせわしなく響く。結衣はドアに駆け寄った。行く手は幅の狭い下り階段だった。どこか別の部屋に通じているようだ。

結衣は慎重に階段を下りていった。依然として真っ暗だが、ほどなく平らな床に行き着いた。

嶋倉の声が呼びかけた。「そこでとまれ」

スマホの画面を通じて見ると、ひと目で変態趣味の部屋だとわかった。窓はなく、異様かつ猥雑《わいざつ》なアイテムばかりが並ぶ。天井から下がった手枷《てかせ》、三角木馬、ビニール製のマットレス。奥にX字形の磔台《はりつけだい》があり、和美はそこに手枷足枷で拘束されていた。和美が涙を滴らせながら呻《うめ》いた。怯《おび》えた視線が虚空をさまよう。こちらに目は向けられない。和美から結衣は見えないせいだった。

ふたりの不良少年が磔台の左右に立ち、和美にナイフを突きつける。タイホウとテカデラだった。いずれもへらへらと笑いながら、交互に刃を和美の眼前にかざす。和美がびくつくたび、ふたりとも腹を抱えて笑った。

部屋の隅に嶋倉が立っていた。「優莉結衣、動くなよ。ここは田代美代子夫人のペット飼育室だ。夫人の留守中には槇人氏もよく利用してたらしい。いうまでもなく飼われてたのは、おまえそっくりの姉だよ」

憤慨させようとしているのはあきらかだった。結衣はとりあわなかった。「勇次は？」

「いまこの場は私に一任されとる。おまえが来るのはわかってたからな、勇次君はよそで吉報を待っとる」

「なに吉報って」

「探し物があってな」

「メンパス？」

「須永弁護士を自白させたのは、きこえてたから知っとるよ。警察が連日調べたが見つからなかった。きょう苦心して警察を追っ払い、やっと私たちで捜索にかかったが、いまだ発見できずだ」

「ダサすぎ」

「おまえは辻舘鎚狩に誘拐された嘉島奈々未《かしまななみ》を捜しだしたな。凜香が原宿《はらじゅく》に仕掛けようとしたサリン噴霧器にしろ、伊賀原の原爆にしろ、探し物が得意らしい。ぜひ才能を発揮してもらおうと思ってね」

「冗談でしょ」

「メンパスを探せ。発見できなきゃ女教師を殺す」

虚勢にちがいない。建物内の生き残りはこの三人だけのようだ。いったん和美を攫《さら》った奴らも、結衣を襲いに戻ってきて、全員が銃弾に倒れたらしい。勇次はここにいない。なら油を売っている暇もない。

結衣は嶋倉にきいた。「断ったら？」

「女教師が死ぬ。それ以前に、そこから一歩でも踏みこんでみろ。やはり女教師は串《くし》刺《ざ》しになる」

「わたしがそんなこと気にすると思う？」

嶋倉がため息まじりにいった。「おまえ、自分がサイコパスに思われがちなのを、いつもうまく利用してるな。ジンの一味もまんまとだまされた。だがおまえはそうじゃない。病院で人質をとられたときも撃つに撃てなかった。看護師の芝居とも気づかずに」

「高熱で判断を誤っただけかも」

「いいのか？　ふざけてる場合じゃないと思うが」

テカデラが舌なめずりをしながら、和美の胸もとにナイフを這《は》わせた。ブラウスの合わせ目にナイフを挿しいれ、ボタンを切断にかかる。タイホウは身をかがめ、スカートを切り裂きだした。和美は目を閉じ、ひたすら身を震わせるばかりだった。

結衣は静かにいった。「メンパスがあるとしたらこの部屋でしょ」

ふたりの不良少年が手をとめ、怪訝《けげん》な顔を向けてきた。

嶋倉が鼻を鳴らした。「田代夫妻専用の部屋だからな、私たちも真っ先に疑ったよ。しかし隅から隅まで調べても、なにもでてこない。捜索できたのはここと、槇人氏の書斎、寝室ぐらいだ。範囲が広すぎてな」

「なら」結衣は気のない態度をとってみせた。「わたしにとっても同じ。下のパトカー、ずっと無線に応答がなきゃ疑われる。応援が駆けつけるまでにMディスク一枚を探しだせって？　無理すぎ」

「だから急げといってる」

テカデラのナイフは、和美のブラウスのボタンを、ほぼすべて切り落としていた。刃の尖端《せんたん》でブラウスの前を開きにかかる。和美は嗚咽《おえつ》を漏らし、震えながら顔をそむけた。

　結衣がどう動こうが、和美は即座に刺されてしまう。この場ではどうにもできない。結衣は踵《きびす》をかえし、階段を上りだした。

　嶋倉医師が満足げな声を響かせた。「タイホウ、一緒に来い！　テカデラ、そこにいて、女教師を見張ってろ。私たちの声がきこえなくなっただけでも、女教師を殺せ」

「はいよ」テカデラの弾んだ声が応じた。「好きに遊んでますから、そっちはよろしく」

リビングルームに戻ると、結衣は暗がりを見渡した。いっそう目が慣れてきたと感じる。いまや隣接するダイニングキッチンまで肉眼で識別できる。

この一室だけでも途方もなく面積がある。警察が調べ尽くしたのに発見できなかった。なんの手がかりもなく探すのは困難きわまりない。

もっとも、ただ従順に捜索を始める気などありはしない。

背後に靴音をきいた。嶋倉医師がアタッシェケースを提げながら階段を上ってきた。タイホウが後につづく。ドアは開けたままだった。

結衣は振りかえった。「あんたたちは馬鹿」

タイホウがナイフをかざした。「おい。口の利き方に気をつけろ」

嶋倉も目を怒らせた。「優莉。なにがいいたい」

「勇次がなんのあてもなくメンパスを探しにきたと思う？　警察を攪乱《かくらん》して、ここからガサいれ班を追い払ったところで、捜索できる時間はわずか。っていうより、さっきまであんたたちと一緒にいたんでしょ。あいつはとっくに見つけてる」

「見つけてるだと？　たわごとはよせ。発見できなかったから、私たちに捜索を委《ゆだ》ねたんだ。勇次君たちには別の用事があったからな」

「三井先生の新たな隠れ家を探しにでかけた。わたしがここに来てるあいだに、ひとりきりになった三井先生の居場所を特定し、殺すつもりだった。まさかわたしに先生が同行するとは、勇次も思わなかったから」

「女教師なら私が捕まえた」嶋倉が鼻息荒くいった。「ぜんぶ私の手柄になる」

「ヤブ医者先生。メンパスはＭディスクに入ってるとはかぎらない。田代槇人の遺言がどんな内容か知らないけど、Ｍディスクの容量なんて五十ギガバイトていど。ＳＤカード一枚に優におさまる。こんなでかい社屋兼住居なのに、勇次が手がかりなしに探すと思う？」

「勇次君に心あたりがあったとでもいうのか」

「当然」

　タイホウが嶋倉にささやいた。「勇次はまっすぐダイニングの食器棚に向かいましたけど、なにもなかったらしくて……」

　嶋倉は怒鳴りつけた。「黙ってろ！　余計な口をきくな」

　食器棚か。結衣はダイニングキッチンに歩きだした。

「おい」嶋倉が呼びとめた。「そこにはなかったんだろ。おまえがもう一回見たところで結果は変わらない。さっさとほかを探せ」

ダイニングテーブルに埃《ほこり》が堆積《たいせき》している。その傍らに食器棚があった。ガラス戸のなかは空っぽだとわかる。皿やグラスは警察が持ち去ったようだ。

結衣は振りかえってきいた。「勇次はどこを調べてた？」

嶋倉がじれったそうにタイホウを見つめる。タイホウが気まずそうに応じた。「下を開けるとバッグが入ってる。そのなかを探してた」

食器棚の最下段は観音開きの扉だった。そこを開けてみると、ナイロン製の大きなバッグが丸めて押しこんであった。とりだしてジッパーを開く。やはりなかは空だった。裏返したものの塵《ちり》ひとつ見つからない。

「優莉」嶋倉が声を荒らげた。「のらりくらりと時間を潰《つぶ》して、警察が来るのを待つつもりか。あと五分以内に目星をつけんと女教師が……」

「五分もかからない」

「なんだと？」

結衣はジッパーのつまみをいじった。「これは引き手金具、英語でプラー。メーカーの個性が最も表れる部品。平らで少し大きめにすることで、ジッパーを引きやすくする。でもこの形状は見たことない」

つまみの側面に爪を這わせた。パチンとかすかな音がして、つまみが薄く上下に割れた。なかに収まっていた物体は、厚さわずか一ミリ、縦一・一センチ、横一・五センチ。吹けば飛ぶようなしろものだが、ラベルによれば容量は六十四ギガバイト。

嶋倉が驚きの反応をしめした。「それはマイクロSDカードか？」

結衣はブツを人差し指の先に載せた。「このなかに丸ごとデータが記録できる」

「そいつをテーブルに置いて下がれ」

「三井先生を解放してよ」

「中身を確認せんことには、メンパスかどうかわからん」

「先生を自由にしないのなら渡せない」

「おい優莉。女教師の指が一本ずつなくなるぞ」嶋倉は脅すように、後方のドアを振りかえり怒鳴った。「テカデラ！」

いらっとした気分とともに、結衣はマイクロSDカードをテーブルに投げだした。

嶋倉のいうとおり、まだ中身が確定していない以上、強気の交渉にはでられない。結衣はゆっくりと後ずさり、テーブルから距離を置いた。

嶋倉がつかつかとテーブルに歩み寄った。アタッシェケースをテーブルに置き、なかからノートパソコンをとりだす。外付けカードリーダーを接続した。

結衣はからかう口調でいった。「重要なデータがプロテクトもなしに入ってるとは思えないけど」

「心配いらん」嶋倉がマイクロＳＤカードをつまみとった。「これは槇人氏の遺品、専用プログラムをインストールしたパソコンだ。いちどファイルを開けば、カードの中身が書き換えられ、プロテクトが恒久的に解除される」

ということは勇次が嶋倉に預けたパソコンにちがいない。結衣はあきれた物言いでつぶやいた。「やっぱりヤブ医者は無知の極み」

嶋倉が手をとめた。憤怒《ふんぬ》に満ちたまなざしが結衣に向けられた。「なにかいったか」

「勇次はとっくに本物のメンパスを持ち去ってる。代わりにそのマイクロＳＤカードを残していった」

「馬鹿いうな。なぜ勇次君がそんなことをする」

「疑うなら勝手にして。データを開こうとすれば建物全体が爆発する」

一瞬の静寂があった。嶋倉がタイホウを見つめた。タイホウも呆気《あっけ》にとられた顔で嶋倉を見かえした。ふたりは同時に笑いだした。

「ふざけろ！」タイホウが吐き捨てた。「建物が爆発だ？　ノートパソコンのなかに、そんなに威力のある爆薬が詰まってるのかよ」

結衣はしらけた顔をしてみせた。「ノートパソコンは起爆の無線信号を送信するだけ」

嶋倉が壁に近づき、照明のスイッチをいれた。室内は真っ暗のままだった。「見ろ。この建物はいま所有者がおらん。電気は止まっとる」

「勇次が持ちこんだのはバッテリー式の起爆装置。もちろん受信機付き。建物内のどこかでガス管につないだ」

「ガスや水道も止まっとる」

「ちがう。ガスだけは勇次が復旧させた。建物の爆破のために」

「あのな、小娘。現状はガスメーターが閉栓《へいせん》されとるだけじゃないんだ。都市ガスの供給自体が完全に途絶えとる」嶋倉がマイクロSDカードをスロットに挿そうとしながら吐き捨てた。「ったく。きょうになってようやく刑事らを追い払ったんだぞ。勇次君がいつ小細工できたというんだ」

「さっき」結衣はきっぱりといった。「勇次はひとり先に外壁を上り、窓を壊して自分の部屋に侵入した。一階に下り、玄関の鍵《かぎ》を開けて、あんたたちを迎えいれるまでのあいだに、起爆装置を取り付けた」

ふいにタイホウの表情がひきつった。嶋倉が緊張したようすで手をとめた。

玄関が施錠されていた以上、勇次がどう動いたか、結衣にも推察できた。下のほうの階のガラスを割れば、外から見てわかってしまう。ペントハウス風に引っこんだ五階なら問題ない。勇次の部屋には窓から風が吹きこみ、床にガラス片が落ちていた。外から窓ガラスを割ったとわかる。

嶋倉はこわばった笑いを浮かべた。「攪乱するのに必死だな。起爆装置の設置以前に、建物にガスを通すことなどできん」

結衣は平然といってのけた。「勇次が十七歳だからって馬鹿にしてない？　あいつはマフィアのドンをめざしてる。あちこち手をまわしてガスぐらい通してる。大人には想像もつかない方法で」

「この社屋はずっと警察の管理下に置かれ、ガサいれがつづいてたんだぞ。笑わせるな」

沈黙が下りてきた。結衣は黙って嶋倉を見つめていた。嶋倉の顔にはまだ嘲笑《ちょうしょう》が留《とど》まっている。だがしだいに表情が凍りついていった。

タイホウが耐えかねたように、足ばやにキッチンに向かった。ガスコンロの点火スイッチをいれた。火花は電池で散るものの、ガスが通っていなければ火はつかない。ところがボウッと音がして、青白い炎が円形に燃えあがった。

嶋倉医師が愕然《がくぜん》とした反応をしめした。見開いた目にコンロの火が映りこんでいる。額に汗を滲《にじ》みだしていた。タイホウもうろたえながら後ずさった。

ガス管は建物じゅうの壁のなかを縦横にめぐっている。福島の郡山《こおりやま》で起きた店舗の爆発事故も、ガス管の腐食が原因だった。あの店舗は跡形もなく吹き飛び、周辺の家屋までも破壊された。ここ社屋兼住居も起爆させれば同じ運命をたどる。

「なるほど」嶋倉はマイクロＳＤカードをテーブルに置いた。「一理あるな。おまえを殺すためなら、勇次君もやりかねん……」

タイホウがぎょっとした。「俺たちは生け贄ってことかよ」

結衣はいった。「三井先生を解放してよ。ここにいちゃ全員危ない」

「おまえひとりは残れ」嶋倉はアタッシェケースをまさぐり、てのひらサイズの機器をつかみだした。カメラレンズとスピーカー、マイクが備わっている。機器のアンテナを伸ばし、嶋倉が告げてきた。「５Ｇ通信だ。カメラのとらえた映像は私のスマホで受信できる。音声でのやりとりも可能だ。私たちが建物を離れしだい合図する。おまえはカメラにノートパソコンを向け、マイクロＳＤカードを挿入しろ」

「あんたたちが退去する前に爆破しようか」

「おまえは三井先生を見殺しになどできん。テカデラ！　女教師を連れだせ」

結衣は物怖《ものお》じせず嶋倉に問いかけた。「このノートパソコン、ネットにつながらない？」

「当たり前だろう。外部に助けなど求められんぞ。優莉結衣、そこに座れ。カメラに見えるようにな。いいというまでじっとしてろ。一瞬でもフレームから外れたら女教師を殺す」

「さっきから殺す殺すって、それでも医者かよ」

「俺の生き方にケチをつけるな」嶋倉が目で着席をうながした。

結衣は仕方なく椅子に座った。テーブル上のカメラがまっすぐに結衣をとらえる。

カメラレンズの奥に赤い光点があった。

嶋倉がスマホを操作する。受信したリアルタイム映像をたしかめつつ後ずさりした。

タイホウも嶋倉に倣い撤退を始める。

「タイホウ」嶋倉が指示した。「下に着いたら、すぐにクルマをまわしてこい」

リビングルームに和美が連れだされてきた。和美のすすり泣く声がした。「優莉さん……」

「さっさと行け」テカデラが和美を引きずる。四人がひとかたまりになり、リビングルームをでていった。結衣はダイニングテーブルにひとりきり残された。靴音が遠ざかり、やがて下り階段に達した。さらに靴音が小さくなっていき、そのうちきこえなくなった。

結衣はテーブルの上を眺めた。ノートパソコン、カードリーダー、マイクロSDカード。結衣を監視しつづけるカメラ付き通信機器。それらが手もとに残されたすべてだった。

嶋倉は勇次に真意を問いただしたい一心だろう。だが勇次には連絡できない。ほかならぬ勇次の裏切りが疑われる状況だからだ。

勇次の非情さについて、嶋倉もひそかに恐れを抱いている。大勢の不良少年を捨て駒にしたのと同様、嶋倉に対しても暴挙にでるのでは、そんな怯《おび》えを払拭《ふっしょく》できていない。いまがそのときかもしれない、そう思えばこそ嶋倉は避難し、結衣ひとりに真実をたしかめさせようとしている。

通信機器がピッと音を立てた。嶋倉の声が明瞭《めいりょう》にきこえた。「あるていど距離を置いた。結衣、実行しろ。へたな真似はするなよ」

結衣はノートパソコンを斜めに置き、モニター画面がカメラに映るようにした。マイクロSDカードをスロットに挿しこむ。

表示が切り替わった。黒バックに白い乱数が無数に躍り、たちまち画面を埋め尽くす。プロテクトの解除中らしい。つづいてデータが読みこまれる。

やがて画面にＭＥＮＰＡＳの表示が出現した。英語のメニュー画面、世界地図、収益表がそれぞれのウィンドウにおさまっている。

嶋倉医師らの息を呑《の》む反応が伝わってきた。

「本物だ！」嶋倉の声は弾んでいた。「こいつは本物のメンパスだ！」

結衣はカードリーダーからマイクロＳＤカードを引き抜いた。ノートパソコンをつかみあげると、力いっぱいテーブルに叩《たた》きつけた。

「おい!?」嶋倉の声が怒鳴った。「なにする。やめろ！」

かまわず何度もテーブルに衝突させるうち、ノートパソコンのキーボードがばらばらに飛び散った。さらに打ちつけるとカバーが破損し、内部機構がのぞいた。結衣はＨＤＤをテーブルの角に叩きつけた。繰りかえし打撃しつづけるうち、内蔵ディスクが露出し、さらに歪《いびつ》なまでに変形しだした。

嶋倉の泡を食った声がこだました。「やめろ！　おいタイホウ、すぐに社屋に引き返せ」

結衣はノートパソコンを放りだし、マイクロＳＤカードを指先につまんだ。「来《く》んな」

緊張に満ちた沈黙が生じた。嶋倉の声は震えがちになっていた。「優莉。それをどうするつもりだ」

「あんたたちが戻ってくる気なら、指にちょっと力をこめて潰《つぶ》すだけ」

「馬鹿な真似はよせ！　女教師が死ぬぞ」

「三井先生を殺したらメンパスを潰す」

嶋倉の声があわてぎみに対抗してきた。「メンパスを潰したら女教師を殺す」

「なら交換」結衣はいった。

「ふざけるな」

「勇次にどう伝えるつもり？　優莉結衣にメンパスを壊されたけど、報復に三井先生を殺してやりましたって？　ぶっ殺されるのはあんたたちじゃね？」

絶句する反応があった。嶋倉の狼狽《ろうばい》した声がまくしたてた。「三井先生を連れていく。おまえはマイクロＳＤカードを引き渡せ」

「こっちに戻ってこないでよ。警察を頼るのも駄目。田代ホールディングス本社に侵入者ありと通報したら、メンパスは永遠にあんたたちの手に入らない。不良の馬鹿どもを差し向けてきても結果は同じ」

嶋倉の取り乱すようすが、顔が見えずとも伝わってくる。ようやく自分の失態に気づいたらしい。マイクロSDカードがメンパスだと発覚した時点で、和美を人質にとっていても互角にはならない。嶋倉は勇次の代理人にすぎないからだ。メンパスがこの世から消え失《う》せた場合、勇次は嶋倉の敵にまわる。海外逃亡の拠《よ》りどころがなくれば、嶋倉も遅かれ早かれ警察に尻尾《しっぽ》をつかまれ、ただ逮捕されるだけでしかない。それ以前に勇次に殺されるかもしれない。

本来なら結衣と張りあう前に、嶋倉は勇次の指示を仰ぐべきだった。だが嶋倉にはそれができなかった。勇次を疑っているという前提があったせいだ。

「ど」嶋倉の切羽詰まった声がきいた。「どこで交換する。メンパスと女教師を」

「下っ端のヤブ医者なんかと取引できるかよ」結衣はテーブル上の機器をひっつかむと、通信ボタンをオフにした。機器を投げだし、椅子の背もたれに身をあずける。

指先につまんだマイクロSDカードをぼんやりと眺める。セーラー服の胸ポケットにおさめた。思わずため息が漏れる。宇都宮の餃子《ギョーザ》店で半グレの集会を開いて以来、最も酔狂な事態といえる。田代ホールディングス本社から、田代ファミリーがいっさい退去し、いま自分ひとりがいる。

通信機器が電子音を奏でた。カメラレンズの奥に赤い光点が復活している。誰が連絡してきたか考えるまでもない。結衣はいった。「勇次。まだヤブ医者を殺してない？」

　勇次の声が低く告げてきた。「きみは本当に悪の天才だな。警察は閉鎖された社屋のガサいれに際し、ガスだけは自費で復旧させる」

「科学捜査のため、各種薬品を沸騰させ、蒸気にする必要があるから」

「俺なら知ってたのにな。結衣。俺と嶋倉先生とのあいだに、まんまと不信の種を植えつけてくれたな」

「実際もうあまり信用できないでしょ」

「父親代わりとは見なせなくなった。なにしろ俺の裏切りを疑ったんだから」

「いい加減わからない？　赤の他人の大人たちに、親代わりを求めたところで無理。なにも報われない」

「わかったような口をきくんだな」

「わたしも同じ経験をしてる。無数に」

　しばし沈黙が生じた。勇次がさも苛立《いらだ》たしげな声を響かせた。「親父は食器棚のバッグとしかいわなかった。ジッパーのプラーだなんて」

「父親はあんたを試したんじゃないの？」

　また勇次が黙りこんだ。憤懣《ふんまん》やるかたない感情が押し殺した声に籠《こ》もる。「三井先生を同行させたのは、おまえの落ち度だ。おかげで俺も切り札を得た。メンパスと交換したいが、そっちには行かない」

「来てほしくもない。もうここの住民でもないくせに」

「本当にガス管に起爆装置をセットしときゃよかった」

「三井先生とメンパスを交換。場所はどこ？」

「きまってるだろ」

そのひとことで理解できた。結衣は天井を仰いだ。「勇次」

「なんだ」

「ここ、いい家」結衣はつぶやいた。「変態夫婦のＳＭ部屋以外は」

静寂だけがかえってきた。通信機器に目を転じる。カメラの奥に灯《とも》っていた光点が、音もなく消えた。

結衣はゆっくりと立ちあがった。歩きだすと無人の屋敷に靴音がこだまする。しつけの悪い狂犬が野放しになっている。

似た境遇に育ち、共感するところがあっても、同情はありえない。極悪人にじつはいいところがあったなんて、フィクションの結末でしかない。そんな奴に出会った経験など皆無だった。クズにはクズの死にざまがあるのみ、ほかにはなにもない。

25

田代ホールディングス本社をでて、裏手からフェンスを乗り越え、外へと戻った。クルマの往来の少ない道路の向こうに、無数のゴミ収集車がひっそりと駐車する。中原生活環境事業所は閑静な住宅街に埋もれていた。

水滴が顔にあたるのを感じた。じきに本降りになりそうだ。夜空を見上げると、低く漂う暗雲が見てとれる。遠雷すらきこえてくる。

タワマン群がそびえる公園然とした緑地沿い、美しく整備の行き届いた歩道を駅方面に向かう。道の反対側には、大企業のインテリジェントビルや低層マンションも連なる。一階はコンビニや洒落《しゃれ》たレストランになっていた。人の賑《にぎ》わいもファミリー層が中心だった。川崎区のごく一部でイキがる不良は、ここには見かけない。

中原消防署前の交差点に着くと、綱島街道を救急車が横断していった。パトカーのサイレンもひっきりなしに響く。ただし警察車両は中原署から市ノ坪の交差点を経由し、田代ホールディングス本社に向かう。この交差点は通らない。

死んだ警官ふたりと連絡がとれず、署も異常事態を察知したのだろう。しばらくはそちらにパトカーが集中し、駅周辺に警戒の目は向かないはずだ。結衣は東横線の武蔵小杉駅前、ららテラスという駅ビルの商業施設に入った。エスカレーターを上り、線路の逆側にあるもうひとつの施設、東急スクエアに渡る。カメラ店に寄って使い捨てカメラを買い、スカートのポケットにおさめた。両手にはなにも持ちたくない。ビルから直結する駅構内に入り、東横線の各駅停車に乗りこむ。わずか一分間の乗車だった。隣りの新丸子《しんまるこ》駅で下車する。

西口改札をでた。武蔵小杉に比べると下町の商店街という印象が漂う。ただし平和で平穏な空気に変わりはない。通学路は脳裏に焼きついていた。住吉《すみよし》書房新丸子店の前を通り、ふたつのコンビニの狭間《はざま》を抜ける。美容室アビントの角を左に折れ、保育園の角を右に折れる。

住宅街は極端に人通りが少ない。人目を気にせずに済む。結衣は使い捨てカメラの包装を剝《は》がすと、電柱に打ちつけた。プラスチック製の外殻が、接合部分で割れた。道端の柵《さく》に絡まる花壇用の針金をほどく。歩きながら作業した。

電池を抜き、フラッシュボタンを押し放電する。回路基板からフラッシュバルブを外した。針金をコンデンサーに絡めたうえ、ふたつの端を並んだ状態で、外殻から一センチずつ突きださせる。ふたたび外殻を貼りあわせ、カメラの形状に戻した。針金の端が短く二本、側面から突出している。

　小雨がぱらつきだした。使い捨てカメラをスカートのポケットにおさめる。濡《ぬ》れると漏電してしまう。それでは改造の意味がない。

　静寂に包まれた住宅街のなか、闇に沈む広々とした区画に行き着いた。最寄り駅は新丸子でも、門柱には神奈川県立武蔵小杉高校と刻まれている。いまや廃墟《はいきょ》だった。校舎にも体育館にも明かりひとつ見えない。建物自体に亀裂《きれつ》が走り、一部は崩壊しかかっている。焦げた外壁はめだたないが、割れたガラス窓をふさぐベニヤ板は、ここからでも視認できる。

　校門は固く閉ざされたうえ、ロープがやたら張りめぐらしてあった。立入禁止のパネルがフェンス沿いを埋め尽くす。心霊スポットとして有名になり、肝試しに侵入する十代が後を絶たないからだ。

　路上に通行人は途絶えている。結衣はロープに足をかけ、すばやくフェンスを乗り越えた。

　ここを訪ねるのは慰霊祭以来だった。あのときは祭壇に無数のキャンドルの火が揺らいでいた。いまは暗闇ばかりが視野を覆い尽くす。誰もいないグラウンドを結衣は横ぎっていった。

ほどなく物音を耳にした。なにかを打ちつけるような軽い音が、断続的に繰りかえし響く。体育館からきこえてくるようだ。結衣はそちらに向かいだした。だしぬけに甲高い叫びが耳をつんざいた。闇を裂き、左右から少年らしき人影が襲いかかってきた。いつしか接近していたらしい。ふたりは呼吸を合わせ、二本の斧《おの》を水平に、しかも同時にスイングした。一本は結衣の首を、もう一本は胸を狙っている。結衣は右脚を垂直に蹴《け》りあげた。刃が結衣に接触する寸前、二本の斧が上下にぶつかった。けたたましい金属音が鳴り響いた瞬間、結衣は使い捨てカメラの針金二本を刃に叩《たた》きつけた。

稲妻に似た火花が散り、ふたりの少年は断末魔に近い悲鳴を発した。高電圧が体内組織と神経に走り感電させる。二体は激しく痙攣《けいれん》しながら倒れこんだ。いずれも白目を剝《む》き、口から泡を噴いているのが、暗闇のなかでも見てとれる。

また静かになった。せっかく用意した非常用の武器を早くも使ってしまった。勇次も結衣の切り札を消費させるために、こいつらを配置したのだろう。結衣は使い捨てカメラを投げだした。素手のまま歩きだす。重い斧など携帯には向かない。

潮騒《しおさい》に似たノイズを遠くにきいた。すぐに降雨の音へと明瞭《めいりょう》に変わった。雨足が一気に強まり、激しく降り注いできた。未舗装のグラウンドがたちまちぬかるみだした。

雷鳴も近づいてきている。

雨は好ましくない。微音に気づきづらくなる。だが幸いな面もある。通行人が校庭に目をとめる可能性は低くなった。なにが起きようが容易には見つからないだろう。

前方にかすかな明かりを目にした。体育館の外壁、スライド式の鉄扉がわずかに開いている。なかから脆《もろ》い光が漏れていた。さっきの軽く叩くような音もきこえてくる。

結衣はすでにずぶ濡れだった。小走りに体育館の出入口へと急ぐ。絶えず周囲に注意を向けた。人影はいまのところ見あたらない。

鉄扉の前に迫った。警戒しながら歩み寄り、なかを覗《のぞ》きこむ。

床に置かれたＬＥＤ式ランタンが唯一の光源だった。一見して田代勇次とわかるシルエットが、さかんにラケットを振り、シャトルを壁打ちしている。コーディガンの長い裾《すそ》を翻しながら、軽快にステップを踏む。跳ね返ってくるシャトルを器用に拾いつづける。

結衣は体育館のなかに足を踏みいれた。前髪から雫《しずく》が滴り落ちる。ここも板張りの床に砂が堆積《たいせき》していた。ただし靴音は、どしゃ降りの雨の音に紛れ、ほとんどきこえない。

にもかかわらず勇次は反応した。シャトルを左手でキャッチすると、壁のほうを向いたままいった。「上履きなんて持ってきてないよな？　土足でかまわない。俺もそうしてるし」

近づこうとしてふと足がとまる。結衣は館内の暗がりをじっと見つめた。

遠方の壁際に数人が集う。和美がパイプ椅子に座っていた。のけぞった姿勢は、後ろ手に縛られているからだろう。猿ぐつわを噛《か》まされ、唸《うな》ることしかできずにいる。ブラウスの胸もとははだけていた。肌に無数の痣《あざ》が見てとれる。

三人の不良少年が和美を囲むように立つ。スキンヘッドのカズマと、タイホウ、テカデラだった。いずれも勇次から譲られたのか、東南アジア風の刀剣を手にし、刃を和美の身体にあてがっている。カズマは無表情だが、タイホウとテカデラはくぐもった笑い声を響かせる。

三人の背後には、嶋倉医師と巨漢の刻駕が控える。刻駕は右手を後ろにまわしていたが、武器を所持していないはずがない。

またしても人質を救出しうる状況にない。勇次のやり方にぬかりはなかった。たとえ銃を持っていたとしても、この暗がりと距離で、五人を瞬時に撃ち倒すのは無理だった。

勇次が右手にラケットをぶら下げていった。「ここに三井先生の銅像を建てるべきだな。記念すべき場所だよ。ジンは図書室を慰安所にすると宣言した。泣きながら連行されていく女子生徒らに対し、当時の敷島和美先生はなにもせず、ただ見送った」

和美が悲しげな呻《うめ》き声を発した。涙を滴らせながら首を横に振る。

テカデラが刀剣で和美を威嚇する。「静かにしてろ。グサッといっちまうぜ？」

また静寂が漂った。勇次が面白くもなさそうに鼻を鳴らした。「結衣。俺もおまえも、無責任な大人に踊らされたにすぎない。腐った教師どもはその代表格になる」

結衣はしらけた気分でいった。「あんたみたいな問題児の存在を見過ごしたのは、たしかに無責任かも」

「おまえに対しては過保護だった。無難に一年を終わらせることばかりに執着し、真剣に向き合おうともしなかった。ちがうか？　担任の敷島先生について、うわべだけの愛想のよさが印象に残ってるだろ」

「大人はどうせ不完全でしょ」

「教師がそれじゃ困るんだよ」

「なんで？　ひとつの職業にすぎないのに期待しすぎじゃね？　しょせん親の愛情不足が原因のマザコン……」

「黙れ」勇次が低くささやいた。「おまえがちがうとはいわさねえ」

「同類だと認めろって？　勇次を見てて気づいたことはある。無条件に子を愛してくれる親の代わりを、ほかの大人に求めるなんて、それ自体が罪。他人の自由に生きる権利を侵害してるから」

勇次の目に憤りのいろが浮かびあがった。「自由に生きる権利だと？」

「そんなもの教師にないっていいたい？　わがままを自覚できないなら終わってる」

「教師は生徒を教育する責任がある。生徒のために生きて当然だろ」

「教育する責任はあっても、子育ての責任はない。女の先生に甘えようとしたけど、心が満たされず逆恨み。なにをいおうがその事実はごまかせない」

硬い顔になった勇次が、味方に合図を送った。不良少年らがいっせいに刃を和美の肌に食いこませる。あとわずかでも力をこめれば切断に至るだろう。和美が固く目をつむり、全身を硬直させた。

いま勇次にできる最大の脅しがこれか。するともうほかに仲間は残っていないのだろう。結衣はいった。「ヤブ医者に傭兵《ようへい》くずれ、あとは不良が三人。こんなのが田代ファミリーの末期メンバーとはね。青息吐息もいいとこ」

「ちがう」勇次が睨《にら》みつけてきた。「歴史的な転換点だ。おまえに殺された両親や兄、大勢の同胞たちの恨みを晴らし、再起に転じる」

結衣は軽蔑《けいべつ》の念とともに見かえした。「武蔵小杉高校は大勢が犠牲になった負の世界遺産。真っ先に逃げだしたあんたが、土足で踏みにじるのは許されない」

「おまえを無慈悲なサイコパスと見誤ったのが、父の失敗だった。姉や妹を人質にとられていようと、おまえは意に介さないと父は考えた。俺はちがう」

「父親のせいばかりにするのはどうよ。あんたもそう思ってたでしょ」

「本当のおまえはサイコパスじゃない」勇次の声は怒りに震えていた。「いまも三井先生の命は無視できねえ」

「なんでわざわざ強調した？　それだけ不安に駆られてるからじゃなくて？」結衣はゆっくりとした口調でいった。「味方は寄せ集めのひと握りだけ。いよいよ追い詰められた。両親と同じ運命が迫ってると気づいたかよ」

「メンパスをよこせ！」勇次が怒鳴った。「でなきゃあの女を殺す！」

結衣はポケットに手をいれた。ひとつかみのマイクロＳＤカード、十枚近くをばらばらに落下させた。

嶋倉医師が動揺の声を漏らした。田代一派の全員が目を剝き、ひたすら凝視してくる。勇次も言葉を失ったように立ちすくんでいた。

張り詰めた空気のなか、結衣は身をかがめ、マイクロＳＤカードを一枚だけつまみとった。「ほしけりゃ取りにきたら？」

勇次が険しい表情で味方に合図した。カズマが刀剣を和美の顎《あご》の下にあて、肉切り包丁のように引いた。和美が苦痛の呻き声を発する。たちまち和美の胸もとに血が溢《あふ》れだした。

結衣は指先に力をこめた。つまんだマイクロＳＤカードは割れる音とともに、二つ折りになって潰《つぶ》れた。

瞬時に緊張がひろがった。勇次がとっさに反応し、片手をあげカズマを制した。カズマが不服そうに刀剣を和美から遠ざけた。

嶋倉医師がおろおろとしながらいった。「勇次君。メンパスは一枚だけのはずだ」

そのとおりだった。東急スクエアのカメラ店で、同じメーカーのマイクロＳＤカード、六十四ギガバイトをありったけ買ってきた。床に落ちた十枚近くを、結衣は靴の裏でかき混ぜた。

勇次が声を荒らげた。「自分でもどれだかわからないといいたいのか。ハッタリはよせ。メンパスはほかに隠し持ってるんだろ」

「持ってない」結衣はまた一枚を拾いあげた。「これがメンパスかもしれないし、ちがうかもしれない」

負けじと勇次が仲間に合図する。刻駕が不良少年らを押しのけ、前にでてきた。アーミーナイフを振りあげると、和美の右の手の甲に突き立てた。刃はてのひらを貫き、真っ赤な血が噴出しだした。絶叫に等しい呻き声がこだまする。和美が天井を仰ぎ、両腕両脚をひきつらせた。

大人の犯罪者とちがい、勇次は手加減を知らない。鼻息荒く結衣に向き直る。見下すような目で睨みつけてきた。

結衣は動揺を顔にだすまいと努めた。無言のまま指先のマイクロSDカードをまた潰した。

勇次が表情を凍りつかせた。刻駕も同様だった。嶋倉医師や不良少年らはすっかり怖《お》じ気づいている。

和美は見るからに耐えがたい激痛に耐え、ひたすら身をよじらせていた。手の甲から尋常でない量の血が溢れつづける。たちまち肌が血色を失っていった。

それでも動じない結衣に、勇次らはひるむ反応をしめしている。和美を傷つけるたび、マイクロSDカードも一枚ずつ処分される。そのたしかな法則性を理解したからだろう。

メンパスは結衣がほかに隠し持っている、勇次はさっきそう指摘した。だが確たる自信はないはずだ。目の前でメンパスかもしれない記録媒体が、ひとつまたひとつと消滅していく。疑いようのない事実はそれだけにちがいない。

勇次がたまりかねたように声を張りあげた。「さっさとメンパスをよこせ！」

「どれだかわからないっていってるでしょ」

「ならおまえを殺して奪うだけだ。少しでも抵抗してみろ。三井先生への次のひと突きは致命傷になる」

「傷の大きさに応じて潰す枚数も増える」

嶋倉医師が不安げに呼びかけた。「おい勇次君……。慎重になれ。出方をまちがうな」

勇次の血走った目が結衣の足もとを見つめる。床に散乱するマイクロＳＤカード。結衣の態度が虚勢にしろ、真性の異常行為にしろ、メンパスが失われる可能性は着実に高まっていく。そう意識すればこそ、勇次は身動きできない。もしメンパスが破壊されてしまった場合、和美の命とでは釣り合いがとれない、勇次らはそんな結論に到達せざるをえない。

雨の音が激しさを増していた。ほとんど豪雨だった。鉄扉の隙間から稲光が射しこみ、暗い館内を閃《ひらめ》かせる。青白く照らされた勇次の額に汗が滲《にじ》んでいる。

勇次が苦々しげにささやいた。「おまえだって、ずっとこうしてるわけにはいかないはずだ」

結衣は冷静な声を響かせた。「一対一の勝負で決着をつければいい」

「なに？」

「あんたが勝ったら、残りのマイクロSDカードをぜんぶ取りなよ。わたしが勝ったら三井先生を自由にしてもらう」

「果たし合いを望める立場にあると思うか」

「ある」結衣は勇次の手もとに顎をしゃくった。

勇次は自分の右手に視線を落とした。ゆっくりとラケットを持ちあげる。啞然《あぜん》とした面持ちで結衣をしばし眺める。

やがて勇次は笑いだした。「マジか。バドミントンで決着をつけようって？」

結衣は黙ってうなずいた。

「面白い！」勇次がラケットを結衣の近くに放り投げた。近くのカゴからもう一本のラケットをとりあげる。「無謀な挑戦者はいつも返り討ちにしてきた。おまえもそうしてやる」

嶋倉医師が悲鳴に似た声で呼びかけた。「勇次君！　なにをいってる。くだらない挑発に乗るのはよせ！」

勇次は軽くステップを踏みながら、ラケットを何度かスイングした。「これは勝負だ。嶋倉先生は黙って見ててくれ」

「落ち着け！　状況をよく考えろ。生き死にのかかった状況だぞ。ここもいつ警察が嗅《か》ぎつけるかわからん。なのに優莉結衣相手にバドミントンなんか……」

「バドミントンなんか？」勇次が冷やかにきいた。「なんかってどういう意味だよ」

「いや」嶋倉は怯《おび》えた表情で口ごもった。「しかしだな、勇次君。きみは圧倒的な優位にある。相手と同じ土俵に立つ必要なんかない」

「土俵ってなんだよ。バドミントンの場合はコートだろ」

嶋倉の汗だくの顔に苦笑が浮かんだ。「勇次君……」

勇次は醒《さ》めたまなざしを嶋倉に向けた。「俺を心から信頼してくれてる大人だっけ、嶋倉先生って？」

重い沈黙がひろがった。嶋倉が息を呑《の》む反応をしめした。不良少年三人は無邪気にも、勝ち誇ったような態度をのぞかせている。バドミントンなら勇次が負けるはずはない、そう信じているのだろう。三人とも成り行きの奇異さを疑わず、勝負に納得してしまうあたり、知性に欠けているとしかいいようがない。刻薄だけが憤然とし、さも苛立《いらだ》たしげに結衣を睨《にら》みつける。十代の雇い主の稚拙さに業を煮やしているようだ。奴らはすでに一枚岩ではない。

　気になるのは和美の容体だった。顔がすっかり青ざめている。全身はぐったりと脱力しきっていた。手の甲の出血がとまらない。ここでも床に血の池がひろがりつつある。

　結衣はマイクロSDカードをかき集め、すばやくすくいあげた。一枚残らず胸ポケットにしまい、ラケットを拾う。

　勇次が動きだした。結衣と距離を保ちながら場所を変える。ラケットで床のラインを指ししめした。「この枠がバドミントンのコートだ。シングルスは縦のラインが内側、横のラインが外側。ネットがないな」

「なしでいけばいい」結衣はラケットを軽く素振りした。

「本気か？　どんなに低く打ってもいいのか。後悔するぞ」

　嶋倉医師が必死に呼びかけた。「勇次君！　勝負は一発だけにしてくれ。きみならそれでケリをつけられるはずだ」

「なんだよ一発って」勇次は不機嫌そうにいった。「それじゃ試合にならないだろ」

「だからって、なあ、勇次君。こんな状況で……。何セットやるつもりなんだ？」

「セットだ!?」勇次がいきなり激昂《げっこう》した。「バドミントンはセットなんていわねえ、マッチだ。よく俺の主治医が務まったな。無学な医者は黙ってろ！」

嶋倉は口をつぐんだものの、恐怖にとらわれるばかりの表情ではなかった。不満のいろが浮かびあがっている。あと少しだと結衣は思った。相互不信が深まっているとはいえ、いまだ勇次と嶋倉の関係は、敵勢の結束における重要な柱だった。打ち砕くべきポイントはそこにある。

勇次がシャトルを左手でもてあそんだ。「結衣。羽根つきみたいなお遊びだと思っちゃいねえだろうな。テニスや卓球とちがって、床には落とせないんだぜ？」

「ゴタゴタいってないで、さっさとサーブしなよ」

「俺がサーバー？　どこまでもなめた女だ」

結衣はコートのレシーブエリアに足を踏みいれた。そのとき閃光《せんこう》が走り、けたたましい雷鳴が体育館を揺るがした。近くに落ちたのかもしれない。

勇次が上機嫌そうにいった。「こりゃいい。銃声が一発か二発響いても不自然じゃなくなる」

「わたしを狙撃《そげき》するなら、マイクロSDカードを撃ち抜かないよう気をつけて」

刻翳の眉間《みけん》に深い縦皺《たてじわ》が刻まれたのが、遠目にもわかった。たとえ銃を隠し持っていようが、結衣は撃てないと牽制《けんせい》しておいた。だが和美は常に刺殺されうる状況下にある。結衣のほうもへたな真似はできない。

いま体育館内の照明が電灯であれば、落雷による停電で真っ暗になりうる。しかしバッテリー式のLEDランタンでは消灯もありえない。ランタンはコートから離れた場所に置かれていた。ラケットやシャトルを投げつけただけでは壊せないのもあきらかだった。

勇次がいった。「カズマ、タイホウ、テカデラ。俺がポイントをとるたび、三井先生を刺せ。場所はまかせる。何ポイント目に死ぬかな」

テカデラが下品な笑い声を発した。「女の身体が得点ボードかよ」

和美の泣き腫《は》らした目が、力なく結衣を眺める。結衣は黙って見かえした。

「おい」勇次の声が耳に届いた。「よそ見をするな。サウスポーなら有利と思ってんのなら、浅はかな考えを後悔するときがきた。行くぞ、構えろ」

対角線上に位置するサービスエリアで、勇次がサーブの体勢に入った。バドミントンのサーブは低い位置で打つ。両足もしっかり床についていないと反則になる。シャトルをトスし、勇次がスイングした。

ふつうバドミントンの場合、サーブで強打はしない。ウエストラインより上で打ってはいけない、そんなルールがあるからだ。だがいまはネットを越える必要がない。勇次はいきなり低いスマッシュを放ってきた。バドミントンでは通常ありえないサービスエース狙いだった。ネットがないという掟《おきて》破りのゲームが始まった。

　スマッシュの初速は時速四百キロを超える。全国高校大会で優勝した勇次だけに難なく成しうる。しかしシャトルはボールとちがい、わずか三メートルで百キロ、五メートルで五十キロに急減速する。予測不能なシャトルの軌道を見極めるには、高度な動体視力が要求される。

　シャトルは低く飛び、ラインのぎりぎり内側に落ちようとした。結衣は猛然と駆け寄り、すくいあげるように打ちかえした。勇次が顔の前にラケットをかざし、プッシュの体勢でコートの浅い位置に押しこんでくる。結衣は前方へ走り、クロスネットで逆サイドに打った。だがネットがないため、勇次は労せず即座に打ち下ろしてきた。結衣はとっさに姿勢を低くし、ロブで打ち上げた。

　フェイントで揺さぶり、スマッシュの一撃で沈める気だろう。早くもラリーに翻弄《ほんろう》されている。しかしふと気づくことがあった。結衣はあえて右目を閉じた。利き目でない左目だけでシャトルを追った。

　通常なら片目では遠近感を識別できなくなり、ゲームにおいて圧倒的に不利になる。

けれども結衣にとってはちがった。結衣は高く飛んだシャトルをとらえた瞬間、オーバーヘッドストロークでスマッシュした。

シャトルは勇次の逆サイドに飛んだ。勇次が追ったものの、わずかに間に合わず、ラインの内側にシャトルは弾んだ。呻《うめ》き声とともに勇次が派手に転倒した。

見守る一群がひるんだ。嶋倉医師が茫然《ぼうぜん》と目を瞬《しばたた》かせている。三人の不良少年は声も発しない。

勇次が面食らったようすで起きあがる。信じがたいという顔で、手もとのシャトルを見つめ、それから結衣に向き直った。

だがほどなく勇次はこわばった笑いを浮かべた。「ビギナーズラックかよ。そんな奴は何度も見てきた」

結衣は胸ポケットからマイクロＳＤカードを一枚つまみだした。指先に力をこめ、ふたつに折って潰《つぶ》す。床に落とすと、靴底で踏みにじった。

勇次の顔から笑いが消えた。嶋倉医師と刻駕が揃って絶句する反応をしめした。

マイクロＳＤカードの残骸《ざんがい》を蹴《け》り、床を滑らせ、コートの外にだした。結衣はささやいた。「シャトル」

片方の頬筋《きょうきん》を引きつらせ、勇次がシャトルを投げて寄越《よこ》した。サーブ権は結衣にある。現在のポイントが一点、奇数なのでルールに従い、コートの左から打つ。

下方に弧を描くようにフォアハンドでサーブした。勇次が前進してきて打ちかえす。結衣も即座に拾った。またラリーの応酬が始まった。

勇次はシャトルを打ちながらいった。「おまえが熱に浮かされたのは、この世にまるで求められていない存在と自覚したからだ。生まれてこなきゃよかったといつも悔やんでる」

「自分の話？」結衣もシャトルを追いつづけた。「生きたいと願ってるのに、命を落とさざるをえない宿命を背負う人たちは？」

「そういう奴らもある意味、生まれさえしなきゃ悩みもしなかった」

「それ」結衣は冷やかにささやいた。「あんたやわたしがきめることじゃなくね？」

右目を閉じたまま、一秒たりとも開けたりしなかった。結衣は前にでるやバックハンドで打ちかえした。クロスネットに飛んだシャトルを追いきれず、勇次は低くした体勢を崩し、またもコートに転がった。

結衣はふたたび胸ポケットからマイクロSDカード一枚をとりだした。指先で潰し、床に落としてから靴底で踏みにじる。「二点目。偶数点だからコートの右からサーブだっけ」

嶋倉医師が困惑の声を響かせた。「勇次君……」

「うるせえ！」勇次が顔面を紅潮させながら立ちあがった。「なにを仕掛けてるか知らねえが、三度は通用しない」

今度の結衣はバックハンドでショートサーブを打った。勇次が前方に繰りだし拾ったが、シャトルが仮想ネットを越える前に打った、すなわち反則だった。だが結衣はかまわず無言で打ちかえした。勇次が低めのスマッシュを放とうとしてくる。結衣は逆サイドに打ち、勇次を左右に揺さぶった。

「てめえ」勇次はコートを駆けまわりながら怒鳴った。「存在を是とされてないことに、いいかげん気づけ！」

「なにが是なのかは自分できめる」

「そうかよ。ならおまえが是とするのはなんだ」

「まともな人たちは、生まれながらの悪人を知らない。想像もつかない。悪人にも三分の理があるなんて本気で思って、情状酌量の余地をあたえる。でもあんたもわたしも知ってる。いっさい罪悪感を持たない、ただ邪悪な人間ってのはいる。いわば欠陥品の劣等種」

「同じ劣等種として殺戮《さつりく》に明け暮れるのが、おまえの生き甲斐《がい》かよ」

「ちがう。生き甲斐なんてものはない」結衣はコートのなかを走りだした。「わたしはただ、わたしらしく生きる」

高く上がったシャトルに対し、結衣は跳躍した。渾身《こんしん》のジャンピングスマッシュで打ち下ろす。急減速するシャトルの放物線を見誤ったらしく、勇次のラケットは空を切った。またしても勇次は床に突っ伏した。

嶋倉たちは啞然《あぜん》として凍りついている。重苦しい沈黙がひろがった。結衣の手のなか、マイクロSDカードを割る音だけが、小さく反響した。

なおも右目は閉じた状態を維持している。ランタンのほのかな明かりが、一か所のみから照らす。

光と反射率の数値を掛けあわせることで輝度がきまる。脳は白いシャトルの輝度を見てとり、自然に位置を割りだす。だがこんな暗がりのなか、斜め下部からの微光が、輝度にともなう目測距離を見誤らせる。遠近感とのずれを調整しようとし、シャトルが二重に見えてしまう。

結衣は早々に悟っていた。バドミントン経験の豊かな勇次のほうが、錯視の度合いも高くなる。よって結衣は端《はな》から遠近感をシャットアウトし、左目のみでシャトルを追いつづけた。

勇次が息を切らしながら結衣を見つめた。結衣がずっと片目を閉じていることに、ようやく気づいたらしい。結衣がサーブを放つと、勇次も同じように右目を閉じ、シャトルを打ちかえそうとした。

けれども勇次の渾身のスイングは空振りに終わった。シャトルはあっけなくラインの内側に落ちた。勇次はまたも横倒しになった。

愕然《がくぜん》とした勇次がつぶやいた。「なんでだよ……」

いままで両目で試合に臨んでおいて、いきなり遠近感を排除しようとしても、空間認識能力が対応できない。結衣が片目のみの動体視力を磨いてきたのには、れっきとした理由がある。

結衣は勇次にいった。「立て」

サーブ権は結衣から動かなかった。ラリーはだんだん短くなっていき、バドミントンではありえないはずのサービスエースすら、頻繁にきまりだした。勇次がシャトルを拾い損ねるたび、結衣はマイクロSDカードを一枚へし折った。

胸ポケットの中身がたちまち減り、とうとう最後の一枚になった。結衣はそれを指先につまんだ。「残すところこれだけ」

勇次は汗だくになり、荒い呼吸とともに睨《にら》みつけてきた。稲光のなかに激しい憤怒《ふんぬ》のいろが浮かびあがる。

「でたらめだ」勇次が唸《うな》るようにいった。「メンパスのマイクロＳＤカードは、ほかに隠し持ってるんだろ」

「持ってない」結衣はあっさりと否定した。

「持ってる！　服をぜんぶ脱げよ。身体検査をしてやる！　拒否したら三井先生を殺す」

「そんなことをすれば、この最後の一枚が潰れる」

「ほかに持ってないのなら、それがメンパスである確率はかぎりなく低い。まずもう潰しちまってる」

「ならそう思ってりゃいい」

勇次の狂犬のようなまなざしが、結衣の手もとに向けられる。豪雨の音に雷鳴が交ざりあった。緊迫した空気が館内に充満する。

結衣がメンパスのマイクロＳＤカードにのみ、事前に印をつけていた可能性を、この場の誰も否定できない。最後の一枚がメンパスであるという希望を、勇次たちはけっして捨てきれない。

それでも尊厳を傷つけられたからだろう、勇次は怒りをあらわにし、仲間たちにわめき散らした。「三井先生を殺せ！」

不良少年たちが当惑の面持ちで静止している。刻駕ですら躊躇《ちゅうちょ》をしめしていた。

嶋倉医師が途方に暮れたようにささやいた。「勇次君。メンパスがないことには……

……」

しばし沈黙があった。勇次の手からラケットが落ちた。ラケットは耳障りな音とともに床に転がった。

「なんだよ」勇次がつぶやきを漏らした。「結局それか。メンパスか。資金やコネがなきゃ、俺と一緒にいる意味なんかないって？」

「いや」嶋倉はしどろもどろにいった。「そういうわけじゃないんだが……」

「なら三井先生を殺せよ！　メンパスがなくても、俺のいうことをきけ。カズマ、さっさと殺せ！」

カズマがためらいがちに刀剣を構え直した。嶋倉はあわてたようにカズマを手で制した。その態度をまのあたりにし、勇次はいっそう怒りに震えだした。

嶋倉は結衣を一瞥《いちべつ》した。指先につままれた最後のマイクロSDカード、それだけを気にかけるまなざしだった。

勇次は業を煮やしたらしい、いきなり結衣に猛進してきた。眼前で跳躍し、両脚を前方に繰りだしてくる。結衣の胴体を蟹挟《かにばさ》みにする気だとわかる。

だがボビナムの技なら結衣も心得ていた。結衣は床を蹴《け》り、より高く垂直方向に跳んだ。空中で水平になった勇次の身体をとらえる。先んじて両太股《ふともも》で勇次の胴体を挟み、身体をひねりながら落下し、床に叩《たた》きつける。勇次をねじ伏せたものの、さすがに技は深く入らなかった。柔軟な勇次がするりと抜けだし、横たわった状態のまま、すばやい蹴りを放ってくる。結衣は避《よ》けきれず、頬に一撃を食らった。しかし直前に身を引き、受ける衝撃を最小限に留《とど》めた。手もとのマイクロＳＤカードを天井高く放り投げ、結衣は反撃の蹴りを見舞った。勇次の顎《あご》に命中したが、打撃の威力を殺されている、そう感じた。勇次も即座に退いたからだった。後転した勇次が距離をとり、ふたたび立ちあがった。結衣も片膝《かたひざ》で立った。すべては一瞬のできごとだった。さっき投げたマイクロＳＤカードが、また結衣の手に落ちてきた。

勇次の黒々とした虹彩《こうさい》に怒りの炎が燃えあがる。結衣の闘争心にも火がついていた。ふたりの視線は交錯し、互いに睨みあった。頬に痺《しび》れる痛みが尾を引く。勇次の顎も黒ずみだしていた。打撃戦は互角のようだった。

だが勇次にしてみれば忌々しい状況にちがいない。味方が五人もいながら、全員ただ傍観するのみ。勇次は単独で命を張り、結衣と殺し合っている。しかも勇次はバドミントンで敗退し、おおいにプライドを傷つけられた。不満はこのうえなく鬱積《うっせき》しているはずだ。

結衣はゆっくりとした物言いを響かせた。「勇次。ここで死んでいった生徒や先生の叫びがきこえるかよ。地獄でジンがあんたを呼んでる」

勇次が歯ぎしりしつつ嶋倉たちに呼びかけた。「三井先生を殺せ。殺せっていってるだろ！」

嶋倉は物怖《ものお》じする反応をしめした。刻駕に救いを求めるような目を向ける。

もはや憤りが頂点に達したらしい、勇次は足ばやに一行のもとへと歩きだした。

「俺がやってやる。おいカズマ、そいつをよこせ」

距離がしだいに詰まっていく。カズマが勇次に刀剣を投げた。刀剣の柄《つか》をつかんだ勇次が、まっすぐ和美の前に向かう。和美は意識が朦朧《もうろう》としだしたのか、うつろな目で勇次を見かえすばかりだった。

このままでは和美が刺される。結衣は声を張った。「ヤブ医者！　三井先生を止血してくれたら、これと交換してやる」

勇次が足をとめ、結衣を振りかえった。敵愾《てきがい》心に満ちたまなざしが結衣をとらえる。

嶋倉医師は結衣を見つめた。つまんだマイクロSDカードから目を離せずにいる。

及び腰な態度をしめしながらも、嶋倉は和美の後ろにまわった。両手を縛るロープをほどきにかかったようだ。

「おい」勇次が嶋倉を睨みつけた。「なにしてんだよ」

だが嶋倉はネクタイを外すと、ガーゼのごとく丸め、和美の首筋に押し当てた。いまや勇次には完全に背を向けている。

激昂《げっこう》した勇次がわめき散らした。「やめろってんだよ！　勝手な真似をするんじゃねえ。嶋倉先生！　おい嶋倉！」

嶋倉はびくっとし、勇次を振りかえった。しかしそれは数秒にすぎず、また和美に向き直った。和美の手をとり、首にあてたネクタイを強く押さえさせる。

「この野郎」勇次が猛然と嶋倉に迫った。「ふざけてんじゃねえぞ！」

勇次の刀剣が嶋倉の背に突き立てられた。嶋倉は絶叫とともにのけぞった。三人の不良少年がうろたえながら後ずさる。刻篤も目を瞠《みは》っていた。嶋倉が床にくずおれる。しかし勇次は刀剣を抜くと、執拗《しつよう》に何度も振り下ろした。刀剣の尖端《せんたん》が嶋倉を刺し貫くたび、肉片と血飛沫《しぶき》が辺りに舞い散る。

敵勢が大混乱におちいった。全員の視線が結衣から外れた。結衣はラケットを拾い、ランタンに全力で駆けていった。すかさず蹴ってランタンを横倒しにする。ラケットの柄を下にして振りかざし、ランタンの側面に勢いよく打ち下ろした。LEDライトを突き破るや、光源は一瞬にして失われた。体育館のなかは真っ暗になった。

どよめきがあがった。テカデラの動揺する声が響き渡った。「なんだ、おい!? なにも見えねえよ」

だが結衣は左目を閉じ、右の利き目を開けた。ずっと無明の闇に慣らしておいた右目が、暗がりのなかを明瞭《めいりょう》にとらえる。結衣は疾風のごとく敵陣に駆けていった。

一瞬たりとも目を開けないこと、それが秘訣《ひけつ》だった。片目での動体視力が養われたのは、この技を使う機会が多々あったからだ。武蔵小杉高校からフェリーまで、あらゆる暗闇を見通してきた。

いまもテカデラが取り乱すようすが、はっきりと見てとれた。刀剣をでたらめに振っている。結衣は間合いを詰め、テカデラの顔面を殴打するや、刀剣を奪いとった。あわてたテカデラがわめきながら、今度は両手を振りかざす。まだ結衣の姿が見えていないのはあきらかだったが、いずれ暗闇に目が慣れてくる。結衣はテカデラの胸もとを横一文字に斬り裂いた。テカデラは血液を噴出させ、天井を仰ぎながら後方に倒れた。

タイホウは和美にしがみついていた。結衣は足音を立てず近づき、タイホウの頭髪をわしづかみにした。苦痛に表情を歪《ゆが》めたタイホウが、両手を頭の上に伸ばす。がらあきになった脇の下、腋窩《えきか》動脈を狙い、結衣は刀剣を突き立てた。血飛沫をあげタイホウが絶叫した。

　勇次が焦燥をあらわにし、暗闇をしきりに見まわしている。「刻駕！　気をつけろ。結衣が近くにいるぞ！」

　刻駕はアーミーナイフを抜き、腰を低く落とし身構えた。さかんに目を泳がせる。気配は感じているようだが、まだ視線は結衣に向いていない。

結衣は和美を助け起こした。和美はほとんど弛緩《しかん》しきり、膝が立たないありさまだった。

　ふいに結衣の脚になにかが絡みついた。瀕死《ひんし》の嶋倉医師が上半身を起こし、両腕で抱きついていた。結衣は冷やかに見下ろした。左手のみで刀剣を力いっぱい振り、嶋倉の首を刎《は》ねた。樹木を一刀両断にする手応《てごた》えに似ていた。胴体から切り離された頭部が、床を弾みながら転がっていき、勇次の足もとに接触した。

「嶋倉先生⁉」勇次は手探りで嶋倉の顔を認識したらしい。「刻駕、結衣を仕留めろ！」

結衣は和美の片腕を肩にまわし、身体を支えながら出入口をめざした。カズマが闇のなかに刀剣を振りまわし、結衣の進路に立ちふさがる。出入口に向かうルートに見当をつけたのだろう。それでもやはり目は合わない。結衣はカズマに前蹴りを浴びせた。カズマが体勢を崩し転倒した。物音に勇次と刻駕が向き直った。結衣は手にした刀剣を離れた場所に投げた。落下とともに金属音が奏でられる。敵の生き残り三人が、そちらに注意を引かれる反応をしめした。結衣は足音を忍ばせ、和美をほとんどひきずるも同然に、出入口へといざなっていった。

　外気に触れた。そう思った直後、滝のような豪雨のなかに全身をさらした。依然として和美の体重がのしかかってくる。それでも和美が微力ながら、自分の足で歩きだしている。そのことに結衣は気づいた。

　耳もとで和美が力なくささやいた。「わたしはもう……」

「弱音を吐かないでください。ここから逃げることだけを考えて」

　泥と化した地面に靴がめりこんだ。いまにも突っ伏しそうな和美を支えながら、結衣は前のめりに校門へと急いだ。校舎のシルエットがごく近くに浮かんでいる。フェンスの外に目を凝らした。人影は見えない。赤色灯の明滅もなかった。パトカーはまだ来ていない。

　唐突に一帯が青白く照らしだされた。稲光だった。校舎の窓を覆うベニヤ板や、昇降口をふさぐロープが、視界のなかに明瞭に浮かびあがった。

ほぼ同時に、雷鳴とは異なる轟音《ごうおん》が響き渡った。和美が呻《うめ》き声とともにのけぞり、ふいに脱力しつんのめった。結衣も支えきれず、一緒に泥のなかに倒れこんだ。

本物の雷鳴がいまになって轟《とどろ》く。和美は横っ腹を手で押さえていた。そこからも大量の血が溢《あふ》れだしている。

ライフルで狙撃《そげき》された。刻篤のしわざにちがいない。暗視スコープか、それとも一瞬の稲光で位置をとらえたのか。

和美の息が途絶えがちになった。鼓動が弱まりだしている。まだかろうじて意識は保っているものの、出血性ショックに近い、結衣はそう思った。すでに和美の体内から二割近くもの血液が流出したようだ。三割に至れば生命は維持できない。

なおもライフルの銃声が連続して響いた。弾が地面にめりこむ音を間近にきいた。このまま校門に向かうのは難しい。ひとまず校舎に避難するしかない。結衣は和美を支えながら身体を起こした。「立てますか。第二校舎に入りましょう。こっちです」

激痛に襲われたらしく、和美が悲鳴を発した。それでも結衣は力ずくで和美を引き立てた。ゆっくりと校舎に歩きだす。和美がよろよろと歩を踏みだす。弾が体内に残っているとは思えない。曲がりなりにも歩けている。横っ腹の肉が浅く抉《えぐ》られたと考えられる。そのぶん傷口に幅があり、広範囲の出血は免れない。片手では塞《ふさ》ぎきれないだろうが、いまは応急処置を施す暇さえなかった。次の稲光までに身を隠す必要がある。

　グラウンドに面した第二校舎の一階、掃きだし口にベニヤ板が打ちつけてある。結衣は和美を支えたまま、ベニヤ板を強く蹴《け》った。繰りかえし蹴りつづけると、板は枠から外れた。ほとんど身体ごとぶつかるも同然に、結衣はベニヤ板を突き破った。ふたりはもつれ合ったまま教室内に倒れこんだ。

　結衣は教室の暗がりに和美を引っぱりこんだ。窓の外に稲光が閃《ひらめ》いた。雷鳴が地響きとともに轟く。銃声は途絶えている。ただし壊れたベニヤ板が見つかるのは時間の問題だった。

　仰向《あおむ》けに横たわった和美が、かすかなささやきを漏らした。「ここは……」

「ＬＬ教室です」結衣はいった。

　皮肉を感じざるをえない。総理の訪問中、武装勢力が襲撃してきた特別教室。授業をおこなっていた教師は敷島和美だった。

26

ＬＬ教室の暗闇のなか、和美のかすれた小声を、結衣は耳にした。

「ここで授業してた」和美がつぶやいた。「矢幡首相が教壇に立って、みんなを前に演説して……。急に悪夢が始まった」

結衣は横たわる和美のわきで片膝《かたひざ》をついた。床に散らばっていたカーテンの切れ端をまとめ、和美の横っ腹に押しつける。たちまち鮮血に染まった。結衣は和美を見つめた。「嫌なことは思いださなくていいです」

「あなたと濱林《はまばやし》さんはいなかった。わたしが地歴室に追い払って……。ふたりだけ自習」

胸のうちに鈍重な痛みがひろがる。あのときここにいたら、なにかできただろうか。わからない。ＬＬ教室への襲撃それ自体を、結衣は目にしなかった。

和美がうわごとのようにささやいた。「校長先生にいわれて、わたし、逆らえなかった」

「問題児にはそれでいいでしょう」

「向き合うべきだった。でも怖くて」

「普通ですよ。人として正常です」

「教師としては……。田代君のいうとおり。どんな生徒に対しても、教育から逃げちゃいけなかった」

結衣はそう思わなかった。生来の邪悪な人間を前に、真っ当な教育者でいようとすれば、きっと己れを滅ぼす。

もとより良心を持たず、虚言にも傷害にも抵抗がなく、自分の異常性にまるで気づかない。そんな手合いは現にこの世にいる。少年法に保護された十代の場合、のさばって好き放題にやる。そのうち殺人者になる。自分もその最たるものだと結衣は思った。

和美の志は立派だ。けれどもそんな大人に甘えてはならないのが、結衣のような十代の異常者だろう。親の愛情を受けていないぶん、依存心が暴走しがちになる。満たされないと知るや、動物じみた凶暴性に支配されてしまう。

「先生」結衣は静かにいった。「やさしさや気づかいは、それを求めてやまない、まともな生徒たちに向けてあげてください。わたしや勇次みたいな奴と知り合ったのは、単なる事故のようなものです。自分を責めないでください」

「だけど」和美の目に涙が溢れだした。「それじゃ、あなたたちはどう生きていけば……」

せつなさに似た感情が胸を締めつける。結衣はささやきかけた。「その気持ちだけで充分です。先生のそんな思いを理解し、納得するべきなんでしょう。わたしたちのような……」

欠陥品の劣等種は。そういいかけて口をつぐんだ。和美が否定するのは予想できるからだ。いまはもう和美の心に痛みを誘発したくなかった。

和美の目が閉じた。軽い痙攣《けいれん》を起こしている。結衣は落ちていたコンクリートの塊を、和美の横っ腹に這《は》わせるように置き、ガーゼがわりの布で傷口を圧迫した。出血の度合いを減らすため、できることはこれだけだった。

結衣は須永のスマホをとりだした。警察と消防への緊急通報だけは、ロックを解除しなくても通話できる。ただし音声は録音される。今度こそ身元がばれるのを覚悟のうえで、一一九番に通報する。

ところが電話が通じなかった。圏外だった。バッテリー式ジャマーか。勇次が持ちこんで、校舎内の数か所に設置したのだろう。いよいよ高校事変のときと同じ条件になってきた。

掃きだし口から外を眺めた。降りしきる雨のなか、グラウンドを近づいてくる人影は見あたらない。あいつらも結衣が暗闇を見通せることに気づいたはずだ。遮蔽《しゃへい》物のないグラウンドを堂々と横切ったりはしない。だがベニヤ板が壊れた以上、ＬＬ教室にはきっと目をつけている。

「廊下を見てきます」結衣は和美にいった。

和美は無反応だった。意識を失っているのかもしれない。もはや一刻を争う。

廊下側の引き戸は開いていた。結衣はそこに向かった。真っ暗な廊下に足を踏みだす。

不穏な気配を感じ、結衣は静止した。雷光が閃いたとき、廊下の先に人影が浮かびあがった。

逞《たく》しい胸筋に割れた腹筋、鍛えた裸の上半身にヒョウ柄のコートを羽織る。スキンヘッドのカズマが、刀剣を片手に立っていた。カズマも稲光で結衣の存在に気づいたらしい。瞬時に緊張をしめし、まっすぐ結衣に向き直る。

勇次の拾った不良少年のなかでは、本物の武装半グレに最も近い体臭が漂う。それだけにもう後戻りはできないだろう。いずれ暴力団か武装半グレ集団に加わる運命にある。

ただしその割に、カズマが結衣にしめす殺意には、どことなく躊躇《ちゅうちょ》に似たものが感じられる。

雷鳴が校舎を揺さぶるなか、カズマが刀剣の尖端《せんたん》を結衣に向け、猛然と突進してきた。

充分に間合いが詰まるまで、結衣は動かなかった。闇のなか微妙に反射する刃、その太刀筋を見極めた。カズマは刀剣の柄《つか》を日本刀のごとく両手で握っていた。だが筋肉の使い方はわきまえている。腕力だけで斬りかからず、重心を剣先にこめ突きを放とうとしてくる。

結衣はすばやく横移動し、刀剣の突きを受け流すと、両手の手刀をカズマの前腕に打ち下ろした。前腕伸筋群を強打すれば指が開き、握力が緩む。打ち下ろされた両腕に対し、刀剣だけは一瞬、空中に留《とど》まる。結衣はすかさず刀剣の柄を奪い、逆手に握るや、すれちがいざまにカズマの腹を斬り裂いた。

背後でカズマが動きをとめた。最初からかすかに迷いが見え隠れしていた。それを裏づけるような、くぐもったカズマの声をきいた。「先にあんたと会ってりゃ……」

結衣は振りかえらなかった。カズマの突っ伏す音が耳に届く。手《て》応《ごた》えがまだてのひらに残っている。たしかめずともカズマの絶命はあきらかだった。

廊下の奥、暗がりに銃火が閃いた。ライフルの銃声が廊下に反響する。しかし結衣は一瞬早く前方に飛びこんでいた。弾丸が空気を切り裂き、結衣の頭上をかすめていく。床で前転し、ただちに起きあがると、結衣はジグザグに走った。敵をＬＬ教室に近づけるわけにいかない。ライフルがふたたび発射された。床に跳弾の火花が散った。一気に距離を詰める。刻駕の巨漢が闇に浮かびあがった。ライフルを構えていたものの、至近では狙い撃てない、即座にそう判断したらしい。銃床を両手で握り、剣術の水平払いを浴びせてきた。木刀代わりのライフルが、結衣の刀剣を芯《しん》でとらえた。刀剣が弾《はじ》き飛ばされた。結衣はすかさず刻駕につかみかかった。間合いが開けばライフルで銃撃されるからだ。

刻駕は銃尻《じゅうじり》で結衣の肩を打ち下ろした。強烈な打撃に激痛が走る。結衣は刻駕の足もとに突っ伏した。後ずさりした刻駕が、ライフルを俯《ふ》角《かく》に構え、結衣に銃口を向けてくる。結衣の左手は床のゴミをまさぐり、落ちていたコンパスを拾った。ペンシルホルダーを握り、針は人差し指と中指のあいだに突きださせる。結衣はコンパスの針を刻駕の大腿《だいたい》部に突き刺した。刻駕は絶叫したものの、暴れる猛獣のごとく、ライフルの銃尻で結衣をめった打ちにしてきた。打撃をまともに食らい、全身の感覚が麻《ま》痺《ひ》しかける。結衣はまたもつんのめりそうになったが、伸びあがり刻駕にしがみついた。

銃尻を下にしたライフルの前床をつかむ。刻駕が息を呑《の》む反応があった。そのまさかを結衣は実行した。

ライフルを強く押しこみ、銃口を刻駕の顎《あご》にめりこませるや、結衣はトリガーを引いた。間近できく大音量の銃声が内耳に反響する。銃火の閃光《せんこう》が残像となり、目の前をちらついた。刻駕の顎から頭頂を撃ち抜いた。巨漢は大木のように身体をまっすぐにしたまま、後方へと倒れていった。廊下の床に背を叩《たた》きつける。両手両足を投げだし、ぴくりともしなくなった。

結衣はうつ伏せになり、身体の痺《しび》れがおさまるのをまった。ゆっくりと上体を起こしにかかる。

刻駕による遠方からの狙撃《そげき》が命中しなかったのは、発射が遅れたからだ。確実に命中させようとすれば、じっくり狙う必要がある。外したとしても、結衣をここまでおびき寄せられる。ＬＬ教室から遠ざかるをえない状況をつくりだした。その意味で刻駕は目的を果たした。

残るは勇次だけだった。急ぎＬＬ教室に戻らねばならない。結衣は立ちあがろうとしたが、足がもつれ、また突っ伏してしまった。腹這《はらば》いに前進しつつ、壁に手をかけ、なんとか頭を持ちあげる。右の瞼《まぶた》を切ったらしい、目のなかに血が滴ってくる。袖《そで》で顔を拭《ぬぐ》いながら、なんとか身体を起こした。結衣は前のめりに歩きだした。

開け放たれた引き戸から、ＬＬ教室のなかに戻る。暗がりに違和感をおぼえ、慎重にようすをうかがう。とたんに息を呑んだ。床に横たわっているはずの和美がいない。いつしか姿を消している。

ペンキのような血の痕《あと》が、掃きだし口へとつづいていた。和美を引きずっていったにちがいない。結衣は焦燥とともに掃きだし口に駆け寄った。豪雨のグラウンドを目にした瞬間、衝撃が体内を駆け抜けた。

仰向《あおむ》けになった和美が、ずるずると泥の上を遠ざかっていく。和美を羽交い締めにしながら引きずるのは、ほかならぬ田代勇次だった。

27

稲光が閃《ひらめ》いてから数秒の間を置き、雷鳴がまたも轟《とどろ》く。叩きつけるも同然のどしゃ降りのなか、結衣は駆けだした。がむしゃらに全力疾走する。和美を連れ去ろうとする勇次を追いあげる。

結衣が接近するや、勇次が動きをとめた。和美を羽交い締めにしたまま、泥の上に尻餅《しりもち》をついた。背後から和美を抱き締めつつ、ほとんど仰向けに寝る体勢をとる。勇次は右手に握った金属の塊を、和美のこめかみに押しあてた。結衣は立ちどまらざるをえなかった。

勇次が怒鳴った。「近づくな！」

３Ｄプリンター製の拳銃《けんじゅう》だとわかる。銃口が和美の頭部を狙っていた。和美は半目を開けているものの、ぐったりと弛緩《しかん》しきっている。ブラウスはもはや鮮血に染まっていた。

結衣はいった。「自分がいちばんよくわかってるでしょ。もう逃げられない」

「かまうか」勇次が吐き捨てた。「先生と一緒に死んでやる」

人差し指に力が籠《こ》もるのが見てとれた。トリガーを引こうとしている。結衣はすかさず駆け寄った。銃口をこちらに向けさせるためだった。

勇次ははっとして拳銃を和美から離した。結衣を狙い澄ましてくる。上腕二頭筋が突っぱるのが視認できた。結衣は横っ飛びに転がった。閃光とともに銃声がけたたましく鳴り響いた。全身泥まみれになりながら、結衣は転がりつづけた。二発目の銃声が轟いた。顔の近くで水飛沫《しぶき》があがった。至近に着弾した。狙いが定まってきている。次は仕留められるかもしれない。

だが三発目はなかった。代わりに金属音が虚《むな》しくこだました。

読みどおりだと結衣は思った。ふたたび豪雨のなかに立った。勇次が愕然《がくぜん》とした表情を浮かべ、必死にトリガーを引き絞る。拳銃は無反応だった。

結衣はささやいた。「手製拳銃の欠点。わざとカートリッジを密閉してない。雷管や装薬に酸素が触れないと燃焼せず、発砲できないから」

「嘘をつけ！」勇次がわめいた。「俺は自分で組み立てた。防水設計のはずだろ」

「本物の弾ならカートリッジを密閉するとき、燃焼分の酸素を製造工程で封じこめる。でも３Ｄプリンター製の場合、そんな高度な製法はとれない。通気性が残してある。日清戦争当時の村田《むらた》銃と変わらない」

火薬が湿って使いものにならない。勇次は癇癪《かんしゃく》を起こした幼児のごとく、拳銃を結衣に投げつけてきた。結衣が躱《かわ》すと、拳銃は泥水のなかに落ちた。

勇次は和美を放りだすや、立ちあがり突進してきた。和美は豪雨のなか、ひとり仰向けに横たわっている。

怒りを爆発させた勇次の俊敏さはすさまじかった。あたかも猛獣の魂が乗り移ったかのようだ。ボビナムの突き《ドン》と蹴り《ダッ》を矢継ぎ早に放ち、手刀《チェム》を浴びせてくる。結衣は防ぎきれず顔に数発を食らい、地面に片膝《かたひざ》をついた。間髪をいれず勇次の踵蹴《かかとげ》りが飛んできた。結衣は顎を蹴り飛ばされ、身体が宙に浮くのを感じた。もんどりうって泥水のなかに落下する。口のなかに血の味がひろがった。

勇次がわめきながら急速に距離を詰めてきた。ボビナムにはボビナムで対抗すべきだ。結衣は寝たまま左足で勇次の左足首をひっかけ、右足で左脚の膝を蹴った。膝は百八十度以上には手前に曲がらない。よって膝が支点、足首が力点となる。作用点と化した勇次の上体はのけぞり、勢いよく仰向けに倒れた。

結衣はすばやく起きあがると勇次に猛進していった。片膝をついた勇次の喉《のど》を狙い、指先で突きを放つ。勇次があわてぎみに右腕でインターセプトしてくる。結衣にとっては予測済みの防御法だった。右腕を避《よ》けつつ、ジークンドー式の肘打《ひじう》ちを勇次の顔面に浴びせる。頭を巻きこみ回転させることで敵の重心を崩す。仰向けに転倒しかけた勇次の側頭部を、力いっぱいに蹴った。

高々と水柱を立ち上らせながら、勇次が泥のなかを転がる。起きあがる隙をあたえず、結衣はなおも飛びかかった。寝技に持ちこんで首を絞めあげる。勇次は苦しげに身をよじり、手足をばたつかせた。

ふいに上腕に激痛が走った。結衣は勇次から飛び退いた。セーラー服の袖がざっくりと裂け、血が滲《にじ》みだしている。

勇次は刃渡りの短いナイフを握っていた。果物ナイフに見える。立ちあがった勇次の顔は生気を失い、まるで死神のようだった。口の端から血が滴っている。威嚇するようにナイフの尖端《せんたん》を結衣に向けた。

胸のうちに冷やかな気分がひろがる。結衣はいった。「自決用にでも持ってた？」

「馬鹿いえ。百均で買った。奥の手にしまっておくには、ちょうどいい大きさの刃物だからだ」

「長谷部琴奈さんの胸ポケットにいれとくなんて、鬼畜もいいとこ」

「あー、あの女子中学生か。人の生き方はそれぞれだからな」

「あんたのせいで死んだ」

「冗談いうな。タイホウとテカデラにヤられそうになってたとこを、俺は救ってやったんだ」

「なんで彼女にナイフを持たせた？」

「毒親を失ってせいせいするか、それとも両親の後を追うか。両手が自由になった時点で、どちらか選べるようにしてやった」

憤怒《ふんぬ》の情念が爆発寸前にまで昂《たか》ぶる。だが結衣はあえて静かに告げた。「あんたには一択しか選ばせない」

「そうかよ」勇次は頬筋《きょうきん》を痙攣《けいれん》させた。「俺はナイフの使い方を二択から選べる。おまえを刺すか、それとも……」

勇次は身を翻すや、和美のもとに駆け戻った。地面にひざまずくと、和美の上半身を無理やり引き起こし、腕のなかに抱えこんだ。和美の頸《けい》動脈に刃を這《は》わせる。勇次が怒鳴った。「マイクロＳＤカード！　最後の一枚をよこせ！」

結衣は胸ポケットに手をいれた。ポケットの底にはたしかに、体育館で指先につまんでみせた、最後の一枚が残っている。だがもう使い物にはならない。二つ折りになり、ひしゃげたマイクロＳＤカードをとりだす。結衣はそれを勇次にしめした。勇次が目を瞠《みは》った。

雷光がさかんに明滅する。地鳴りに似た雷鳴が轟いた。結衣は壊れたマイクロＳＤカードを地面に落とした。「もう潰《つぶ》してた」

「メンパスだけは、ほかに隠し持ってるはずだ。だせ」

「ないといったらない」

「三井先生を殺すぞ！」

結衣は黙って勇次を見つめた。勇次の見かえすまなざしに猜疑《さいぎ》心がのぞく。どうにもならないと悟ったらしい。やけを起こしたように、勇次がナイフを振りかざした。咆哮《ほうこう》に近いわめき声を発しつつ、いまにも刃を和美に突き立てんとする。

すかさず結衣は声を張った。「メンパスなんか持ってきてない！」

びくっとした反応をしめし、勇次が全身を凍りつかせる。ナイフは宙に留《とど》まった。

勇次の血走った目が結衣を凝視する。

結衣は淡々といった。「メンパスのマイクロSDカードは、田代ホールディングス本社をでる前に潰した。持ってきたのは、東急スクエアで買ったマイクロSDカードだけ。わかる？　メンパスなんて最初からなかった」

勇次は結衣を見かえした。濁った虹彩《こうさい》が虚空を見つめる。ひざまずいた姿勢のまま、かろうじて体勢を維持し、両腕が和美を抱きかかえつづける。勇次が茫然《ぼうぜん》とつぶやいた。「なんだよそれ。もう俺の将来なんか潰《つい》えてたってのか」

雨足はいっこうに弱まらない。グラウンドを絶えず無数の波紋が埋め尽くす。濡《ぬ》れねずみと化した勇次がうなだれた。

「笑わせる」勇次が震える声でささやきを漏らした。「嶋倉先生にきかせてやりたかった。あのじじい、メンパスメンパスって、そればっかりだった。俺のことなんかどうでもよかった」

「田代ファミリーは全滅した。田《デイエン》の代わりの田代は。最期ぐらいグエン家の次男として死になよ」

「死んでやるとも。先生を殺して、自分も死ぬ」

「一介の英語教師を無駄に殺すのが、人生の最期に成し遂げること？」

「先生」勇次は和美の顔を見下ろした。ベトナム語らしき言葉をつぶやいたが、それでは和美に通じないと気づいたらしい。英語に切り替えていった。「敷島先生《ミズシキシマ》。俺を《アイソー》特別視してくれたんじゃ《ユワゴナトリーツミースペシャリイ》なかったのか。英語力を認めたろ《ユーセツアイヴガットグッイングリッシュ》。なのに裏切りじゃねえか《バッユービトレイドミー》。フェリーで俺を貶めやがって《ユーディズグレイストミーインザフェリイ》。誰よりもひでえ大人だ《ユアザワーストファッキンアダルトアイノウ》」

和美はなんの反応もしめさなかった。意識があるかどうかも疑わしい。

勇次という男は、たしかに田代槇人に似ている。優莉匡太にもだ。善人でいようとはしないくせに、善人とみなされるのを強く望む。己れの万能感を脅かす者は誰であれ敵と定義づける。なにより他人を道徳的にまちがっていると責める。非道徳さを自覚できないがゆえ、他人を貶めることで、みずからの欠陥を埋め合わせる。

結衣は冷やかな気分でささやいた。「ちやほやされた日々の終焉《しゅうえん》とともに、あんたの命運も尽きてた。武蔵小杉高校のみんなの無念を思い知ればいい」

「ちやほやされた？　あんなのはマスコミありきの話だ。俺がずっと差別を受けなかったとでもいうのかよ!」

ああ。結衣はつぶやいた。かすかに腑《ふ》に落ちるものがあった。

考えてみれば勇次も、バドミントンで名が売れる前は、ただの中学生だった。元ベトナム国籍の、あきらかに純日本人と異なる顔つきで、公立中学に通った。当初は田代槇人も無一文に近く、なんの地位もなかった。いじめが横行する学校生活で、勇次がなんの被害も受けなかったとは思えない。

勇次はバドミントンで頭角を現して以降、マスコミやSNSで一気に名を広めた。きっかけは父親が非合法事業で稼いだ金によるステマだったのかもしれない。だが人気が本物になったのは、ルックスと親しみやすいキャラづけのおかげだろう。礼儀正しく、女子供に親切で、ベトナム以上に日本の文化を愛する。そんな虚像が大衆の心をとらえた。

そのなかに結衣もいた。あらためて自覚せざるをえない。帰化のハンデをものともせず、実力で道を切り拓《ひら》き、賞賛を浴びた高校生。そう信じていた当時、ひそかに田代勇次を羨《うらや》ましく思った。泉が丘高校を放校となり、勇次のいる武蔵小杉高校を選んだ。

本人にとってもそれが心の拠《よ》りどころらしい。勇次が視線を落とした。「俺はな、努力でのしあがった。日本語を勉強し、バドミントンで勝ちあがり、ここまできたんだよ。それをいまになってマスコミの奴ら、八百長試合だとか、でたらめばかり書きやがって」

でたらめではない。体育館で対戦してわかった。暗中の輝度に錯視が生じようと、全国高校大会の優勝者が、アマチュアの結衣に完敗するはずがない。週刊誌に書いてあったことはすべて事実だろう。

どうせ東京オリンピックはない、槇人はそう考えていた。勇次がオリンピック出場選手候補になる、そんな話題性を高めることで、田代一家の健全さを世間にアピールした。それだけが槇人の目的だった。むろん非合法活動の隠れ蓑《みの》にするためでしかない。

勇次が唸《うな》るようにいった。「おまえら日本人は、ベトナムからの実習生を見下し、低賃金の奴隷にしてる。なのに外国人犯罪の逮捕者はベトナム人が最多とか、よくいえるな！」

また他者への批判と責任転嫁が始まった。結衣は鼻を鳴らした。「田代槇人が非合法にでも圧力団体を組織し、同胞たちを守ったって？　それをやってきたのはディエン・ファミリー。あんたの父親は権力を乗っとって私欲に走っただけ」

「親父のことなんか知るか！」勇次がまた怒りの炎を燃えあがらせた。「てめえ兄貴を殺しやがって」

支離滅裂になってきている。もとより勇次にとって、真実などどうでもいいにちがいない。自分の感情に添う虚構のみしか求めていない。

結衣は勇次を見つめた。「あんたもわたしもゴミに生まれた。親ガチャで引き当てたのは猛毒親だった。ゴミならゴミらしく、部屋の隅に捨てられて、静かに転がってるしかない。母親がくれなかった愛情を三井先生に求めて逆上なんて、ゴミにそんな権利はない」

勇次の憤激に狂気じみた殺気が宿った。和美の首筋に這《は》わせたナイフで、頸《けい》動脈を切断にかかった。「教師ごときが偉そうにすんじゃねえ！　俺は日本国民の誰もが知る田代勇……」

結衣は瞬時に泥のなかの拳銃《けんじゅう》を蹴《け》りあげ、グリップを握った。スライドを引き薬莢《やっきょう》を排出するや、勇次に向けトリガーを引き絞った。

目の前で銃火が閃《ひらめ》き、反動とともに銃声が轟《とどろ》いた。勇次は後方に吹き飛んだ。和美は脱力しきったまま、また泥のなかに横たわった。

豪雨のなか勇次が大の字になり、苦しげな息遣いを響かせる。喉仏《のどぼとけ》のわきから血が大量に溢《あふ》れだしていた。

結衣は拳銃をスカートベルトに挿し、ゆっくりと歩み寄った。近くに立って勇次を見下ろす。もう喋《しゃべ》れないのだろう、勇次の目がなぜだとたずねている。

勇次のいったとおり、３Ｄプリンター製の弾であっても、カートリッジは防水の設計だった。ただ工業製品のように徹底できていないだけだ。数発に一発は水に弱い不良品が混ざる。ブローバックしないため、以後は何度トリガーを引いても撃てない。しかし薬莢を手動で排出すれば、次は撃てる可能性がある。もしまた発射できなければ、やはりスライドを引き、ふたたびトリガーを引けばいい。

結衣はささやいた。「金属精製可能な３Ｄプリンターで作る弾。最初の図面を清書したのはわたし。小三の春、父から与えられた課題だった」

勇次の表情筋はもう反応しなくなっていた。目の焦点も定まっていない。わずかに残る声帯を振動させ、勇次がつぶやきを遺《のこ》した。「やっぱりおまえは、いちばん汚い、ゴミクズ……」

泥のなか、豪雨を浴びながら死にゆく顔がある。結衣と同じ十七歳の顔だった。

あの日の記憶が脳裏をよぎる。結衣はマンションの靴脱ぎ場にひとりたたずんだ。誰もいない板張りの廊下を眺める。ファミリータイプの３ＬＤＫ、もしくは４ＬＤＫ

か。

傍らに姿見がある。鏡のなかに立つのは、ぼろぼろの制服、全身血まみれの女子高生だった。頬の黒ずんだ汚れを、手でこすって落とそうとしたが、痣《あざ》だとわかった。

足音がきこえた。オックスフォードシャツにスラックス姿、痩身《そうしん》の男子が廊下に現れた。肌は健康的に焼け、短めにした黒髪にも清潔感がある。総じてさわやかな印象を漂わせる。ベトナムから帰化した高校二年生、田代勇次。腰が退《ひ》けたようすで歩いてくる。わきに色紙を携えていた。

校内で見かけたことはあるが、言葉を交わすのは初めてだった。結衣は頭をさげた。ささやく声が喉《のど》に絡んだ。「初めまして。夜分遅くごめんなさい」

勇次は気遣うようなまなざしを向けてきた。「だいじょうぶ？」

「ええ。あのう、頼んであったサイン……」

「ちゃんと書いてあるよ。渡すのが遅れてごめん」勇次が色紙を差しだした。

いかにも書き慣れたサインが躍っている。つむぎちゃんへ、そう添えてあった。

結衣は遠慮がちにいった。「もしよければ、誕生日おめでとうって書き足してほしい」

「いいよ」勇次は応じたものの、ためらいをしめした。筆記具をとってこなければならない、そう思ったようだ。

予想済みだった。結衣は下のコンビニで買ってきたサインペンを差しだした。

「ありがとう」勇次がそれを受けとり、色紙の隅にメッセージを書いた。ふと気づいたようにたずねる。「日付はきょう？　あした？」

「きょう」

勇次が廊下の置き時計を眺めた。「きょうっていうと……」

「あと七分」

「間にあう？」

「ええ。なんとか」

ふうん。勇次は色紙にペンを走らせた。だが日付を書き終えても、まだ色紙を眺めている。なにかを思いついたように書き足した。さらにもうひと筆を加える。

「できたよ」勇次が色紙を向けてきた。

サイン、日付、それにメッセージ。誕生日おめでとう。隅に『遅れてごめんね』とあった。最後に書き加えたのは、その一行上の文章だった。『僕のせいで』。

結衣は長いこと色紙を眺めていた。無言でたたずむうち、視界が涙にぼやけだした。鏡を一瞥《いちべつ》する。無表情の自分がいた。ただ雫《しずく》が頬をつたっている。なぜ泣くのだろう。わからない。目もとを指先でぬぐう気にもなれなかった。しゃくりあげたりもしない。声を発することもなく、ただ涙がこぼれた。

勇次が戸惑いをしめした。さっきと同じ質問をしてきた。「だいじょうぶ？」

言葉を理解するまで、少し時間を要した。結衣は静かにささやいた。「平気」

わきの収納を開け、勇次はポリ製の手提げ袋をとりだした。サインの依頼に慣れているからか、色紙一枚がちょうどおさまる袋の用意があった。それを手渡してくる。

緊張ぎみの笑顔とともに、勇次がいった。「つむぎちゃんによろしく」

「ありがとう」結衣はそれを受けとった。「バドミントン、がんばって」

視野を覆っていた霧のような記憶が、徐々に薄らいでいった。現実がとって代わった。結衣の足もとで、勇次は死んでいた。ぼんやりと目を開けたまま、全身を雨に打たれるにまかせている。たった十七年の人生が終わった。射殺したのは結衣だった。幼少期に図面を清書した３Ｄプリンター製の弾で。

なぜか記憶のなかの田代勇次を殺した気がしない。わきの姿見に映った自分をこそ撃ち殺した、そんな奇妙な感覚にとらわれる。これまでの自分を射殺した、そう思えた。ずっと頭のなかに反響しつづけた、生徒たちの悲鳴が消えていく。無音だけが包みこんだ。結衣は後ずさった。足が滑り、泥の上に尻餅《しりもち》をついた。荒い呼吸を整えようと躍起になる。和美を振りかえった。仰向《あおむ》けに倒れたままだった。結衣は和美のもとに這っていった。

遠くにサイレンが涌《わ》いている。近隣住民が通報したのだろう。グラウンドでの銃声は、さすがに雷鳴とは区別できたらしい。じきにパトカーが駆けつける。

「先生」結衣は和美の顔をのぞきこんだ。「先生！」

和美は息絶えているかに見えた。けれども目がうっすらと開いた。唇がかすかに動く。ほとんど吐息と変わらないささやきがきこえた。「逃げて」

結衣は耳を疑った。「先生……」

「あなたは悪くない」和美のまなざしは、なにもとらえていないようだった。消えいりそうな声で和美が告げた。「未成年だもん。教師なら、あなたを更生させなきゃ。何年かかっても、少しずつ……」

声がきこえなくなった。呼吸さえも途絶えていた。和美の両目が閉じた。結衣は視界の端に、赤い明滅をとらえた。視線を校門のほうに転じる。敷地外の路上を赤色灯が徐行してくる。サイレンは接近する前に消音したようだ。

青白くなった和美の顔には、瞼《まぶた》の痙攣《けいれん》すら見られない。大粒の雨がしきりに降りかかる。眠るような表情を、結衣は黙って眺めていた。自分もこのまま留《とど》まっていればいい、そんな思いがよぎる。

クルマのドアを閉じる音がした。ふたたび目を向けると、赤色灯が数を増やしていた。パトカーが三台、その後方に停車するのは救急車だとわかる。

救急車。ほとんど衝動的に結衣は跳ね起きた。拳銃を引き抜き、夜空に向け撃った。場所を知らせるためだった。校門の外に喧噪《けんそう》がひろがる。銃火ははっきりと見えただろう。

結衣は駆けだした。須永のスマホを放りだして走る。校門とは逆側、第一校舎の向こう、低めのフェンスをめざす。そこを乗り越えれば住宅街に抜けだせる。ほかならぬ武蔵小杉高校だ、脱出経路なら把握している。

降雨の冷たさが身に沁《し》みる。なぜいつまでも逃げるのだろう。いちばん汚いゴミクズだからだ。ほかに理由なんてない。

28

結衣はひとり丸子《まるこ》橋《ばし》を渡り、都内に移動した。それからもう一時間ほどが経過している。大田《おおた》区田園調布一丁目、六間《ろっけん》通りから一本入った住宅街。小ぶりな三階建てのビルが建つ。会社はむろん営業時間を終了し、残業の社員が数人いるにすぎなかった。だが結衣はドアを叩《たた》き、強引に迎えいれてもらった。

手狭なエントランスロビーの土間に、結衣は座りこんでいた。背を壁にもたせかけ、両脚を投げだしている。ぼろぼろになったセーラー服に、汚れを気にする必要はない。スーツの男たちが四人、警戒の目で見下ろしてくる。いずれも浅黒い顔のベトナム系だった。四人とも無言を貫く。結衣も喋《しゃべ》らなかった。加湿器の蒸気を吐く音だけが、静寂のなかにこだまする。

やがて雨音がふいに大きくなった。外気が吹きこんでくる。ドアが開いたとわかる。濡《ぬ》れた傘を畳みながら、薄手のロングコートが姿を現した。真っ白な頭髪、年輪のように多くの皺《しわ》を刻んだ顔。小柄で痩《や》せ細っているが、あいかわらず矍鑠《かくしゃく》としている。ディエン・チ・ナムには連れがいた。同じく七十代とおぼしき弟のフエと、護衛の若いスーツふたりを従える。狭いロビーはたちまち混雑しだした。

ナムが黙って結衣を見下ろす。結衣は立ちあがらなかった。ただ自分の左足に手を伸ばし、湿った靴下の口《くち》ゴムを何度か折った。隠してあったマイクロＳＤカードをつまみとる。濡れていたが指先で拭《ふ》いた。それをナムに差しだした。

「メンパス？」ナムが穏やかにきいた。

結衣はうなずいた。ナムはマイクロSDカードを受けとると、フエに引き渡した。護衛のひとりがハンカチを手の上に載せる。フエがそこにメンパスをそっと横たえた。

ナムが結衣に目を戻した。「よくここがうちの関連会社だとわかりましたね」

「車内広告で見かけた」結衣はささやいた。言葉が喉《のど》に絡んだ。「田《でん》商事」

「武蔵小杉や新丸子あたりが騒がしいので、もしやと思っておりました」ナムはマイクロSDカードを一瞥した。「データのプロテクトは……」

「解除済み」

「結構。しかし、まさかお持ちいただけるとは」

「フェリーの借りを返したかった」

「これはいい」ナムは満足げにいった。「田代ファミリーの犯罪のすべてが立証されるでしょう。不明瞭《ふめいりよう》な資金の流れも、シビックとの取引さえも。まず匿名でマスコミに情報を流してから、マイクロSDカードを警察に提供します。むろん匿名で」

「マスコミ？」

「最初から警察に渡したのでは、国家に不都合な事実が伏せられたりするのでね。もっとも、私たちディエン・ファミリーにとっての不都合もある。そこは削除しておかねば」

田代一派の台頭以前から、在日ベトナム人の闇社会を牛耳ってきた勢力だ。クリーンな体質のわけがなかった。結衣は虚空を眺めながらつぶやいた。「データをいじると、細工の痕跡《こんせき》が残る」

フエがベトナム語でなにか口をきいた。ナムがフエになにかたずねる。フエがうなずいた。

ナムは結衣に向き直った。微笑を浮かべたものの、目は笑っていなかった。「そこはうまくやりますよ。うちはこうした技術に磨きをかけているので」

苦笑する気にもなれない。結衣はため息をついた。「科捜研のデジタルフォレンジックで改ざんが検出される」

「先刻承知しております。私どもの技術陣は、ファイル内の未割り当てスペースや空きスペースについて、自然なかたちに再構成できるのです。あとで上書きしたとは発覚しません。警察のフォレンジックツールも欺けます」

「へえ」

「いっさい手が加えられていないデータだと、裁判でも立証されるでしょう」

結衣は視線を落とした。「ならイチからデータをでっちあげて、田代ファミリーを嵌《は》めればよかったのに」

「とんでもない。すべてが欺瞞《ぎまん》であれば、事実との裏付けが進むなか、整合性に疑問が生じます。田代夫妻や側近たちしか知らない情報が多々含まれて、初めて信用に足るデータとなるんですよ」

とはいえ警察に提供されるメンパスには、ディエン・ファミリーにとって都合のいい嘘が混ざる。警察はその事実に気づかない。過去に深刻化した犯罪はすべて田代一派のせいにされる。以後はまたディエン・ファミリーによる支配に戻る。質は変わっても闇社会そのものは維持される。

「優莉さん」ナムがじっと見つめてきた。「なにがあったかうかがっても？」

結衣はナムを見かえさなかった。座りこんだまま前方を眺め、ただ思いを言葉にした。「今ならわかる。柄にもなく熱に浮かされたのは、人殺しの苦悩が鬱積《うっせき》したせい」

「苦悩？　失礼ですが、快楽ではなく？」

自分にしかわからないことだった。成分の何厘かは苦悩だ。その何厘かずつが、大量殺戮《さつりく》を重ねるうちに積もり積もって、機能不全を引き起こした。結衣はつぶやいた。「でももういい。いちばん汚いゴミに生まれた。ゴミにはゴミの生き方がある」

沈黙が降りてきた。ナムは視線をあげると、社員のひとりに目配せした。頭をさげた社員が奥へと引っこんでいく。

ナムが神妙に問いかけた。「これからどうしますか」

「なにも」結衣は小声で応じた。「ゴミは部屋の片隅に転がってる。いまもそうなってる」

静寂に靴音が響く。さっきの社員が戻ってきた。トレーを両手で支え持っている。小さなショットグラスがトレーに載せてあった。琥珀《こはく》いろの液体が揺れている。

「では」ナムがグラスを手にとった。結衣に差しだしてくる。「これをどうぞ」

「なに？」

「強いていえば、生まれ変わりの薬です」

皮肉しか感じない。結衣は物憂げな気分でささやいた。「いまさらゴミから別のものに生まれ変わるって？」

「試してみる価値はあるでしょう。失うものはなにもないと、あなたは自覚できてるようですし」

服毒自殺を勧めているようにもきこえる。詳細を問いただす気にはなれない。メンパスを改ざんして公表、ディエン・ファミリーは覇権をとり戻す。唯一の邪魔者といえば、秘密を知る結衣にちがいない。排除したがるのは当然だろう。

だがナムのまなざしは、なにか別のことをうったえたがっている、そんなふうにも思えた。

結衣はグラスを受けとった。実際に輪廻《りんね》なるものがあるなら、ろくでもない人生を十八年足らずで終わらせるのは、さほど悪いことでもない。いや輪廻がなかったとしても。

たぶん毒ではない。毒だったにせよ、それがなんだというのだろう。ナムがなにを画策しているか知らないが、乗ってしまえばいい。

もうためらいはなかった。結衣はグラスを一気に呷《あお》った。苦い味がした。軽くむせながら、ナムにグラスを返す。

ナムが結衣の顔をのぞきこんだ。「自分ではゴミと思っていても、案外そうではないかもしれませんよ」

小さく鼻を鳴らした。生来の大量殺人魔を相手に、慰めにもならない言葉に思える。

強烈な睡魔が襲ってきた。目が自然に閉じていく。高熱とは別の種類の昏蒙《こんもう》におちいった。身体が緩やかに下降する感覚があった。暗い谷底に呑《の》まれつつある。それがなにを意味するのか、自己分析する思考も働かない。脳が機能を失ったかのように、すべては無に帰した。

29

暗闇を長いこと眺めていた気がする。ふいに光が射した。石でできた棺《ひつぎ》の蓋《ふた》をずらす、重苦しい音が断続的に響く。顔に砂が降りかかる。徐々に明るみが視野のなかにひろがっていく。

空がのぞいた。実際に青く澄みきった空だった。意識が急速に戻ってきた。ドブのようなにおいがする。結衣は仰向《あおむ》けに横たわっていた。わずかに頭を動かすと、髪がぬかるみに浸《つ》かっているとわかった。本当にドブのなかか。やけに狭い空間だった。身体の両側を圧迫する壁はコンクリートだとわかる。

男の顔がのぞきこんだ。ひとりではない、ふたり、いや三人が現れた。ヘルメットに防弾ベスト、デザインのダサさで一見して機動隊とわかる。

機動隊員のひとりがたずねた。「無事か？」

返事もまたず、ほかの隊員が顔をあげ、遠方に怒鳴った。「発見！　捜索対象を発見！」

にわかに集団の喧噪《けんそう》が耳に届いた。機動隊員らが顔をひっこめる。代わりに女の顔が出現した。間近から結衣をじっと見つめてくる。見覚えがある。だが誰だっただろう。

女が気遣うまなざしを向けてきた。「優莉さん。立てる？」

声で記憶がよみがえった。杉下佳子、宇都宮東署の刑事だった。佳子が両手を差し伸べる。結衣の上半身が引き起こされた。やはり背中に水が染みている。着衣はセーラー服のままだ。あちこち焼け焦げ、穴があき、ひどくみすぼらしかった。

起きあがり太陽の下に身をさらす。どよめきがあがった。まだ白く飛んだような視界のなか、最初に目についたのは、遠巻きに騒ぐ報道陣だった。こちらに押し寄せようとするものの、制服警官らに押しとどめられている。次いでヘリコプターの音をきいた。何機か頭上を旋回しているようだ。

校舎の外壁に気づいた。第一校舎の裏側。武蔵小杉高校だった。時間を遡《さかのぼ》ったような、奇妙な感覚にとらわれる。佳子の手を借り、結衣はようやく立ちあがった。いままで横たわっていたのは、排水溝のなかだとわかった。高校事変のとき濱林澪《みお》が隠れた、まさにその場所だった。

私服と制服の警官らが右往左往する。救急救命士もストレッチャーとともに待機していた。佳子が乗るよう目で勧めてくる。結衣は首を横に振った。自分の足で歩きだした。

佳子が歩調を合わせてきた。「あなたのことはぜんぶあきらかになった」

「ふうん」結衣は歩きながら応じた。

「三井先生に危害を加えると脅され、否応《いやおう》なく田代勇次の命令に従わされた。警視庁でも芝居せざるをえなかった。人質をとったのも脱走したのも、あなたの意志じゃなかった」

結衣は表情を変えないように努めた。「なにか根拠が？」

「メンパスが見つかった。マスコミ各社に匿名の情報提供がなされたの。本庁もマイクロSDカードを入手した。田代勇次が父親から継いだ、非合法事業の全貌《ぜんぼう》を網羅した電子データ。ここしばらく世間はその内容で大騒ぎ」

ということは相応の日数が経過しているのだろう。まだ頭が判然としない。結衣はしらばっくれてきいた。「そのメンパスとわたしに、なにか関係があるの？」

「三井先生を人質にし、あなたを操り、すべての犯行をあなたのしわざに見せかける。一連の計画がメンパスに記録されていた。実行日時のはるか以前にデータが作成されてる。田代ファミリーは過去のあらゆる事件について、あなたに濡《ぬ》れ衣《ぎぬ》を着せようとしてきた。ぜんぶメンパスにより裏付けられた」

ディエン・ファミリーがデータに書き加えたにちがいない。結衣はささやいた。

「改ざんの痕跡《こんせき》が見つかったとか、警察ならいいだしかねない」

「皮肉はよしてよ。鑑識ばかりか、科捜研のデジタルフォレンジックで、改ざんはないと立証済み」

「でも書類送検して裁判はやりたがるでしょ。わたしが警視庁から逃走したのは事実なんだし」

「あなたのことを大好きな支援団体の弁護士先生たちが、こぞって抗議してきた。未成年のあなたを被疑者扱いしたのは警察の責任だとか、お定まりの文句を並べ立ててね。須永弁護士を野放しにしてきたのは、くだんの先生方なのに」

逮捕も書類送検もないらしい。ただし佳子は、詫《わ》びまでは口にしなかった。すべてが田代勇次による工作だったにしろ、結衣にも疑われる謂《いわ》れがある、そんなふうにいいたげだった。

結衣の拳銃の扱い方、人質のとり方。もう素人でないことは承知済みだろう。ただ一連の事件にかぎっていえば、あらゆる証拠が田代ファミリーを指している。法に従うかぎり、警察は結衣を告発できない、ただそれだけだ。

とりわけ佳子は結衣の素顔に気づいている。すべて結衣のしわざと悟りながら、沈黙を守るのを選んだようだ。メンパスが絶対的な証拠になったがゆえ、真実の追求をあきらめたのかもしれない。あるいは意図的に結衣を見逃そうとしているのか。いずれにせよ、ミスリードされたままの警視庁捜査一課と、彼女は根本的に異なる。

　結衣は後方を振りかえった。「あの排水溝にわたしがいることは……」

「計画の最終段階に記してあった。あなたを殺し排水溝に遺棄するって」

　それがようやく発見に至ったわけか。警察にしてみれば、死体が転がっていると思いきや、結衣は死んでいなかった。遺棄ではなく生き埋めだとわかった。にもかかわらず佳子は残念そうな顔を見せずにいる。刑事のなかでは例外的存在にちがいない。

「じつはね」佳子がいった。「田代勇次はこの校内で死んだ」

　過剰に驚きをしめすのは好ましくない。結衣はなんの感情も表さず、ただ小声でたずねた。「なぜ？」

「３Ｄプリンター銃で撃たれた。豪雨で指紋や汗、血液、ＤＮＡは洗い流された。でも内ゲバとみられてる。あなたも証言に協力してくれるでしょ」

「なんの？」

「メンパスの犯行計画どおりなら、あなたは三井先生と一緒に、体育館で囚《とら》われの身だったはず」

体育館や校舎からは結衣の生体情報が検出される。矛盾が生じないよう、ディエン・ファミリーが筋書きを考えたのだろう。取調室に任意同行を受けたら、質問にただ黙ってうなずくだけだった。

佳子が足をとめた。「田代勇次は隠し財産をもとに、東南アジアで新たな勢力を興そうとしてた。嶋倉医師や須永弁護士は賛同者だった」

「隠し財産があるなんてね。父親が破産したとか報じられてたのに」

「シビックっていう、いわば国際的な闇金融機関から融資を受けたうえ、未返済分を貯めこんでいたって」佳子はまたため息をついた。「栃木の所轄署には関係のない話。泉が丘高校に戻ったら、今度こそおとなしくしてほしい。あなたにはそれしか望まない」

「努力する」結衣は気のない返事をした。

「次に事件を起こしたら、そのときこそわたしが捕まえる。あなたを死なせたくないから」

佳子はそれだけいうと背を向け、足ばやに歩き去った。結衣は黙って佳子の後ろ姿を見送った。

田代ファミリーが根絶された世界。脅威の失せた空は明るく、どこまでも穏やかだった。廃墟と化した校舎を覆う暗雲も、新たな陽光に溶かされたようだ。

近づいてくる車椅子に気づいた。看護師らに付き添われている。青白い顔に患者着姿だった。結衣は衝撃とともに立ちすくんだ。

三井和美は自力で腰を浮かせた。足どりにわずかなぎこちなさがともなうものの、和美はゆっくりと歩み寄ってきた。感慨深げなまなざしが結衣を見つめる。

排水溝で目覚めてから、ずっとぼんやりしていた。いま我にかえった気がした。和美はまるで幻のように、結衣の前にたたずんでいた。すべては現実だった。

衰弱してはいても、確実に生気をとり戻した和美の顔に、ほっとしたような微笑が浮かぶ。潤みがちな瞳《ひとみ》にもう哀感はない。喜びの涙がうっすらと浮かぶ。

「優莉さん」和美がささやいた。「よかった。無事で」

自分でもふしぎな反応だった。昂《たか》ぶる感情を抑えきれなくなる。視野が涙にぼやけだすのを必死に堪《こら》えた。和美が両手を差し伸べてくる。結衣も自然に寄り添った。和美の脇腹に軽く触れる。患者着の下にコルセットがあった。傷口は縫合で済んだようだ。

和美はそっと結衣を抱き締めながら、耳もとで静かにいった。「優莉さん。あなたのなかにあった悪い部分は、勇次君とともに死んだ。だからもう今後は……」

結衣は和美を見つめた。和美の切実なまなざしが、結衣をじっと見かえした。経緯をきかなくてもわかる。メンパスに記された陰謀どおりだった、和美はそう証言したのだろう。結衣の罪を見逃す代わりに、これからは真っ当に生きるよう諭している。

和美の微笑がわずかにこわばった。不安をおぼえているようだ。結衣の顔いろを察したがゆえにちがいない。

「先生」結衣は内なる思いをささやきに変えた。「よかったですね。きっと今後は、先生に救われる大勢の生徒がいる」

もう問題から目を背けない、そんなふうに誓える先生は立派だ。けれども結衣はその領域にいない。結衣ひとりが真面目に生きればいいというものでもない。更生など望めない魑魅魍魎《ちみもうりょう》がこの世には多く蠢《うごめ》いている。

微風が頬を撫《な》でた。かつてこの高校で感じたのと同じ風だった。和美の髪がなびき、寂しげな目の片方を覆い隠した。

先生から認められる。母親のように受けいれてくれる。心から望んだ状況にちがいない。安らぎを感じればこそ、自分は先生の子ではない、そんな思いを強くする。多少の秘めごとは許されるだろう。本当の母と子には永遠になりえないのだから。

30

結衣は三年三組の窓辺の席に座り、淡い陽射しが降り注ぐ校庭を眺めていた。

朝のうちに低く垂れこめた雨雲は、南風に追われ、とっくに消え去っている。空が晴れ渡ったのちも、青い空気の流れは途絶えなかった。なお余力を持て余すかのように、教室のカーテンをしきりに泳がせる。

山海《やまみ》鈴花《すずか》が結衣の席に近づいてきた。「優莉さん。次の授業、地学だよ。まだ特別教室に行かない？」

結衣は教室内に目を向けた。いつしかほとんどの生徒が出払っている。

「ああ」結衣は立ちあがった。「ひとりで自習する期間が長かったから、教室の移動に慣れてない」

鈴花が屈託のない笑みを浮かべた。「優莉さんがクラスに帰ってきてよかった」

「歓迎しない人も多いと思うけど」

「そうでもないよ」

「なんで？」

「純粋にいじめが減った。性悪な子たちがのさばらなくなった」

思わず苦笑が漏れる。結衣は机から地学の教科書とノート、資料用ファイルをとりだした。「ほかの子のことには構ってらんない。進路ガイダンスが憂鬱《ゆううつ》で」

「またぁ。進研《しんけん》模試の成績がダントツだったくせに」鈴花が表情を曇らせた。「願書に名前を書くのが嫌だとか？　以前そんなようなこといってたよね。でも勉強できるんだから気にしなくても……」

「平気」結衣は席を離れた。「これからは優莉結衣って堂々と書く」

鈴花は意外そうな顔をしたが、すぐに笑いながら追いかけてきた。「そうだよ。負い目に感じることなんて、ひとかけらもないって」

家裁に申請して苗字《みょうじ》を変える手はある。十七歳なら保護者がいなくても手続きできる。けれどもどうせ悪い噂はすぐに広まる。いいたい奴にはいわせておけばいい。自分という個の存在は変わらない。

生きて、死んで、また生きて、おぼろにわかったことがある。どこへ行こうとも自分からは逃げられない。自分で意味を与えないかぎり、人生には意味がない。

廊下にでたとき、見慣れないスーツがふたり歩み寄ってきた。短髪に猪首《いくび》、広い肩幅。一見して刑事とわかる。それも所轄とは思えない。たぶん公安だろう。

ひとりが厳めしい顔でたずねた。「優莉結衣さんだな」

「誰？」

「公安の今井《いまい》。彼は京谷《きょうごく》」

「監視なら学校の外からが原則じゃなかった？」

鈴花が困惑ぎみに話しかけてきた。「優莉さん。わたし、先に行ってるから」

結衣はうなずいた。鈴花が廊下を立ち去っていく。

今井が低くささやいた。「学校の許可はとった。至急たずねたいことがあってな」

「なに？」

「諏訪野猛《すわのたける》を知ってるな？」

まるできおぼえのない名だった。結衣はぶっきらぼうに答えた。「知らない」

「架禱斗《かいと》という名ならわかるな？　優莉架禱斗だ」

長男だ。いまはそう名乗っているのだろう。行方知らずになっていたが、公安は存在を確認したらしい。

京谷が見つめてきた。「つい先日、架禱斗は偽名で出国したことが判明した。国際テロに結びつきかねない重大な事態だ」

「国際テロ？」

「諏訪野猛、二十四歳。ＩＳへの参加経験もある日本人テロリストとして、複数の国で指名手配されてる。優莉架禱斗だと判明したのはつい最近だ。なにか心あたりはないか」

「あるわけない」

　ふたりの公安は探るような目を向けてきた。だがやがて今井が真顔でいった。「悪く思わんでくれ。きみとのつながりの有無を確認してこいと、上がうるさかったんでな」

　猜疑《さいぎ》心に満ちた視線が、結衣の表情の奥を見透かそうとしてくる。信用できるはずもない存在、結衣をそうみなすのも当然だった。

　とりわけ京谷は油断ならないまなざしを向けてきた。「法制審が少年法について議論してる。十八歳と十九歳を厳罰化し、逆送後に起訴されれば……」

　ネットのニュース記事なら目を通している。わざわざ教えてもらう必要もない。結衣はいった。「十八や十九でも実名報道を解禁するとか」

「そうだ。総会を経て、今秋には法相に答申される。未成年の死者が続出し、田代ファミリーが全滅に至ったいま、当然の判断だろう」

「それがなに？」

「べつに。きみももうすぐ十八だな。ただそう伝えたかった」

結衣は無言でふたりを見かえした。皮肉や誘導尋問に対する反応など持ちあわせていない。

会話は終わった。なのに今井も京谷も、みずから立ち去ろうとはしない。公安に特有の粘りだった。結衣は一礼もせずふたりに背を向け、廊下を歩きだした。

架禱斗の名をきいた瞬間、自分でも意外な感情がこみあげてきた。喜びと闘争心だった。汚さを競いあうゴミクズ、それも究極と呼べる存在が、まだこの世に残っている。さすが糞《くそ》兄貴。ＩＳへの参加を経て、筋金いりの国際テロリストになっていたとは。

チャイムが厳かに鳴り響く。教会の鐘の音は、かつて弔いの合図でもあった。こんな連想に至る女子高生は、たぶんそう多くない。けれども現に、葬《はぶ》りの音階をきく自分がここにいる。

黴菌《ばいきん》どうしの相殺が世に平穏をもたらす。たぶんそれが生を享《う》けた理由だろう。信念などという高尚なものはいらない。高校生活も残りわずかだ。教師との面談はまだでも、進路ならもうきまった。道に迷って新たな道を知る。いまその道を歩みだしている。

本書は書き下ろしです。

高《こう》校《こう》事《じ》変《へん》 Ⅸ

松《まつ》岡《おか》圭《けい》祐《すけ》

令和２年 10月25日　初版発行

発行者●青柳昌行

発行●株式会社KADOKAWA
〒102-8177　東京都千代田区富士見2-13-3
電話　0570-002-301（ナビダイヤル）

角川文庫 22380

印刷所●株式会社暁印刷
製本所●株式会社ビルディング・ブックセンター

表紙画●和田三造

ISBN 978-4-04-110834-5　C0193

◇◇◇

角川文庫発刊に際して

角川源義

第二次世界大戦の敗北は、軍事力の敗北であった以上に、私たちの若い文化力の敗退であった。私たちの文化が戦争に対して如何に無力であり、単なるあだ花に過ぎなかったかを、私たちは身を以て体験し痛感した。西洋近代文化の摂取にとって、明治以後八十年の歳月は決して短かすぎたとは言えない。にもかかわらず、近代文化の伝統を確立し、自由な批判と柔軟な良識に富む文化層として自らを形成することに私たちは失敗して来た。そしてこれは、各層への文化の普及滲透を任務とする出版人の責任でもあった。

一九四五年以来、私たちは再び振出しに戻り、第一歩から踏み出すことを余儀なくされた。これは大きな不幸ではあるが、反面、これまでの混沌・未熟・歪曲の中にあった我が国の文化に秩序と確たる基礎を齎らすためには絶好の機会でもある。角川書店は、このような祖国の文化的危機にあたり、微力をも顧みず再建の礎石たるべき抱負と決意とをもって出発したが、ここに創立以来の念願を果すべく角川文庫を発刊する。これまで刊行されたあらゆる全集叢書文庫類の長所と短所とを検討し、古今東西の不朽の典籍を、良心的編集のもとに、廉価に、そして書架にふさわしい美本として、多くのひとびとに提供しようとする。しかし私たちは徒らに百科全書的な知識のジレッタントを作ることを目的とせず、あくまで祖国の文化に秩序と再建への道を示し、この文庫を角川書店の栄ある事業として、今後永久に継続発展せしめ、学芸と教養との殿堂として大成せんことを期したい。多くの読書子の愛情ある忠言と支持とによって、この希望と抱負とを完遂せしめられんことを願う。

一九四九年五月三日